THE QUEEN OF CRIME
繁體中文版
20週年
紀念珍藏

# 死無對證

阿嘉莎・克莉絲蒂——著
李樹寶、王敏敏——譯

# Dumb Witness

策畫者的話

# 通俗是一種功力

吳念真（導演、作家）

通俗是一種功力。絕對自覺的通俗更是一種絕對的功力。

這樣的話從我這種俗氣的人的嘴巴說出來，大概很多人要笑破褲底了。不過，笑完之後請容我稍稍申訴。這申訴說得或許會比較長一點，以及，通俗一點。

小時候身材很爛，各種遊戲競爭完全任人宰割，唯一隱遁逃避的方法是躲起來看書或聽大人瞎掰。那年頭窮鄉僻壤的小孩能看的書不多，小學二年級時最喜歡的是超大本的《文壇》，老師借的。看著看著，某天老師發現我的造句竟出現：「捧著：朝陽捧著一臉笑顏為群山剪綵」這樣亂七八糟的文字，就拒絕再讓我看那些超齡的東西了。

老師的書不給看，我開始抓大人的書看。一種是厚得跟磚塊一樣的日文書，對我來說那完全是天書，但插圖好看，經常有限制級的素描。另一種書是比較薄的，通常藏得很嚴密，只是裡面有太多專有名詞、重複的單字和毫無限制的標點，比如「啊啊啊」、「……！！！」

老讓我百思不解。有一天，充滿求知欲地詢問大人竟然換來一巴掌後，那種閱讀的機會和樂趣也隨著消失了。

所幸這些閱讀的失落感，很快從大人的龍門陣中重新得到養分。講到這裡，我似乎先得跟一個村中長輩游條春先生致敬，並願他在天之靈安息。

我所成長的礦區，幾乎全是為著黃金而從四面八方擁至的冒險型人物，每人幾乎都有一段異於常人的傳奇故事。這些故事當事人說來未必精采，但一透過游條春先生的嘴巴重現，有時連當事人都聽得忘我，甚至涕泗縱橫，彷彿聽的是別人的故事。

條春伯沒當過日本兵，可是他可以綜合一堆台籍日本兵的遭遇，一如連續劇般從入伍、受訓、逃亡荒島，面對同鄉同袍的死亡，並取下他們的骨骸寄望帶回故鄉，乃至骨骸過多搞不清哪是誰的等等，讓聽的人完全隨他的敘述或悲或笑，彷彿跟他一起打了一場太平洋戰爭。此外他也可以把新聞事件說得讓一個三、四年級的小孩，到現在仍記得當時腦中被觸動的畫面。例如當年瑠公圳分屍案的凶手做案之後帶著小孩到安東街吃麵（這讓我一直以為台北的安東街是條專門賣麵的街道），還有甘迺迪總統被暗殺、賈桂琳抱住她先生、安全人員跳上飛快的車子保護賈桂琳……當然，這記憶全來自條春伯的嘴巴而不是報紙。我的記憶全是畫面，有畫面，是因為條春伯說得精采，說得有如親臨他至死都還搞不清地理位置的達拉斯命案現場。

於是這小孩長大後無條件地相信：通俗是一種功力，絕對自覺的通俗更是一種絕對的功力。透過那樣自覺的通俗傳播，即使連大字都不識一個的人，都能得到和高階閱讀者一樣的感動、快樂、共鳴，和所謂的知識、文化自然順暢的接軌。也許就是因為這些活生生的例子，俗氣的自己始終相信：講理念容易講故事難，講人人皆懂、皆能入迷的故事更難，而能隨時把這樣的故事講個不停的人，絕對值得立碑立傳。

條春伯嚴格地說是有自覺的轉述者，至於創作者，我的心目中有兩個。一個是日本導演山田洋次，一個是推理小說家阿嘉莎・克莉絲蒂。

山田洋次創造了寅次郎這個集合所有男人優點跟缺點的角色，在以《男人真命苦》為名的系列下，總共完成百部左右的電影。它們的敘述風格、開頭、結尾的方法不變，唯一改變的是故事，是時代，是遍歷日本小鄉小鎮的場景。數十年來，看《男人真命苦》幾已成為日本人每年的一種儀式，一如新春的神社參拜。

數十年前訪問過山田導演，他說，當他發現電影已然有它被期待的性格時，電影已經不是導演自己的。他說：當所有人都感動於美人魚的歌聲時，你願意為了讓她擁有跟你一樣的腳，而讓她失去人間少有的嗓音嗎？

人間少有的嗓音與動人的歌聲，都來自山田導演絕對自覺的通俗創造。

再如阿嘉莎・克莉絲蒂，如果我們光拿出她說過的故事和聽過她故事的人口數字，就足以嚇死你。五十多年的寫作生涯，她總共寫出六十六本長篇推理小說，外加一百多篇短篇小說和劇本。其中有二十六本推理小說被改編，拍了四十多部電影和電視劇集。作品被翻譯成一百零三種文字的版本，銷量超過二十億本。

夠了。你還想知道什麼？知道二十億本的意義是什麼嗎？二十億本的意義是全世界平均三個人就有一個人讀過她的書，聽過她說的故事。

說來巧合，她和山田洋次一樣，創造出個性鮮明的固定主角（當然，前前後後她弄出來好幾個），然後由他（或是她）帶引我們走進一個犯罪現場，追尋真正的罪犯。

故事就這樣？沒錯，應該說這是通常的架構。那你要我看什麼？不急，真的不急，克莉絲蒂會慢慢冒出一堆足夠讓你疑惑、驚嚇、意外，甚至滿足你的想像力、考驗你的耐心和智商的事件來。

推理小說不都是這樣嗎？你說得沒錯，大部分是這樣，不一樣的是……對了，她像條春伯，像山田洋次，她真會說，而且她用文字說。

文字的敘述可以讓全世界幾代的人「聽」得過癮、「聽」個不停，除了聖經，也許就是克莉絲蒂。她不是神，但她真的夠神。

數十年前，台灣剛剛出現她的推理系列中譯本，那時是我結婚前，常有同齡的文藝青年來我租住的地方借宿，瞄到我在看克莉絲蒂，表情詭異地說：「啊？你在看三毛促銷的這個喔？」

我只記得他抓了一本進廁所，清晨四點多，他敲開我的房門說：「幹，我實在很討厭那個白羅……再拿一本來看看，我跟你說真的，要不是你的書，我真的很想把那個矮僆壓到馬桶吃屎！」

我知道他毀了，愛吃又假客氣，撐著尊嚴騙自己。克莉絲蒂再度優雅地撕破一個高貴的知識份子的假面具，她的手法簡單，那手法叫通俗，絕對自覺的通俗，無與倫比、無法招架的功力。

昔日的文藝青年如今跟我一樣，已然老去，但不時還會看到他寫一些充滿理念和使命感極重的文章，在報紙和雜誌上出現。我知道他要說什麼，只是常常疑惑他想跟誰說；同樣，我記得他說過什麼，但轉眼間忘記他說了什麼。但請原諒我，幾十年前那個晚上，他在我家看完的那兩本克莉絲蒂的小說內容，我可還記得清清楚楚。

也許有一天再遇到他的時候，我會問他之後是否還看過克莉絲蒂其他的書，如果沒有，我會跟他說，想讀要趁早，因為你會老、會來不及。至於白羅那個矮僆，大概永遠不會消失。哦，對了，還有一個叫瑪波，你說不定會來不及認識……

# 老派偵探之必要

冬陽（推理評論人，台灣推理作家協會理事長）

「讀者非常喜歡白羅這個人物，表示『那個開朗的小個子，過氣的比利時名偵探』。顯然白羅是這本小說受歡迎的一個原因，雖然白羅可能不贊同用『過氣』二字來形容他。」知名編輯兼作家經紀人約翰．柯倫（John Curran）在《阿嘉莎．克莉絲蒂的秘密筆記》一書如是說，文中提到的「這本小說」，正是克莉絲蒂初試啼聲、名偵探赫丘勒．白羅優雅登場的《史岱爾莊謀殺案》，一部於一個世紀前出版的偵探推理作品。

百年光陰的淬鍊顯然證明了白羅絕無過氣的疲態，連帶讓我聯想起電影《金牌特務》（*Kingsman*）上映後，大眾熱議西裝如何能帥氣俊挺歷久不衰——或許可以從這個切入角度，在這裡跟老書迷、新讀友探究這個蛋頭翹鬍子偵探（我沒有影射哪款洋芋片食品喔）的魅力所在。

且讓我們話說從頭。

「我敢打賭你寫不出好的推理小說。」一九一六年，阿嘉莎．米勒（克莉絲蒂婚前的舊姓）在媽媽的打字機上敲擊，打算回應姐姐梅姬這挑釁的話語。她努力嘗試，但故事寫得不好，於是改從身旁熟悉的事物著手——比方說毒藥。阿嘉莎在藥房工作過，曾在某個夜裡驚醒，匆匆回到調劑室重新配置，因為她不記得有沒有漏做一個重要步驟，否則病患就要去見閻王了——噢，這似乎是個謀殺好點子。

阿嘉莎還記得姨婆對她的叮嚀：要注意他人覬覦她珍藏的首飾，時時留意是不是有人偷偷拉長了耳朵聽她們的竊竊私語。小阿嘉莎不但執行得徹底，還把這個習慣寫進小說裡。同時她還注意到，因為世界大戰爆發，家鄉托基湧入許多比利時難民，不如讓一個逃難到英國的比利時退休警官擔任偵探？一定很有趣！

啊，偵探小說顧名思義，只要塑造出一個教人印象深刻的偵探，大概就成功一半。這個人物必須要有特色、有個性，甚至是怪癖，而且聰明又自負。好幾個名字浮現在她腦海裡：莫里斯．盧布朗（Maurice Leblanc）筆下的怪盜紳士亞森．羅蘋、卡斯頓．勒胡（Gaston Leroux）創造的新聞記者胡爾達必，當然還有那最最知名的夏洛克．福爾摩斯——連帶創造一個華生型的助手好了。該怎麼安排呢……

於是，一位偵探的樣貌漸漸成形：五呎四吋的小個兒，蛋型臉上蓄著保養得宜、梳理有型的鬍子，衣著一塵不染，漆皮鞋擦得錚亮。他有嚴重的潔癖，說話不時夾雜法語，喜歡成雙成對的東西，喜歡方的不喜歡圓的（雞蛋為什麼不是方的呢？），口頭禪是「動動灰色的腦細胞」。阿嘉莎心想，他應該要有個像福爾摩斯一樣響亮的名字，取名「赫丘勒斯」怎麼樣？希臘神話中的大力士。姓氏叫白羅，不過搭赫丘勒斯這個名字好像不配……改一下，赫丘勒．白羅好像不錯？就這麼定了吧！

白羅很聰明，懂得觀察入微沒錯，但這並不表示他就得是台獨尊腦袋、缺乏情感的冰冷思考機器，尤其要在人物關係錯綜複雜的莊園宅邸查案追凶，交際手腕得高明些才行。他不是在謀殺發生、屍體出現後才開始像頭獵犬四處嗅聞，而是憑藉旺盛的好奇心與強烈的同理心接觸各種人事物，進而探入被害者、犯罪者、各個看似無辜但多少都和事件沾上邊的關係者的心靈深處，佐以現今稱作鑑識、法醫等等科學鐵證（哎，證據人人知道，可是要怎麼跟真相合理地連結到一塊，這就是名偵探的功力啦），讓原本叫人束手無策的事件得以畫下完美句點。也因此，白羅偶爾能預測進而制止罪案的發生，甚至對殘酷但值得憐憫的罪行網開一面，這樣才合乎人性不是嗎？

婚後以阿嘉莎．克莉絲蒂為名，推出《史岱爾莊謀殺案》後深獲好評，相隔六年的《羅傑艾克洛命案》更是引發街談巷議，而克莉絲蒂全球暢銷前十大作品中，還包括《東方快車謀殺案》、《尼羅河謀殺案》、《ABC謀殺案》、《藍色列車之謎》、《底牌》、《五隻小豬之歌》，合計八部皆由白羅擔綱演出。讀者不只喜愛這個聰明角色，還臣服於平實流暢的文筆及相對顯得衝突的複雜劇情，冷酷的謀殺動機隱藏在細膩的人際關係裡，穿透看似單純、帶點童話氣息的表象後，端賴名偵探明察秋毫、撥亂反正。尤其讓一個比利時人在英國土地上辦案，是克莉絲蒂的小心思，因為「英國人總是不信任外國人，也不相信睿智」（語出英國偵探俱樂部主席馬丁・愛德華茲〔Martin Edwards〕），讀者同凶手一樣輕忽不設防，卻也得到了參與鬥智競賽的意外驚奇和美好滿足。

這樣的閱讀感受，我稱之為「老派偵探之必要」，因為它純粹簡約，經得起反覆咀嚼，猶如前述的西裝革履，在潮流更迭的時間長河裡維持恆久的優雅風範——呼應吳念真先生寫在「策畫者的話」中的一段文字，那不是惺惺作態的高傲睥睨，而是「絕對自覺的通俗，無與倫比、無法招架的功力」所致。

不信？往下讀去就知道。而且我敢打賭，你有很高的比例會將整個白羅系列嗑完，然後是瑪波小姐系列以及其他系列，當然也不可能錯過像名列暢銷首位的《一個都不留》這類獨立之作……

註　克莉絲蒂推理全集一至三十八冊為「神探白羅系列」，三十九至五十二冊為「神探瑪波系列」，五十三至八十冊包含鬼豔先生、湯米與陶品絲、雷斯上校、巴鬥主任等名探故事。

# 獻詞

阿嘉莎・克莉絲蒂是世界讀者最眾，也最廣受喜愛的女作家。

身為克莉絲蒂的孫兒，我相信奶奶會非常樂見這次出版，

因為她極以自己作品中的趣味與娛樂為豪。

歡迎所有喜歡本系列的台灣新讀者參與這場饗宴！

——馬修・培察（Mathew Prichard）

# 01 小綠屋的女主人

五月一日，亞倫道小姐去世了。這次她病的時間不長，但她的死並未在馬基貝辛小鎮引起什麼騷動，雖然她從十六歲起就住在這兒了。艾蜜莉．亞倫道年過七十，是家族的五人中活得最長的。多年來，大家都知道她身體孱弱，約莫十八個月前，她就曾患了和這次同樣的病而幾乎喪命。

令人詫異的並非亞倫道小姐的死，而是另一件事。她遺囑中的條文引起眾家紛擾的情緒：驚異、喜悅、憤怒、絕望、氣惱，甚至嚴厲譴責，因而開始流散著各種流言蜚語。幾個星期，甚至幾個月來，馬基貝辛小鎮的人們什麼都不談，只議論這件事！每個人對這事都提出自己的看法，雜貨鋪老闆瓊斯先生認為「還是親骨肉呢」。而任職於郵局的蘭弗萊夫人則一再語帶厭惡地說：「這當中肯定有蹊蹺！你們記得我說的吧。」

使人們對這議題的臆測更興致勃勃的是，遺囑是遲至四月二十一日才立好的。此外，艾蜜莉的幾個近親在立遺囑的前一天還和她一起過復活節。可以想見，將來會有更令人反感的閒話出現，但這也使得馬基貝辛小鎮沉悶的生活變得活躍起來。

倒是有那麼一個人，大家都懷疑她對此事的了解遠比她目前願意承認的要多，那個人就是懷荷明娜．勞森小姐，即亞倫道小姐的隨身女侍。然而勞森小姐表示，她和大家一樣全然不知。她宣稱，當她聽到遺囑時，同樣也驚得目瞪口呆。

當然，很多人不相信她那套說詞。勞森小姐知道也好，或者如她自己所說的一無所知也好，眼前看來知道事實真相的，就只有死去的老婦人自己了。不透露自己心中的盤算向來是她的作風。即使面對自己的律師，她也從不說出自己做事的動機，只要能把自己的意願清楚表達出來就行了。

沉默寡言是艾蜜莉性格的特點。無論從哪方面看，她都可說是她那一代之中的典型。她的性格有好的一面，也有不好的：她專斷獨行，卻有副溫暖的心腸；她說話刻薄，但行事極為和善；表面上她多愁善感，實際上她卻精明得很。很多侍奉過她的看護都受過她的無情凌辱，但具體對待她們時又非常慷慨大方。此外對家族，她有高度的責任感。

§

復活節前的星期五，艾蜜莉．亞倫道小姐正站在小綠屋的大廳，命令勞森小姐做這個，做那個。

艾蜜莉．亞倫道年輕時是個標緻的姑娘，現在還是個保養良好的高雅老婦，背脊挺得直直的，動作乾淨俐落。她略微發黃的膚色對她是個警告：不能再百無禁忌地吃油膩東西了。

這時亞倫道小姐說：「我說，明妮，你把他們都安置在哪兒了？」

「這個……我想，我希望我做得對……塔尼奧斯醫師夫婦安置在橡木房，泰瑞莎在藍色房間，查爾斯先生則在之前的兒童房……」

亞倫道小姐打斷了她的話，說：「泰瑞莎住在兒童房就行了，讓查爾斯住到藍色房間去。」

「哦，好……真對不起，因為我覺得兒童房的陳設比較不方便……」

「對泰瑞莎來說夠了。」

在亞倫道小姐的時代，婦女永遠居於第二順位，男人才是群體中最重要的成員。

「真遺憾，可愛的孩子們沒能來。」勞森小姐傷感地嘟囔著。她喜歡小孩，可是實在管不動他們。

「四個客人就夠多了，」亞倫道小姐說，「而且貝拉把孩子們慣壞了，他們從不聽大人的話。」

明妮．勞森小姐喃喃地說：「但是，塔尼奧斯夫人可真是個慈愛的母親呢。」

亞倫道小姐表示同意，她鄭重地說：「貝拉是個好女人。」

勞森小姐嘆了口氣說：「她有時一定覺得很苦吧，住在像士麥拿[1]那樣的窮鄉僻壤。」

艾蜜莉．亞倫道回答說：「她這是自作自受。」

說完了這句維多利亞時代式的嚴謹標準批判，她又繼續說：「我現在得到鎮上去，跟他們交涉這個週末要訂的東西。」

「啊，亞倫道小姐，還是讓我去吧。我的意思是……」

「少囉嗦了，還是得由我出馬，才能給羅傑斯這個人下點馬威。明妮，你的毛病就在於說話不夠有力。小寶！小寶！這狗跑哪兒去了？」

一隻硬毛㹴突然從樓梯上竄了下來。牠繞著女主人轉來轉去，不時發出幾聲表示喜悅和期待的短促吠叫。

女主人和小狗一同走出大廳前門，通過小徑向大門走去。

勞森小姐站在門口，望著他們的背影傻笑。這時她身後傳來了尖酸刻薄的聲音。

「小姐，你給我的枕頭套不是一對的啊。」

「什麼？我真是笨手笨腳……」

明妮．勞森小姐又重新埋首於日常家務。

艾蜜莉．亞倫道小姐身後跟著小寶，像女王出巡般莊重地在馬基貝辛鎮的大街上走著。

一路上，她真是神氣十足，不管到了哪家店，店主人都隨即前來接待她。

她是小綠屋的亞倫道小姐，是當地的老主顧之一，出身書香門第，像她這樣的人如今沒幾個了。

「早安！小姐。能為您效勞，我感到很榮幸……這紐西蘭羊肉不夠嫩嗎？喔，聽您這麼說我實在很遺憾，但我自個兒是認為這個羊肉真的挺不錯。當然啦，亞倫道小姐，如果您說不好，那肯定是不太好了……但是，我不會把這羊肉賣給您，我一定會再給您找到上好的貨色，亞倫道小姐。」

小寶在一旁，和肉店老闆的狗史巴特你追我、我追你，慢慢地兜著圈子，脖子上的毛都豎起來了，還不時發出幾聲輕吠。史巴特是一隻結實的雜種狗，牠知道不可以和顧客的狗打架，但牠還是狡獪地向對方示威：要是給牠自由，牠肯定會把對方咬成碎片。

小寶也是精神抖擻，毫不示弱。

艾蜜莉．亞倫道嚴厲地叫了一聲「小寶」，隨後繼續向前走去。

在菜販那兒，兩個超凡的人相遇了。這兒也有位老婦人，體型像個圓球，但同樣地氣度非凡。她說：「早啊，艾蜜莉。」

「你早，卡洛琳。」

卡洛琳．皮巴迪說：「在準備迎接你的侄兒們嗎？」

1　士麥拿（Smyrna），現稱伊士曼，是土耳其西部的海港。

「是啊，他們都來了，泰瑞莎、查爾斯和貝拉。」

「貝拉也來了嗎？她丈夫也來了嗎？」

「嗯。」

回答很簡短，但兩個老婦人都心知肚明。

因為貝拉．畢格斯，即艾蜜莉．亞倫道的外甥女，嫁了一個希臘人。而艾蜜莉．亞倫道家的人被認為都是「高尚人士」，根本不會跟希臘人結為親家。

為了稍稍撫慰一下亞倫道小姐（這事絕不能明說），皮巴迪小姐說：「貝拉的丈夫很聰明。他的舉止多討人喜歡！」

「他的舉止是令人喜歡。」亞倫道小姐表示同意。

兩個老婦人走出店鋪到街上時，皮巴迪小姐問：「聽說泰瑞莎跟年輕的唐納森訂婚了，這是怎麼回事？」

亞倫道小姐聳聳肩說：「現在的年輕人就是這麼隨便。我想，他們這段婚約會拖得很長，也就是說，他們最後真的結婚的話。那個年輕人身無分文。」

「當然，可是泰瑞莎自己有錢哪。」皮巴迪小姐說。

亞倫道小姐傲慢地說：「男人可不能吃軟飯。」

皮巴迪小姐發出低沉的笑聲，說：「他們現在才不在乎這麼做呢！你我都跟不上時代了，艾蜜莉。我不能理解的是，這孩子看上他什麼地方。這些輕浮的年輕人呀！」

「他是個聰明的醫生，我是這麼認為。」

「瞧他那副夾鼻眼鏡和說起話來一板一眼的樣子！在我那個時代，我們把這種人稱作二愣子。」

兩人沉默了一會兒，這時皮巴迪小姐憶起往事，腦中浮現出那些朝氣蓬勃、蓄著落腮鬍的年輕人的形象……

她長嘆一口氣，說：「要是他有來的話，讓查爾斯那小夥子來看看我吧。」

「當然了，我會告訴他。」

兩個老婦人就此分手了。

她們相互認識有五十多年了。皮巴迪小姐知道艾蜜莉的父親亞倫道將軍生前的幾件令人遺憾的事，也十分清楚湯瑪斯．亞倫道的婚姻使他的姐妹們多麼吃驚，而她自然知道這家族年輕一代所惹的一些麻煩事。

但兩位老婦人對這些事全都抱持緘默態度。她們倆都是家庭尊嚴、團結的捍衛者，對家務事盡量避而不談。

亞倫道小姐徒步回家，小狗小寶默默地緊跟在她身後。對艾蜜莉．亞倫道小姐而言，確實有件事是她從未向任何人承認過的，那就是她對家中年輕一代的不滿。

以泰瑞莎為例，從泰瑞莎二十一歲自己掙錢起，她就管不住她了。從那時開始，這姑娘就聲名狼藉，她的照片經常被登在報紙上。她是倫敦一群年輕、時髦、作風前衛的份子之一，這夥人老辦些怪異的聚會，但這些聚會常常是在警察局裡畫下句點。艾蜜莉・亞倫道小姐不贊成亞倫道家的人做這種敗壞門風的事。事實上，艾蜜莉實在無法苟同泰瑞莎的生活方式。至於這女孩子的那樁婚事，她也有些迷惑不解。一方面，她認為這位「新貴」唐納森醫生配不上亞倫道家的人；另一方面，她意識到了，做一位喜歡安靜的農村醫生的妻子，泰瑞莎實在太不合適了。

她嘆了一口氣，思緒又轉向貝拉。挑不出貝拉什麼錯，她是個好女人，一個賢妻良母，舉止堪稱模範，但實在太笨拙了！即使是貝拉也不完全使她滿意，因為她嫁了外國人，而且還是個希臘人，在亞倫道的主觀意識中，希臘人就和阿根廷人或土耳其人一樣糟糕。塔尼奧斯醫生舉止優雅，據說在他的專業領域中相當有兩下子，這反而更增加老婦人對他的偏見，她最不相信這類恭維的話了。正因為這樣，她發現自己很難喜歡那兩個孩子，因為他們的長相和他們的父親簡直是一個模子刻出來的……在他們身上完全看不到半點英國人的樣子。

接著是查爾斯。

是的，查爾斯……

視而不見對改善現況沒有幫助。查爾斯確實長得討人喜愛，卻是個靠不住的人。

艾蜜莉・亞倫道又嘆了一口氣。她突然覺得疲倦了，老了，失望透了。

她猜想自己活不久了……

她想起幾年前所立的遺囑。

死後的遺物送給僕人們或捐給慈善團體，但絕大部分財產平分給三個在世的親人……

在她看來，這件事她做得正確，做得公平。但有件事讓她放心不下：有沒有什麼辦法能保證貝拉得到的部分不會被她丈夫染指……這她必須問一問柏維斯先生。

她一邊想著，一邊走進小綠屋的大門。

§

查爾斯和泰瑞莎是坐汽車來的，塔尼奧斯一家則是坐火車來的。

這對兄妹先到。查爾斯個子高，相貌英俊，他用開玩笑的口吻說：「嗨，艾蜜莉姑姑，怎麼樣？您看來氣色不錯嘛。」

然後，他親了親她。

泰瑞莎則冷冷地把她那張年輕的臉頰貼在姑姑枯癟的臉上。

「您好啊，艾蜜莉姑姑。」

姑姑覺得泰瑞莎似乎不大好。在那色彩豐富的粉妝下，她的臉色微顯憔悴，雙眼周圍還有一道道細紋。

他們一起在客廳喝茶。貝拉．塔尼奧斯一綹頭髮散亂地露在時髦的帽子下，而那頂帽子正歪斜地掛在頭上；她雙眼直瞪著表妹泰瑞沙，以一種可悲而急切的神態想把對方衣服的式樣記在心裡，以作為日後模仿。可憐的貝拉，她的命運就是這樣，她其實非常喜歡衣飾，但實在缺乏鑑賞力；泰瑞莎的衣服都很昂貴，甚至有點怪異，但她是天生的衣架子，怎麼穿都好看。

貝拉從士麥拿到英國後，就迫不及待地想仿效泰瑞莎的高雅，但她有的只是些廉價的次級品和車工。

塔尼奧斯醫生蓄著大鬍子，神情愉悅，正與亞倫道小姐交談。他的聲音溫和、深沉……那種充滿磁性的聲音，不論聽者是男或女，聽了都會不由自主地沉迷，甚至連亞倫道小姐也陶醉了起來。

勞森小姐非常不安，一會兒站起來，一會兒又坐下，接著拿起盤子，繞著茶几忙碌。查爾斯舉止非常文雅，他不止一次站起來幫她，但她沒有表示謝意。

吃完了茶點，到花園裡散步時，查爾斯輕聲地對妹妹說：「勞森不喜歡我呢！真絕了，對吧？」

泰瑞莎嘲笑道：「可不是嗎，這下子總算有人抵擋得了你那致命的吸引力了？」

查爾斯咧嘴而笑……真是迷人的一笑，然後說：「還好只有勞森一個……」

在花園裡，勞森小姐和塔尼奧斯夫人一起散步，她問了塔尼奧斯夫人一些關於孩子們的事，貝拉．塔尼奧斯發黃的臉一下子變得容光煥發，而忘了該觀察泰瑞莎。她熱切、生動地說著。她的瑪麗在船上說了一件離奇的事……

她發現明妮・勞森小姐真是個好聽眾。

沒多久，一個金髮的年輕人從房子裡走到花園來。他表情嚴肅，戴著夾鼻眼鏡，看上去有些拘謹。亞倫道小姐客氣地向他打招呼。

泰瑞莎說：「嗨，雷克斯！」

她挽著他的手臂，漫步走開。

查爾斯做了個鬼臉，隨後也偷偷溜走，找那個老夥伴園丁聊天去了。

亞倫道小姐又走進房子時，查爾斯正在和小狗小寶玩。小狗站在樓梯最上層，嘴裡銜著皮球，尾巴輕輕搖晃著。

「過來，老兄。」查爾斯說。

小寶旋即蹲下，用鼻子頂著球，慢慢接近樓梯邊。當牠最後把球頂下去時，竟高興地跳躍起來。球順著樓梯慢慢滾下去，查爾斯抓住了球，又向上扔給小狗。小寶靈巧地用嘴接住球，又重複剛才的表演。

「這是牠的例行遊戲。」查爾斯說。

艾蜜莉・亞倫道笑了。

「牠能一口氣玩好幾個小時哩。」她說。

她走進客廳，查爾斯尾隨著她。小寶發出了失望的叫聲。

查爾斯透過窗戶往外看，一邊說：「瞧瞧泰瑞莎和那個年輕人。他們真是奇怪的一對！」

「你認為泰瑞莎這回是認真的嗎？」

「哦，她愛他愛得發瘋了！」查爾斯肯定地說，「她的品味真怪，但看來確實如此。我想，他一定把她看成是個標本，而不是活生生的女人，這種方式對泰瑞莎來說相當新奇。只可惜，這小夥子太窮了，泰瑞莎的消費力是很可觀的。」

亞倫道小姐冷冷地說：「我相信，如果她想改的話，她能改變自己的生活方式！不過她畢竟有自己的收入。」

「呃？哦，是啊，是啊，當然了。」查爾斯偷偷瞄了她一眼。

那天傍晚，當其他人都聚在客廳裡等著吃晚飯時，樓梯那兒傳來一陣急促的腳步聲，還伴隨著一些罵人的話，之後，查爾斯紅著臉走了進來。

「對不起，艾蜜莉姑姑，我來晚了吧？您的那隻狗差點害我跌了個踉蹌，牠把球留在樓梯上。」

「粗心的小狗！」勞森小姐嚷著，同時向小寶彎下腰去。

小寶傲慢地看著她，隨即把頭轉開。

「我知道了，」亞倫道小姐說，「這太危險了。明妮，去把球找出來，放到一邊去。」

勞森小姐趕忙出去了。

飯桌上的閒談時間幾乎都讓塔尼奧斯醫生占去了，他敘述在士麥拿生活的有趣故事。

不久，大家都就寢去了。勞森小姐拿著毛線、眼鏡、一個大絲絨提包和一本書，陪著她的主人到臥室去，一邊還高興地說著：「塔尼奧斯醫生的話真逗人，他真是一個好伴兒！我倒不是說自己會喜歡那樣的生活……人們不得不把水燒開了才能喝……甚至是羊奶，恐怕這種不大高尚的品味……」

亞倫道小姐厲聲說：「別傻了，明妮。你告訴艾倫明早六點半要叫我起床了嗎？」

「哦，我說了，亞倫道小姐，我也告訴她早上不要送茶了。不過，您不覺得早晨吃點東西比較好嗎？您知道嗎，那位誠懇的南橋教區牧師曾明白告訴我，沒必要那麼早去……」

亞倫道小姐又一次打斷她的話。

「我從未在早上做禮拜之前吃過東西，現在我也不打算這樣做。你去忙你的吧。」

「哦，不，我的意思不是……我肯定……」

勞森小姐又慌又亂。

「把小寶的項圈解下來吧。」亞倫道小姐說。

這個女侍趕緊照辦。

她依舊盡力討好主人，說：「多麼愉快的一個晚上啊！他們看來都很高興到這兒來。」

「哼，」艾蜜莉・亞倫道說，「還不都是為了來看看能得到些什麼。」

「哦，親愛的亞倫道小姐……」

「我的好明妮，不管怎麼樣，我可不是個傻瓜！我只是在猜想，不曉得他們當中誰會先開口提那件事。」

不久，她的疑問就有答案了。第二天上午九點剛過，她和明妮做完禮拜回來了，塔尼奧斯夫婦正在餐廳用餐，但不見亞倫道兄妹的蹤影。吃過早飯後，其他人都離開了，亞倫道小姐還坐在那兒，在一本小冊子上記著帳。

十點左右，查爾斯走了進來。

「對不起，我起得晚了，艾蜜莉姑姑。可是泰瑞莎更糟，她還沒睜開眼呢！」

「十點半早飯就要收拾走了。」亞倫道小姐說，「我知道，現代人都不會為僕人考慮，但在我家可由不得這樣。」

「好極了，這才是難能可貴的風範啊！」

查爾斯坐在她旁邊，吃著炒腰子。

他嬉笑的樣子一直很動人，艾蜜莉・亞倫道也不由得對他笑了笑。這麼一來給了查爾斯勇氣，他連忙說：「艾蜜莉姑姑，您看，我又要給您添麻煩了。但我現在可是深陷泥淖，您能幫幫忙嗎？一百英鎊就行了。」

姑姑沒給他好臉色，她的表情變得很嚴峻。

艾蜜莉・亞倫道向來不怕說出自己的想法，而她現在也這麼做了。

勞森小姐匆匆忙忙穿過大廳，差點和離開餐廳的查爾斯撞上，她驚訝地看了看他。接著，她走進餐廳，看到亞倫道小姐腰桿筆直地坐在那裡，臉脹得老紅。

# 02 親人們

泰瑞莎從床上坐起來，打了個呵欠。

查爾斯在床邊坐下。

他讚賞地說：「你真是個會裝蒜的女人，泰瑞莎。」

泰瑞莎狡獪地問道：「出了什麼事？」

查爾斯露齒一笑，說：「你真機靈啊，不是嗎？不過，我可是比你早了一步，我的好妹妹！我本來以為可以搶得先機。」

「結果怎麼樣？」

查爾斯雙手向下攤，一副否定的樣子。

「一事無成！艾蜜莉姑姑訓了我一頓。她說，對於她深愛的家人們為什麼都圍繞著她，她可是不抱任何幻想！她還說，這些親愛的家人們將大失所望。除了那份長輩賜予晚輩的慈愛，可再也沒別的東西了！」

「你晚些時候再提就好了。」泰瑞莎冷冷地說。

查爾斯又是露齒一笑，說：「我是怕你或塔尼奧斯搶了先，我怕死了。泰瑞莎，我的好妹妹，這下子咱們啥都別忙了。老艾蜜莉果然不是省油的燈。」

「我一直這麼認為。」

「我曾試著唬唬唬唬她。」

「你這是什麼意思？」他妹妹厲聲問道。

「我告訴她，說不定她會被人謀殺。她總不能把錢帶到天堂去吧，何不現在鬆鬆手呢？」

「查爾斯，你是個笨蛋！」

「我才不是呢，我是按心理學家的方法行事。向這老女人討好絕對沒用，她吃硬不吃軟。我這道理準沒錯，她死後，錢全會歸我們……在她死前，先分我們一點，也說得過去吧！現在該是誘導老太婆明白這道理的時候了。」

「那她明白你的觀點了嗎？」泰瑞莎問道。她精巧的嘴向上噘著，顯出輕蔑的樣子。

「我不確定。她沒明確表示，只是對我的忠告表示謝意。她說，她完全有照料自己的能力。『嗯，』我對她說，『我只是提醒您。』她說：『我會放在心上。』」

泰瑞莎憤怒地說：「查爾斯，你真是蠢到家了。」

「我真該死，泰瑞莎，我好像太急了！不過這老太婆真的很有錢，我敢打賭，她現在都還花不到十分之一，那剩下的部分該怎麼辦呢？而我們……正年輕，有大好日子等著我們去享受。萬一事與願違，她活到一百歲……不，我現在就要享樂。你不也是嗎……」

泰瑞莎點點頭。

她用低沉的語調，上氣不接下氣地說：「他們根本不了解……老人們從來都不……他們不能……他們壓根兒不曉得什麼是生活！」

兄妹倆沉默了一會兒。

查爾斯站了起來。

「好吧，我親愛的妹妹，我希望你比我成功。不過我有點懷疑就是了。」

泰瑞莎說：「我現在倒指望雷克斯能想點辦法。如果我能讓老艾蜜莉知道他是個多麼有才華的青年，知道他多麼需要有個機會能跳出一般開業醫生的生活模式……喔，查爾斯，現在我們只需要幾千英鎊，就可以過著完全不同的生活了！」

「我希望你能得到這筆錢，只是我不覺得你能得到。雖然你在你那放蕩的生活中已花了大把大把的鈔票了。我說，泰瑞莎，你認為可憐的貝拉或可疑的塔尼奧斯不會得到什麼東西，對吧？」

「依我看，錢對貝拉沒什麼幫助。她看起來總是亂糟糟的，而她的喜好全都集中在家務事上。」

「嗯，這個嘛，」查爾斯含糊地說，「我想，她會希望給她那一點都不討人喜歡的孩子們弄些東西，供他們上學，給他們矯正好牙齒，上些音樂課。但無論如何，這不是貝拉的主意，這是塔尼奧斯的主意。我肯定他是見錢眼開的人！希臘人就是那樣。你知道他把貝拉大部分的錢都拿走了嗎？他用那筆錢搞投資，結果全都賠光了。」

「你認為他能從老艾蜜莉手裡得到什麼嗎？」

查爾斯惡狠狠地說：「若我出面阻止，他休想分得半毫。」

他離開了泰瑞莎的房間，漫不經心地走下樓。小寶正在大廳，牠趕忙高興地跑向查爾斯。這狗兒很喜歡他。

牠跑到客廳門口，轉過頭看著查爾斯。

「怎麼回事？」查爾斯問道，緊跟在牠後面。

小寶慌忙跑進客廳，坐在一張小寫字檯旁，好像期待著什麼。

查爾斯大步走到牠身旁。

「到底是怎麼回事？」

小寶搖晃著牠的尾巴，兩眼緊盯著寫字檯的抽屜，發出幾聲哀求的尖叫。

「你想要抽屜裡的東西？」

查爾斯拉開寫字檯最上層的抽屜。他的眉毛立時揚了起來。

「哎呀呀！」他驚呼著。

在抽屜的一側放著一小疊鈔票。

查爾斯拿起這疊鈔票數了起來。他咧嘴一笑，抽出了三張一英鎊和兩張十先令，放進自己的口袋裡，並把剩下的錢小心翼翼地放回原來發現的地方。

「小寶，你的主意不壞嘛，」他說，「你大叔查爾斯這下子有錢可花了，我可是小錢不斷呢。」

當查爾斯關上抽屜時，小狗小寶發出幾聲不滿的輕吠。

「對不起，老夥計！」查爾斯向小寶道歉。

他又打開下一層抽屜，小寶的球正放在這抽屜的一角。他把球拿了出來。

「球給你，盡情地玩吧！」

小寶銜著球，跑出客廳，不一會兒就從樓下傳來砰砰砰的落球聲。

查爾斯大步走到花園裡。這是一個陽光明媚的早晨，空氣中散發著紫丁香的芬芳。

塔尼奧斯醫生正坐在亞倫道小姐身旁，他正說著英國教育的優越性對孩子們來說是多麼高尚，然而他覺得非常遺憾，他供不起自己的孩子享受這種奢侈的教育。

查爾斯微微一笑，笑中帶著十足的惡意。他愉悅地加入他們的談話，並巧妙地把話題轉到別的地方。

艾蜜莉．亞倫道向他仁慈地笑了笑，這使得他又得意了起來，一定是他的戰術奏效了，連艾蜜莉都在暗暗地鼓勵自己。

查爾斯樂不可支，也許在他離開之前……

查爾斯真是個無可救藥的樂天派。

§

那天下午，唐納森開著汽車來找泰瑞莎，並載她到沃森大教堂，這是當地最漂亮的地方之一。隨後他們從教堂出發，步行到叢林中。

在那兒，雷克斯．唐納森滔滔不絕地講述他的醫學理論和最新的實驗狀況。她其實一點兒也不懂，但還是專心致志地傾聽，同時心裡想著：「雷克斯多麼聰明、多麼值得愛慕啊！」

她的未婚夫停頓了一下，帶著懷疑的口吻說：「泰瑞莎，我想這些對你似乎太枯燥了。」

「親愛的，你講得太動人了，」泰瑞莎肯定地說，「繼續吧。你不是說從染病的兔子身上取些血液……」

此時，泰瑞莎嘆了一口氣說：「親愛的，工作對你太重要了。」

「那是當然的。」唐納森醫生說。

但這對泰瑞莎來說並不盡然。她的朋友中很少有人是在工作的，而且假如他們有工作，肯定也會是一副愁雲慘霧的樣子。

她在想，猶如她過去不止一次地想過一樣，她和雷克斯．唐納森相戀是多麼不協調。為什麼這種滑稽到令人詫異的瘋狂舉止還是發生了？這個問題想了也沒用，因為事實已發生在她身上。

她緊鎖雙眉，暗自思索著。她和過去那群夥伴生活過得多麼愉快又玩世不恭啊！愛情當然是生活中不可缺少的，但為什麼要那樣嚴肅地看待它呢？愛會來，也會走。

但她對雷克斯・唐納森的感情是不一樣的，這份感情愈來愈深厚。她本能地覺得，他們的愛不會淡薄、消逝……她對他的需要單純而深切。他的一切都使她心蕩神馳；他的冷靜、超然態度是那樣不同於她的焦躁；他對生活的掌握，以及他清晰、有邏輯性的科學頭腦，還有其他種種，都是她不能完全理解的。此外，泰瑞莎也感受到了，在他那帶點學究式的謙恭舉止之下，隱藏著一種神祕的力量。

雷克斯・唐納森是個天才，他醫生這份職業占了他生活中的主要部分，泰瑞莎只是其中一塊，雖然是必要的部分，而這一事實使他對泰瑞莎更富有吸引力。她發現自己頭一回願意把喜好享樂的生活需求擺在第二位。未來使她意亂情迷。為了雷克斯，她願做任何事！

「沒錢是多麼令人煩惱啊，」她耐不住性子地說，「要是艾蜜莉姑姑現在死掉就好了，我們就能馬上結婚，你也可以到倫敦去，成立一間充滿儀器、小白鼠的實驗室，這麼一來，就再也不會有患腮腺炎的小孩和得肝炎的老人來煩你了。」

唐納森說：「說你姑姑無法再多活幾年，是沒道理的，尤其她若是保養得當的話。」

泰瑞莎感到沮喪，她說：「我知道……」

§

在擺著老式橡木家具的臥室裡，放著一張雙人床，塔尼奧斯醫生正在室內對他妻子說：

「我想我已給你打好了穩固的基礎，接著就輪到你了，親愛的。」

他正用老式的銅罐將水倒進玫瑰花色的瓷盆裡。

貝拉．塔尼奧斯坐在梳妝檯前，正按照泰瑞莎的髮型梳著頭，但不知怎麼回事，總是梳不成那個樣子！

過了一會兒，她才回答說：「我想我不希望向艾蜜莉姑姑要錢。」

「又不是為了你自己，貝拉，這還不都是為了孩子們。誰叫我們的投資運這麼背。」

他轉過身子，沒看到貝拉偷偷地向他掃了一眼。

她帶著些許的堅持說：「反正，我想我還是不要……這會使艾蜜莉姑姑很為難。她為人慷慨，但她不喜歡別人跟她開口。」

塔尼奧斯擦乾手，從洗臉架旁走過來，說：「真是這樣嗎，貝拉，你可不像是個固執的人哩。那麼，我們到這兒來是為了什麼呢？」

她嘟囔著說：「我不是……我從來沒那意思……不是為了要錢才來的……」

「你不是也同意，如果要使我們的孩子受到好的教育，唯一的指望就是你姑姑的幫助。」

貝拉．塔尼奧斯沒有答腔。她不安地走來走去。

她的表情看來有些不耐和頑固，這下子機靈的丈夫知道，得花些氣力說服這位愚妻。

她說：「也許艾蜜莉阿姨自己會提……」

「可能吧，但目前為止我還看不出來。」

她又說：「假如這次我們把孩子們帶來就好了，艾蜜莉阿姨一定會情不自禁地喜歡我們的瑪麗，而愛德華又那麼聰明。」

塔尼奧斯冷冷地說：「我覺得你阿姨不是很愛孩子的人，孩子們有沒有來應該沒差。」

「喔，雅各，但是……」

「是，是，親愛的，我知道你的感受。可是這些乾癟的英國老處女？呸！她們根本沒人性。為了我們的瑪麗和愛德華，我們會盡一切力量，不是嗎？對亞倫道小姐來說，幫我們這點忙根本算不了什麼。」

塔尼奧斯夫人轉過身來，雙頰泛起紅暈。

「喔，雅各，求求你，拜託，這回就別提了吧。我肯定，這麼做是不智的，我真的不想這麼做。」

塔尼奧斯站在她身後緊挨著她，他的手臂環著她的肩。她嚇了一跳，但隨即鎮定了下來，甚至是動也不動。

他仍用愉快的語調說著：「反正就這樣了，貝拉，我想你會按我的要求去做……你知道，就像平常那樣，最後你還是會的……沒錯，我想你會照我說的去做……」

# 03 意外

時間是星期二下午。通向花園的側門開著，亞倫道小姐站在門檻那兒，把小寶的球投到花園的小徑上，小狗馬上向球撲去。

「再來一次，小寶，」艾蜜莉．亞倫道說，「你的表現不錯。」

球又一次在地上滾動，小寶飛快地在後面追逐。

亞倫道小姐彎下腰，拾起小寶放在她腳旁的球，走進屋子，小寶緊跟在她身後。她關上側門，進了客廳，小寶還緊跟著她，最後她把球放在抽屜裡。

她看了一眼壁爐架上的鐘，六點半了。

「小寶，我想在吃飯前休息一下。」

她上了樓，走進臥室，小寶仍陪著她。亞倫道小姐躺在罩著印花布的大沙發上，小寶在她腳旁，她嘆了口氣。她感到高興，今天是星期二，明天客人們就要走了。倒不是因為上週末她知道了一些過去不知道的事，而是這些事使她更確信自己原先的認知和決定。

她喃喃地說：「我想我變老了……」她自己似乎也吃了一驚。「是啊，我是老了……」

她閉目躺了足足有半個小時，接著年長的客廳女僕艾倫送來熱水，她這才起身，準備吃晚飯。

唐納森醫生今晚要同他們一起用餐，艾蜜莉．亞倫道希望能利用這個機會好好地了解他。放浪形骸的泰瑞莎竟想和這個古板、學究型的年輕人結婚，這件事至今仍使她難以置信，而相對的，這樣的年輕人竟想娶泰瑞莎為妻，這看上去也有點古怪。

一晚上過去了，她覺得自己沒能如預期的更了解唐納森醫生。在她看來，他是有禮貌，一本正經，但實在是太無趣了，因此她打從心底同意皮巴迪小姐的評價。但這時，有種想法掠過她的腦際：「在我們年輕時，這可是好品德呢。」

唐納森醫生沒待到很晚，十點就走了。他離開後，艾蜜莉．亞倫道小姐也表示要睡了。她上了樓，那些年輕的親戚也跟著上來，他們今晚的興致似乎不怎麼高。勞森小姐仍在樓下處理善後：把小狗小寶放出去，弄熄爐火，放好爐門擋板，捲起爐子前的地毯，以防失火。

大約五分鐘後，她上氣不接下氣地來到女主人的屋裡。

「我想我都打點好了，」她一面說，一面放下毛線、工作袋和一本圖書館借來的書。

「我希望這本書還可以。您單子上開的書她一本也沒有，不過她說，肯定您會喜歡這本。」

「那姑娘蠢蠢的，」艾蜜莉．亞倫道說，「她對書的品味是我碰過最差的了。」

「哦，親愛的夫人，我真抱歉，也許我該……」

「少廢話了，這不是你的錯。」艾蜜莉．亞倫道和氣地接著說，「希望你今天下午玩得高興。」

勞森小姐立刻顯出喜悅的神色，看起來熱切又有活力。

「喔，我玩得很高興，多謝您了，都是您的寬宏大量。我下午過得有意思極了，我們玩了扶乩寫字板[2]遊戲，真的，扶乩寫字板寫出了有趣的東西，它透露了幾個訊息……當然每次都不太一樣……朱莉亞．崔普試了幾次，還真靈哪。有幾項訊息還是九泉之下的人們提供的。這真會使人滿懷感激，像這樣的東西應該要好好保存……」

亞倫道小姐微微一笑，說：「最好別讓教區牧師聽見你這番話。」

「但這是事實啊。親愛的亞倫道小姐，我確信、十分確信，這方法不會出錯，我只希望親愛的朗斯德爾牧師也能來試試。在我看來，譴責一件你還沒查證過的事情，是心胸狹窄的表現。朱莉亞和伊莎貝爾．崔普也都是崇尚精神層面的人。」

「她們未免也太空靈了吧。」亞倫道小姐說。

她不大喜歡崔普姐妹，她覺得她們的服裝太唐突可笑，她們吃素和生食的習慣實在不合常理，舉止又很做作；從她們身上看不出什麼傳統家庭的出身……事實上，就是沒教養！但是她們的那片誠摯卻使她感到有趣，而且艾蜜莉心底無限仁慈，絕不妒忌她們之間的友情，因為很明顯地，這帶給可憐的明妮歡樂的感受。

可憐的明妮！艾蜜莉．亞倫道看著她的隨身女侍，慈愛和蔑視的情愫交織在一起。曾經有很多這樣蠢蠢的中年婦人服侍過她，她們差不多都一個樣：為人和善，愛大驚小怪，態度謙卑，而且幾乎到了無知的地步。

可憐的明妮今晚看起來特別興奮。她的雙眼閃爍著光芒，在屋裡忙來忙去，漫無目的地摸摸這兒，碰碰那兒，連她自己也不知道在做什麼，但她的眼睛又格外明亮。

她顯得很緊張，結結巴巴地說：「我……我真希望您當時在場……您曉得，我知道您不信這套。但今晚，扶乩寫字板畫出Ｅ．Ａ兩個字母，這肯定是某個人名字的縮寫。這人是很多年前逝世的，他是個長得很好看的軍人，伊莎貝爾清清楚楚地瞧見他了。這個人一定是親愛的亞倫道將軍。這是多麼美好的訊息啊，充滿了愛和寬慰：耐心地忍受，你就能得到一切。」

「這聽起來不像我父親。」亞倫道小姐說。

「哦，可是再親的人在另一個世界裡也是會變的。愛、相互了解就是一切。接著，扶乩寫字板勾畫出一把鑰匙的樣子，我想這是咱們家伯勒櫥櫃的鑰匙。」

2　扶乩寫字板（planchette），靈媒用來占卜的器具，通常製成小桌子或平台狀，由心形或三角形的紙板組成，並有一枝垂直架好的鉛筆，輕輕推一下，鉛筆就會移動，自動畫出英文字母，再根據這些英文字母推斷神靈給了什麼啟示。

「是伯勒櫥櫃的鑰匙嗎？」艾蜜莉．亞倫道的聲音急切，聽得出對此很感興趣。

「我想是的。我想，櫥櫃裡或許有什麼重要文件或之類的東西。曾有過一個令人信服的例子：某次釋出了一個訊息，要人們看看屋裡的桌子或櫃子等家具，結果真在那兒發現了一份遺囑。」

「伯勒櫥櫃裡沒有遺囑。」亞倫道小姐說。她馬上又加了一句：「明妮，你去睡吧！你一定累了，我也是。過幾天我們就請崔普姐妹來這兒玩玩吧。」

「噢，那太好了！晚安，親愛的夫人。您沒別的吩咐了嗎？我希望您沒有因為今天客人來得多而累著。我一定告訴艾倫，叫她明天把客廳好好地通通風，把窗簾整一整，屋裡全是菸味。我說，您真是太好了，竟讓他們在客廳吸菸！」

「對於當前的時代潮流，我也只得退讓幾步啊。」艾蜜莉．亞倫道小姐說，「晚安，明妮。」

待明妮離開房間後，艾蜜莉．亞倫道暗忖著，那些怪力亂神的事對明妮是不是不大好。瞧她，眼睛都瞪大了，看起來也焦躁不安，亢奮得很。

艾蜜莉．亞倫道上床後還在想，關於伯勒櫥櫃的事實在太奇怪了。她陰陰地笑了一下，想起很久以前的事：父親死後，丟失的鑰匙找到了，而白蘭地的空瓶竟從未上鎖的櫃子裡傾瀉而出！諸如此類的小事，肯定明妮．勞森不知道，伊莎貝爾和朱莉亞．崔普也不會知道，這就不免讓人猜疑：那件神怪之事是不是在暗示著什麼……

她躺在有四根大立柱的床上，一直無法入睡。現在，她發現比過去更難入睡了，但她不想理會格蘭傑醫生要她吃安眠藥的建議。安眠藥是為意志脆弱的人準備的，有的人只是因為手指痛，有的人則因為牙有點痛，而有的人則是無法忍受輾轉難眠的漫漫長夜。

她在不能入睡時常常起身，靜靜地在房子裡踱來踱去，或拿起一本書來閱讀，或摸摸那些裝飾品，或整理一下花瓶中的花卉，或坐下來寫一兩封信。在這午夜之際，她感到她所漫遊的房子裡同樣有生氣。夜間漫遊也不錯。似乎是有些鬼魂同她一塊兒漫步，是她三姐妹的鬼魂，即阿拉貝拉、馬蒂達和艾格尼絲。她弟弟湯瑪斯的鬼魂也來了；在被那個女人擄獲之前，他是個多麼好的年輕人啊！甚至約翰．萊弗頓．亞倫道將軍的鬼魂也在身邊……他在家裡是舉止優雅的暴君，常對兒女們咆哮，欺壓他們。雖然如此，兒女們都為他感到驕傲，他曾經歷印度兵變[3]，且見識廣博。他的兒女們之前都曾迴避過這個問題：父親真有什麼三長兩短時，這個家得怎麼辦才好呢？

她的思緒又轉到她侄女的未婚夫。亞倫道小姐一邊想著，一邊自言自語：「我認為他將來準不會酗酒！今天晚上他自稱是男子漢，卻喝著大麥茶！大麥茶耶！我還開了爸爸留下的特製紅葡萄酒。」

3 印度兵變（Indian Mutiny）發生於一八五七、五八年間，英國在印度的東印度公司駐軍的印度籍士兵，發動了反對英國殖民政府的武裝起義，後來被英國的大量武裝鎮壓。該事變的結果導致英印政權改組，並撤銷東印度公司。

查爾斯倒是痛飲了這葡萄酒。噢！要是查爾斯值得託付就好了，要是人們不知道他曾幹的好事……

她的思緒中斷了……她又想到週末發生的事情……

所有的一切似乎都使她不能平靜……

她想把所有煩躁的事都倒出來。

但她辦不到。

她用雙肘支撐起身子，憑著小燭盤裡徹夜亮著的燭光，看了看時間。

凌晨一點了，她不曾像現在這樣一點睡意也沒有。

她下了床，穿上拖鞋和那件暖和的睡袍，想要下樓去查一查每週的帳目，以便應付明天一早的付款事宜。

像個影子般，她溜出了房間，沿著走廊走著，因為這兒有一盞終夜亮著的小電燈。

她走到樓梯邊，伸出一隻手去扶樓梯的扶手，但不知怎麼回事，她絆倒了，她想恢復平衡，卻沒成功，於是頭朝下地滾了下去。

§

她滾下樓的聲音和她發出的尖叫聲，使得房子裡沉睡的人全醒了，各屋的門都打開來，燈也亮了。

勞森小姐從她那緊靠樓梯邊的房間衝了出來。

她一邊悲傷地啜泣著，一邊啪答啪答地跑下樓。其他人也相繼而來，查爾斯穿著華麗的睡衣，還打著呵欠；泰瑞莎裹著黑綢睡衣；貝拉身著海軍藍寬鬆睡衣，頭上布滿著髮捲，這是為了使頭髮產生捲度。

艾蜜莉．亞倫道躺在那兒，身體扭成一團，被嚇得昏頭昏腦。她的肩膀和腳踝都受傷了，全身疼得要命。她意識到大夥兒站在旁邊看著她：傻明妮．勞森在哭泣，並毫無意義地比著手勢；泰瑞莎深色的眼睛流露出驚恐；貝拉張著嘴傻傻地在看熱鬧；等等，有人在說話……是查爾斯！但他在哪兒？聲音聽起來好遠……

「準是那顆球搞的鬼！一定是該死的狗把球留在這兒，害得姑姑踩著了而滑倒。看吧，球在這兒！」

之後，她意識到一個有權威的人過來了，他把其他人推開，跪在她身旁，用敏捷、精確的雙手輕輕撫摸著她。

她感到全身都放鬆了，這下子沒事了。

塔尼奧斯醫生用堅定的語氣安慰大家說：「問題不大。沒傷著骨頭……只是有些擦撞傷，並抖得很厲害，當然，因為她嚇著了。但很幸運，摔得並不嚴重。」

他叫其他人向後退，並輕輕將她扶起，把她攙到臥室。到那兒，他握著她的手腕，量了一下脈搏，然後點點頭，叫明妮（她還在哭，實在叫人心煩）出去拿白蘭地，並燒點熱水裝在熱水瓶裡。

亞倫道小姐神智不清，全身顫抖，疼痛難忍，這時她真的很感激雅各．塔尼奧斯，這雙能幹的手使她感到舒緩多了。他給你一種有保障、信任的感覺，這是醫生所該展現的特質。

但這會兒有件事……一件她現在還搞不太清楚的事，一件隱隱約約使她不安的事，只是現在她顧不了那麼多，當下要做的是遵從大家的吩咐，喝點白蘭地，然後好好地睡一覺。

但是，肯定有什麼東西不見了，也許，是某個人不見了。

噢，好吧，她不再想了……她的肩傷實在疼痛難當，於是她一口氣喝下了白蘭地。

她聽到塔尼奧斯醫生以一種令人寬慰的肯定語調說：「她現在沒事了。」

她閉上了眼睛。

§

她被一個熟悉的聲音吵醒了……是低沉的狗叫聲。

霎時間，她完全清醒了。

小寶，調皮的小寶！牠正在門外叫著，那叫聲似乎在說：「主人，我整夜都在外面玩樂，覺得好羞恥。」這是一種壓低了嗓門的叫聲，但滿懷希望地叫個不停。

亞倫道小姐豎起耳朵細聽。啊，對，沒錯。她聽見明妮走下樓去，開門放小狗進來。她聽到開大門的響聲，接著是幾句聽不清楚的低語，是明妮那無濟於事的斥責。「哦，你這個調皮的小狗，淘氣的小寶……」她聽見儲藏室的門開了，因為小寶的床在儲藏室裡的桌子下方。

這時，艾蜜莉恍然大悟，在她出事時，她下意識地感到不見的東西是什麼了，就是小狗小寶！在那陣混亂當中，她摔倒了，大夥也都湊了過來，按常理，在儲藏室裡的小寶會愈吠愈大聲。

所以，這就是使她內心深處一直感到不安的事。但現在弄清楚了……小寶昨晚被關在門外，牠毫不知錯地在外面玩了一夜。之前牠也不曾安分過，但事後牠表現歉意的樣子總讓人心軟而不忍責備。

所以，現在事情明朗了，但真是這樣嗎？為什麼老覺得還有什麼事在讓她煩惱，仍在困惑著她？肯定有什麼事和這次的意外相關。

啊，有人說了那句話……是查爾斯，他說都是因為她一腳踩到小寶留在樓梯上的球才摔倒的……

那顆球果真在那兒，而事後查爾斯還將它握在手上……

艾蜜莉．亞倫道的頭痛了起來，她的肩膀也在陣陣抽痛，身上腫起的部分也是……

雖然她處於肉體的痛苦中，但她頭腦清楚，神志清醒，她不再因驚嚇而糊塗了，她的記憶力徹底恢復了。

她在心裡重新審視一遍從昨晚六點起發生的每件事……追憶起每個時刻……直到她走到樓梯頂端，摔了下來……

一陣毛骨悚然的恐懼穿透了全身……

這肯定……肯定是她自己弄錯了……在發生一件意外後人們總愛胡思亂想。她盡力回想腳下那顆小寶滑溜溜的球……

但是她怎麼想都想不透。

除非……

「真是神經質，」艾蜜莉．亞倫道說，「可笑的想法。」

但她那敏感、機靈、維多利亞式的心此時實在無法否認，維多利亞時代的人並不是愚蠢的樂觀主義者，他們能泰然接受最糟的狀況。

艾蜜莉．亞倫道正是這樣的人。

# 04

# 亞倫道小姐的信

這天是星期五。

家人們早就離開了。

他們是按原計畫星期三離開的。所有的人都曾提出要多待些時候，但都遭到無動於衷的拒絕。亞倫道小姐解釋，她想要清靜清靜。

在他們離開後的這兩天，艾蜜莉·亞倫道陷入冥思苦想中，明妮·勞森跟她說話，她卻常常都沒聽見，只得兩眼瞪著她，要她把話再說一遍。

「她這會兒真的受驚了，可憐的夫人。」勞森小姐說。

她以一種大難臨頭、陰鬱的神態向別人誇張地說起這件事，讓生活枯燥的聽眾們也跟著提起興致。

「我敢說，她不會恢復了。」

但格蘭傑醫生這廂可是卯足了力在幫她復元。

他告訴她，這週末她就可以下樓來了，她的骨頭沒摔傷，這真使格蘭傑醫生掃興。對他這樣為生命奔波的醫生來說，她這算哪門子的病人？如果他的病人都像這老婦人一樣，他就非得卸下招牌，關門大吉不可了！

艾蜜莉·亞倫道精神奕奕地應了聲。她和格蘭傑醫生是老戰友了，他總是咄咄逼人，而她也會毫不客氣地給他回馬槍。對他們倆來說，能彼此這麼相互為伴是多麼有趣呀！

可是現在，當老醫生步履沉重地離開後，老太太躺在那兒，緊蹙雙眉，想呀想呀地，漫不經心地聽著身邊明妮·勞森好意的叮嚀。不過突然間，她回過神來了，又恢復了她的毒舌辣嘴。

小寶趴在主人床角的一塊小地毯上，勞森小姐一邊彎腰看牠，一邊嘰哩呱啦地說：「可憐的小小寶，要是我們的小小寶知道牠對可憐的女主人幹了什麼好事，牠會像現在那麼高興嗎？」

亞倫道小姐馬上斥責道：「明妮，你別傻了，你那英國人的正義感哪裡去了？在這個國家，不論男女，在沒有證據證明他們犯罪之前，都是無辜的。這你難道不知道嗎？」

「喔，可是我們不是知道……」

艾蜜莉厲聲說：「我們現在什麼也不知道！明妮，你一會兒動動這，一會兒又碰碰那，真是煩人，快住手吧！你一點也不知道在病房該怎麼做事嗎？出去，把艾倫給我叫來！」

勞森小姐恭敬地彎腰退了出去。

艾蜜莉．亞倫道小姐看著她的背影，頓時有些自責。明妮雖有些瘋瘋癲癲，但她是個盡力工作的人。

一會兒後，她又皺起眉頭，愁容滿面了。

她極不高興。這好勝心強的老婦人非常厭惡遇事時束手無策，但在這種特殊的情況下，她什麼也做不了。

有時，她不相信自己的感覺，不相信自己對事情的記憶力，但她身邊確實沒有一個人值得信賴。

半小時後，門嘎地一聲開了，勞森小姐躡手躡腳地端著一碗牛肉湯走進來，但看到女主人正閉目躺在那兒時，她愣在那兒，不知所措。這時，艾蜜莉．亞倫道的嘴裡突然蹦出幾個字，聲音是如此有力、如此斬釘截鐵，嚇得勞森小姐幾乎把碗給砸了。

「瑪麗．福克斯！」亞倫道小姐說。

「您要盒子[4]嗎，親愛的夫人？」勞森小姐說，「您是說要盒子嗎？」

「你聾了嗎，明妮，我沒說什麼盒子，我是說瑪麗．福克斯，我去年在契爾頓漢認識的

4 英文的盒子「box」讀音和福克斯「fox」相似。

女人，她是埃克塞特大教堂牧師會中一個牧師的妹妹。把那碗湯遞給我，你把碗裡的肉汁都灑到小碟子裡啦。還有，以後進屋別踮著腳尖走路，你曉得那樣子有多讓人生氣嗎？下樓去吧，把倫敦的電話本拿來。」

「親愛的夫人，還是由我來查查您要找的號碼？」

「我若要你做的話，老早就告訴你了。照我的話去辦，把電話本拿到這兒來，另外再把筆、墨水和文具放到我床邊。」

勞森小姐照辦了。

她把艾蜜莉所需的東西全拿來了，放好後正準備踏出房門時，艾蜜莉·亞倫道突然說：「明妮，你是個忠實的好人。別把我的咆哮放在心上，事情並沒有那麼糟。你總是那麼有耐心，對我也那麼好。」

勞森小姐面紅耳赤地走出屋子，雙唇還蹦出一串不連貫的話。

亞倫道小姐坐在床上寫信。她緩慢又仔細地寫著，因為思考而停了好幾次，在句子下邊還畫了很多橫線。在這張信紙上她畫掉不合適的句子，畫了又畫，因為她所受的教育告訴她不可浪費紙張。最後，她滿意地吁了一口氣，簽上名，把信放進信封裡，並在信封上寫上了名字。然後，她又另外拿出一張紙，這次，她打了一張草稿，經過反覆閱讀、做了修改和刪除後，才抄成正式的信。她仔細地把寫好的信看了一遍，感到格外滿意，信中真切地表達她的意思，她隨即把信裝進信封，封好，寫上收信人的姓名地址：哈切斯特、查爾斯沃斯與柏維斯律師事務所，威廉・柏維斯先生收。

她又拿起第一封信，收信人是赫丘勒・白羅先生。她打開電話本，查到地址後把它寫上。

一陣輕輕的叩門聲傳來。

亞倫道小姐慌忙地將剛寫好地址的信——給赫丘勒・白羅的那封——塞進文具盒裡。

她不想引起明妮的好奇，明妮太愛追根究柢了。

她說了句「進來」，躺在枕頭上，鬆了一口氣。

她已採取應變的措施了。

# 05 赫丘勒・白羅收到來信

誠然，以上所述是在很長一段時間後我才知道。我想，我描述得夠精確了，因為我詳細詢問了亞倫道家庭的每個成員。

白羅和我是在收到亞倫道小姐的信之後，才捲進這起案件之中。

這一天，我記得特別清楚。這是六月底一個炎熱、無風的早晨。

每天早晨，白羅打開送來的信件時，總有個獨特的習慣。他拿起每一封信，先認真地觀察一下，再用拆信刀整齊地把信封裁開，逐字逐句地讀完信的內容，最後把信放到離巧克力壺較遠的四疊文件中的某一卷裡（白羅吃早餐時總要喝巧克力，這實在是種噁心的怪習慣）。他每天都這麼做，就和機器一樣，分毫不差！

因此，他這個工作節奏若有些微變化，都會引起注意。

我坐在窗邊，看著街上來往的車輛。我剛從阿根廷回來，重新沉浸在倫敦的喧鬧之中，這讓我格外興奮。

我轉過頭去，笑著說：「白羅，在下我華生，有個大膽的推論……」

「真令人感興趣，我的朋友，是什麼呢？」

我裝腔作勢，帶著誇張的語氣說：「今天早上你收到了一封非常有趣的信！」

「你根本就是福爾摩斯嘛！沒錯，你說對了。」

我笑了起來，說：「瞧，這下我可摸清你的招數了，白羅。如果你把一封信讀了兩遍，就意謂著你對這封信特別感興趣。」

「海斯汀，你自己做個判斷吧！」

我的朋友微微一笑，帶點猶豫地把信遞給了我。

我興匆匆地接過信，但立刻做了個鬼臉。信是用一種老式的細長手寫體寫成的，而且在這兩頁信紙上是畫了又畫。

「白羅，我必須讀它嗎？」我有些埋怨地說。

「嗯，不，不勉強，真的。」

「你不能直接告訴我是怎麼回事嗎？」

「我希望你能自己做個結論。不過，你若是嫌麻煩，就不用費神了。」

「不，不，我希望知道這到底是怎麼回事。」我有些辯解似地說。

我的朋友冷冰冰地說：「你恐怕很難辦到。實際上，這封信裡什麼也沒說。」

我覺得他有些誇大其詞，所以也就不再多費唇舌，聚精會神地讀起這封信。

赫丘勒・白羅先生敬啟

親愛的先生：

反覆思考後，我寫（「我寫」這兩個字給畫掉了）我很冒昧地給您寫了這封信，希望您能以純屬私人考量的立場幫助我（她在「純屬私人」四個字的下面畫了三條線）。這麼說吧，您的名字對我來說並不陌生，一位姓福克斯的小姐向我提過您。雖然福克斯小姐不認得您，但她說她妹夫的姐姐（很遺憾，我記不起她的名字）對您予以高度的評價（這幾個字下面又畫了線）：您待人和善，判斷力極強。當然，我沒問過您替她調查事件的性質（「性質」兩字下又畫了線），但我從福克斯小姐那兒了解到，這是一件使人痛苦又不便公開的事（「不便公開」這幾個字下面重重地畫了四條黑線）。

拼讀出這些蜘蛛絲般細長的手跡是件相當困難的任務。我停了一會兒。

「白羅，」我說，「我還要繼續下去嗎？她談到重點了嗎？」

「繼續吧！我的朋友，耐心點。」

「耐心！」我埋怨地說，「這信上的字真像是蜘蛛掉進墨水瓶裡，又爬出來在紙上扭來扭去似的！我記得我姑婆瑪麗的字就跟這一模一樣！」

我又繼續讀起這封冗長的信。

我現在正處於兩難的局面，我想，您應該能替我做些必要的調查。您不久後便會理解為何此事必須如此謹慎。事實上，毋須贅言，我是多麼真切地祈望（「祈望」兩字下畫了兩條線）事情就是那樣，僅是誤會一場。人們有時總會把芝麻小事給渲染了。

「我沒漏掉一張信紙吧？」我迷惑不解地嘟囔著。

「沒有，一丁點兒都沒漏。」

「怎麼看不出信上寫的是什麼意思。她要談的究竟是什麼？」

「Continuez toujours[5]。」

事實上，您很快就會了解（不，我一點也不了解。噢！請看下去吧）在目前的狀況下，我肯定，您是我的第一人選，我絕不會去求教馬基貝辛鎮上的任何人（我回過頭來看了一眼信箋上寫的地址，馬基貝辛鎮，小綠屋，貝克斯）；同時，自然地您也會理解，我為何感

5　法語，意思是「請繼續讀下去」。

到如此不安（「不安」兩字下又畫了一條線）。過去的幾天中，我一直責怪自己是在過分地空想（「空想」兩字下畫了三條線），但我卻益發感到不安。也許我把一件瑣碎之事看重了（「瑣碎之事」下畫了兩條線），可是不安的感覺仍然存在。我真的覺得，唯有解決這件事，我才得以恢復平靜。事實上，這件事在折磨我的身心，而更糟的是，我不能跟任何人提及此事（「不能對任何人提及此事」這幾個字下面畫了一條重重的線）。當然以您的聰明才智，您會說，這都是子虛烏有，終將會有個合理的解釋（「合理」兩字下又畫了線）。儘管事情看起來沒什麼大不了，可是自從發生了小狗的球這件事之後，我就愈發懷疑，也提高了戒心，因此，我由衷希望能聽聽您的見解，我肯定這麼一來能大大減輕壓在我心頭上的重擔。您不妨告知您的收費方式，以及我現在應該做些什麼。

我必須再次提醒您，這兒沒有一個人知道此事。我明白我說的這些事微不足道，但我的健康狀況不大好，我的神經（「神經」下面畫了三條線）也不像以前那樣中用了。我知道，心中積存這種煩憂對我很不好，但我愈是思考這件事，就愈確信我的看法完全正確、錯不了。當然，我從不想對任何人（畫了一條線）講這事（「這事」下面又畫了一條線）。

希望早日聽到您對這件事的忠告。

順頌

時祺

艾蜜莉・亞倫道

我翻著信，仔細查閱了每一頁。

「可是，白羅，」我帶著埋怨的口氣說，「這到底是怎麼回事？」

我的朋友聳聳肩說：「你說呢？」

我有些不耐煩，輕輕地彈了彈信紙。

「奇怪的女人！為什麼亞倫道夫人……或是小姐……」

「我想她是位小姐。這是一位典型的老處女所寫的信。」

「可不是嗎，」我說，「真是一位愛大驚小怪的老女人。為什麼她不挑明地把想談的事說出來？」

白羅嘆了一口氣說：「正如你所說，但很遺憾地，海斯汀，她現在是心亂如麻，不知所措啊……」

「確實如此，」我趕緊接下去說，「那小小的灰色細胞像是不存在了。」

「朋友，我不願那樣說。」

「但我真的這麼認為！否則怎麼會寫出這麼語無倫次的信呢？」

「這倒是事實。」白羅承認說。

「一篇冗長的信，沒有什麼重點，」我繼續說，「該不是她寵愛的小肥狗病了，使她不安吧……搞不好牠還是隻得了哮喘的哈巴狗，或是整天在亂吠的北京狗呢！」我好奇地看著我朋友，然後說道，「這封信你還讀了兩遍。白羅，我實在不理解。」

白羅笑了笑說：「海斯汀，你是不是想把這封信扔進字紙簍裡？」

「恐怕是吧，」我對著那封信皺了皺眉頭。「我大概還是和以往一樣那麼遲鈍吧，我實在看不出這封信有什麼搞頭！」

「然而這封信有一點使人很感興趣，這一點從一開始就吸引了我。」

「等一等！」我大叫著，「你先別說，我看我自己能不能發現！」

或許，我太天真了。我又仔仔細細地檢視了這封信，最後，我搖了搖頭。

「不行，我看不出來。老婦人是被愚弄了，這一點我能了解，而這種事常發生在老婦人身上！也許這是老婦人在無事生非，或許真的和某件事有關，但我看你也說不出個所以然。除非你的本能……」

白羅舉起手，有些惱怒地說：「本能！你知道我有多不喜歡這字眼。『我一定嗅出了什麼』，這可是你的推論。Jamais de la vie[6]！我白羅，用的是理性，我用的是那小小的灰色腦細胞。這封信裡有一點很有趣，可是你完全忽略了，海斯汀。」

「噢，好吧！」我沒精打采地說，「我接受。」

「你接受？你接受什麼？」

「這只是一種說法，我指的是，我就讓你明明白白告訴我，我這二愣子是怎麼個愣法。」

「海斯汀，你不笨，只是拙於觀察。」

「好吧，不談這個。有趣的地方在哪兒？我想，是『小狗的球的事件』吧，整件事的重點就是一點重點也沒有！」

白羅沒理會我說的俏皮話。他沉著冷靜地對我說：「有趣的是寫信的日期。」

「日期？」

我拿起那封信。信紙左上角寫的日期是四月十七日。

「是啊，」我慢慢地說，「奇怪，怎麼會是四月十七日呢？」

「今天是六月二十八日。C'est curieux, n'est ce pas[7]？這是兩個月以前的事了。」

我搖了搖頭，表示懷疑地說：「也許這並不代表什麼，只是筆誤！她想寫六月，但錯寫成四月。」

「即便是那樣，信也晚了十或十一天才到，這還是很怪。但你的判斷實際上是錯了，瞧瞧這信的墨色，絕對是比十多天更早之前寫的。可以肯定，信是四月十七日寫的，但為什麼沒寄出來呢？」

我聳了聳肩說：「很簡單，這老女人改變了主意。」

「那她為什麼不毀了這封信？為什麼要把信保存兩個月之久，到現在才寄出呢？」

6 法語，意思是「我這一生不曾這樣」。

7 法語，意思是「這很怪，不是嗎」。

腔。

我不得不承認這很難回答。實際上，我還真找不出一個滿意的答案，只是搖搖頭，沒答

白羅點點頭說：「看吧，這就是關鍵，是個有趣的關鍵。」

「那你打算回信囉？」我問道。

「Oui, mon ami[8]。」

除了白羅拿鋼筆寫字的沙沙響聲外，屋裡一片寂靜。這是一個炎熱、無風的早晨，塵土和瀝青的氣味從窗外滲了進來。

白羅從寫字檯旁站了起來，手裡拿著寫完的信。他拉開一個抽屜，從中拿出一個小方盒，自裡頭拿出一張郵票。他用一小塊溼海綿把帶膠的郵票沾溼，準備把郵票貼在信封上。

突然，他停了下來，郵票還拿在手裡，用力搖著頭。

「Non[9]！」他叫了起來。「這件事我做錯了。」他把信一撕，扔進字紙簍裡。

「我們不能這麼做！我的朋友，我們得去一趟！」

「你是指去馬基貝辛鎮嗎？」

「完全正確。為什麼不去？今天倫敦不是熱得使人發慌嗎？鄉村的空氣不是正宜人嗎？」

「嗯！照你這樣說，」我說，「我們是不是開車去呢？」

因為我買了一輛二手的奧斯汀。

「好極了，今天正適合兜風。用不著圍巾了，但得穿上薄大衣，繫上絲領巾……」

「我親愛的夥伴，你不是要到北極去吧！」我帶著抗議的口氣說。

「可得留意，不要著涼了。」白羅一本正經地說。

「像這樣的天氣會著涼？」

白羅不顧我的抗議，還是穿上一件淡黃褐色的大衣，脖子上圍了條絲領巾。他仔細把那張沾溼的郵票貼在吸水紙上吸乾，隨後我們就一起離開了房間。

8 法語，意思是「是的，我的朋友」。

9 法語，意思是「不」。

# 06 前往小綠屋

我不知道白羅穿著大衣、繫著絲巾有何感覺，在我們駛出倫敦之前，我自己覺得像被火烤似的。在這樣炎熱的夏日車陣中，就算開著敞篷車也一點兒都不涼快。

然而，當我們的車駛出倫敦，以較高的速度行走在西行公路上時，我的精神就來了。

我們驅車行駛了大約一個半小時，將近十二點的時候抵達馬基貝辛鎮。以前這個小鎮位於主要幹道上，後來新修了一條現代化公路，使得小鎮離北邊主要交通線拉開了三哩遠，小鎮便保有了舊時代的尊嚴和寧靜。鎮上有條寬闊的大街和壯觀的廣場，似乎在向人們訴說：「過去這兒曾經是個要地，而對任何有品味和教養的人來說，我依舊如此。就讓快速發展的現代世界，沿著那新式道路飛快前進吧！打從建城的那一天起，我就是為了保有這份美麗而存在。」

廣場中央有座大停車場，但只有寥寥幾輛停在那兒。我把車停妥，白羅則脫掉了那累贅的外衣，並用手理好他那左右對稱且發亮的兩撇鬍子，然後我們隨即動身。

我們頭一回問路，得到的回答就不像往常問路時得到的結果：「對不起，我對這兒也很陌生。」看來，馬基貝辛鎮除了我們倆之外沒別的陌生人了！還真是這麼回事！我早已感覺到，我和白羅，特別是白羅，在這兒很引人注意。在這美麗而富有傳統的英國小鎮裡，我們倆特別顯眼。

「小綠屋？」一個身強力壯、長著一對牛眼的男人把我們從頭到腳打量了一番後才說，「一直往前走到街上就是了。它在左邊，但門上沒有門牌，它是過了銀行的第一間大房子。」他又說了一句：「你們準能找到。」

當我們邁步向他指的方向走去時，他仍一直盯著我們。

「哎呀，」我埋怨地說，「我覺得我們在這兒真是醒目，特別是你，白羅，你根本就是個外國人。」

「你認為別人注意到我是個外國人了，是嗎？」

「簡直昭然若揭！」我肯定地告訴他。

「我的衣服可是出自英國師傅之手呢。」白羅若有所思地說。

「衣著不能取代一切。」我說，「不可否認的是，白羅，你有一種格外引人注意的特質，我常常納悶，這竟然沒有影響你的職業生涯。」

白羅嘆了一口氣說：「那是因為有種錯誤的想法深深烙印在你的腦海裡，你覺得偵探應該就是個戴著假鬍子、藏在大柱子後面盯梢的人！戴假鬍子，那是 vieux jeu[10]；藏身、盯梢，那只是我職業中最低層的部分。我的朋友，我赫丘勒．白羅需要的，只是坐在椅子上思考。」

「這就是我們得在這異常炎熱的早晨，沿著異常炎熱的街道行走的原因。」

「海斯汀，你這話回得真漂亮。這次我承認，你搿倒我了。」

我們很輕易地找到小綠屋，但使我們吃驚的是，有一塊房屋仲介的招牌豎在外面。

正當我們盯著招牌看時，狗的吠聲驚動了我。

這隻狗所在的地方林木稀疏，因此很輕易就被發現了。牠是一隻硬毛㹴，四爪緊緊地趴著地，重心略向前傾斜。牠對自己的表現似乎頗為滿意，顯示出那吠叫是出於友善。牠像是在說：「我是一隻好的看門狗，不是嗎？不要介意我的吠聲，這是我的樂趣！當然，這也是我的職責，我就是要讓人們知道這裡有一條我這樣的狗！今天早上真無聊，這下終於有事可做了！要進來嗎？我希望你們進來，因為真他媽的悶啊，我可以跟你們聊聊。」

「嗨！夥計。」我邊說邊伸出了拳頭。

這狗把脖子伸出柵欄，用鼻子警覺地聞了聞，然後輕輕搖著尾巴，斷斷續續又吠叫了幾聲，似乎在說：「因為沒人把你們介紹給我，我就得這樣囉！但是，我看你們是行為得體的好客人。」

「好孩子。」我說。

「汪，汪……」狗溫和地叫著。

「如何，白羅？」我不再和狗說話，轉向我的朋友。

我朋友的臉上表情異常奇特，是一種難以揣測的神情，若說是刻意隱忍著興奮，這說法恐怕再適當不過了。

「狗兒的球的事件……」他喃喃地說著，「好了，至少我們找到狗了。」

「汪，汪……」我們的新朋友又在叫了，接著牠坐下，打了一個老大的呵欠，充滿希望地看著我們。

「下一步怎麼辦？」我問。

狗兒似乎也要問同樣的問題。

「當然是去找那兩位先生，他們叫什麼名字來著……蓋布勒和史崔徹先生。」

「確實。」我表示同意。

我們轉身沿著來時路往回走，剛結識的狗在我們身後失望地叫了幾聲。

蓋布勒和史崔徹先生的房子坐落於市場廣場。我們走進一間靠外邊的辦公室，室內光線昏暗，一位扁桃腺肥大、兩眼無神的少婦接待我們。

「早安。」白羅有禮貌地說。

10 法語，意思是「老把戲」。

這位少婦當時正在接電話，她指了指一把椅子，白羅順勢坐下，我則找到另一把椅子，把它搬到前面來。

「我不能這麼說，我肯定。」少婦毫無表情地對著電話筒說，「不，我不知道利率是多少……什麼，請再說一遍？噢，水嗎，我想應該有，不過我不能完全肯定……很對不起……不，他出去了……我不曉得他何時回來……是，我當然會問問他……是的……電話是八一三五嗎？對不起，我沒聽清楚。噢，噢，是……八九三五……什麼？是三九……噢，是五一三五……好，我會請他回電……六點後……噢，不好意思，是六點前……非常感謝您。」

她放下話筒，草草地把五三一九這個號碼寫在吸墨本子上，然後轉過身來，和氣地問白羅有何貴幹，但眼神流露出絲毫不感興趣的樣子。

白羅輕快地說：「聽說小鎮郊外有間房子要賣，叫小綠屋吧，我想是這個名字沒錯。」

「什麼，您再說一遍？」

「有一間房子要出租或出售，」白羅一字一句地說，「叫小綠屋。」

「噢，小綠屋啊，」少婦含糊不清地重複著，「你說的是小綠屋嗎？」

「沒錯。」

「小綠屋，」少婦絞盡腦汁想著，然後說，「喔，我想蓋布勒先生應該知道這件事。」

「我能見見蓋布勒先生嗎？」

「他出去了。」少婦無精打采地以一種略帶滿意的口吻說，好像暗示我們。「這一點我可是能回答的。」

「你知道他什麼時候回來嗎？」

「這我就不清楚了。」少婦說。

「你知道，我正在附近找一間房子。」白羅說。

「噢，是啊。」少婦應聲，但仍無動於衷。

「小綠屋看起來就是我要的。你能介紹一下這間房子的詳細情況嗎？」

「詳細情況？」少婦看來嚇了一跳。

「對，小綠屋的詳細情況。」

她很不情願地打開一個抽屜，取出一疊雜亂無章的文件。

然後，她喊了一聲：「約翰！」

坐在角落的一個瘦長年輕人抬起頭來說：「是，小姐。」

「我們有詳細情況嗎，關於……您說的是什麼地方？」

「小綠屋。」白羅一字一字地說。

「你們牆上有一大張關於小綠屋的帳單呢。」我指著牆上的那張單子說。

她冷冷地看了我一眼。看來她似乎在想：三人玩牌，你們兩個對付我一個，未免太不公平了吧。她又呼叫了她的救援兵。

「約翰，你一點也不知道小綠屋的事嗎？」

「不知道，小姐。相關文件都在卷宗裡。」

「很抱歉，」少婦說，但臉上沒有丁點兒遺憾的表情。「我想我們一定是把有關小綠屋的文件送出去了。」

「C'est dommage。」白羅說。

「那是什麼意思？」少婦問。

「遺憾啊！」白羅回答。

「我們在赫梅居那兒有一棟很漂亮的平房，有兩間臥室、一間會客廳。」她冷冰冰地說著，流露出一種只是在完成老闆所交辦任務的神態。

「謝謝你，我不需要。」

「還有一間是半獨立式的、附帶溫室的房子。我可以給你那間房子的詳細資料。」

「謝謝你，不必了。我想知道你們出租小綠屋的租金是多少？」

「那房子不出租，是要賣的。」少婦回答說。這次不再表現出有關小綠屋之事一概不知而針鋒相對的姿態。

「可是你們的招牌寫著：『出租或出售』。」

「這我就不清楚了。不過，那棟房子是要賣的。」

舌戰進行到這個階段時，門開了，一個頭髮灰白的中年人匆忙地走進來。他雙目露出好鬥的神色，把我們倆打量了一番，隨即揚了揚眉，徵詢著自家員工。

「這是蓋布勒先生。」少婦說。

蓋布勒神氣十足地打開一間內室，說：「兩位先生，請進來。」他招呼我們進去，比了手勢要我們坐下，他自己則坐在一張摺疊式的書桌前，面對著我們。

「我可以為你們做些什麼？」

白羅又絲絲入扣地開始談了起來。

「我希望知道一些關於小綠屋的細節……」

他沒能再往下說，蓋布勒先生就把話接過去了。

「啊！小綠屋是筆資產，完全值得買，而且剛剛開始賣。我可以坦白告訴兩位先生，我們很少以這種價格銷售這種等級的房子。人們的喜好一直在變，並討厭偷工減料的建築，希望有質地良好、美觀大方、實實在在的建築。這是一間漂亮的房子，有特色、深得人心，而且是喬治王朝時代的風格。這是人們現今渴望擁有的房子……人們會覺得老房子有歷史感，我想你們能懂我的意思。啊，是啊，小綠屋用不了多久就會賣出去，人們會搶著要這棟房子，沒錯，搶購！上星期六就有一位國會議員來看過這間房子，他非常喜歡，這個週末他還會再來。還有一位股票商也想買。現今，人們到農村來，都想圖個清靜，遠離塵囂，對這些人來說，這房子太誘人了。這就是這間房子的價值，高雅尊貴！你們不得不承認，以前的人才知道如何為達官貴人蓋房子。是的，這小綠屋在我們登記本上的時間不會太長。」

我發現蓋布勒先生真是個狡獪的商人。他停下來喘了口氣。

「這幾年來，小綠屋已幾次易手了嗎？」白羅問。

「恰恰相反，五十多年來這兒一直住著一家人。他們姓亞倫道，在小鎮很受尊敬，是相當具有傳統風範的人。」

他突然站起來，打開門喊道：「詹金斯小姐，把小綠屋的詳細資料拿來！快一點！」他又回到桌子那裡。

「我想在離倫敦差不多是這麼個遠近的地方找間房子，」白羅說，「我希望是在鄉下，但不是死氣沉沉的鄉下，不曉得你能不能理解……」

「當然，完全理解。太偏僻可不行，首先，僕人就不喜歡。在這兒，您能享受鄉村的一切好處，又能避開一切不足之處。」詹金斯小姐很快地走進來，拿著一張打好的單子，把它放在老闆面前，老闆點了點頭，示意她離去。

「這就是了。」蓋布勒先生一邊說，一邊用熟練的動作快速地把說明資料看了一遍，「這棟老房子的特點是：有四間會客室，八間臥室和化妝室，還有辦公室，寬敞的廚房，另外有車庫、馬廄等等，有自來水，古式花園，不需太多維護費，整個面積有三英畝，還有兩個涼亭等等，價格約兩千八百五十英鎊左右。」

「你能給我一份允許參觀的書面通知嗎？」

「沒問題，親愛的先生。」蓋布勒邊揮動大筆邊問，「您的姓名和住址是？」

使我略感驚奇的是，白羅自稱姓帕羅帝。

「我們的登記簿上還有兩間房子，也許您會感興趣。」蓋布勒先生繼續說。

白羅讓他在通知單上又加了這兩處。

「小綠屋隨時都可以參觀嗎？」白羅問道。

「當然了，親愛的先生，不過那兒還住著僕人。或許我該先打電話問清楚。您要現在去還是午飯後才去呢？」

「午飯後再去好了。」

「當然，當然。我給他們掛個電話，告訴他們您大概兩點左右到，行嗎？」

「謝謝你。你剛才說這屋主是亞倫道小姐，呃？」

「是勞森，勞森小姐，這是目前屋主的名字。我很遺憾地告訴您，亞倫道小姐不久前死了，這就是要出售這房子的原因。我向您擔保，這房子不久就會造成搶購，這點毫無疑問。但我信得過您，若您出個價，我很快就能幫您安排。您也知道，已經有兩位先生想買了，說不定再過個一兩天，他們之中某個人就會出價。他們已相互知道對方都想買這房子，到時候肯定有番激烈的競價。哈哈！我不想讓您那時候大失所望。」

「我想，勞森小姐急於賣這房子。」

蓋布勒先生壓低嗓門，偷偷地說：「正是。這房子比她希望住的大了許多，而偌大的房子裡就她這麼一個中年女人。她想賣了它，到倫敦另外買間房子住。這完全可以理解。這也是這房子開價奇低的原因。」

「出價多少都可以商量嗎？」

「是啊，先生，只要出個價，這筆交易就算開始了。但你若透過我，不難得到合理的價格。啊，真荒唐！您曉得，如今光是建造這樣一棟房子就需要六千英鎊，少一分都不行，更甭提地價和屋前那塊寶地了。」

「亞倫道小姐死得很突然，是嗎？」

「噢，我可沒那樣說，是人老朽了，老朽了！不久前，她剛過七十歲，但疾病纏身好一段時日了。她是她們家族最後一名成員……也許您知道他們家一些事情？」

「我認得一些和這裡有親戚關係的人，也姓這個姓氏，我猜想他們一定是一家人。」

「很有可能。她們有四個姐妹，一個很晚才結婚，其餘三個均未嫁，一直住在這裡。她們都是舊時代的女士。艾蜜莉是四個中最後一個死的，她在小鎮上很受尊敬。」

他向前傾了一下身子，把通知書交給白羅。

「哎，您是不是再來一趟，告訴我您考慮得如何，呃？當然，房裡某些部分需要改得現代化一些，這是可預料的。我也常對客人說：『是否要加一兩間浴室呢？那很簡單。』」

我們告辭了，最後我們聽到詹金斯小姐冷冷的聲音。

「山繆夫人打電話來了，先生，她要您給她回個電話，電話是：荷蘭五三九一。」

就我所記得的，這既不是詹金斯小姐草草寫在本子上的號碼，也不是別人打電話告訴她的號碼。我深信，這是詹金斯小姐因蓋布勒先生強迫她找出小綠屋的資料而做的報復。

# 07 喬治小旅店的午餐

當我們又來到市場廣場時，我對白羅說，蓋布勒先生是個名副其實的惡棍！白羅微笑著表示同意。

「你若不回去見他，他會非常失望。」我說，「我想，他可能覺得自己已經等於把房子賣給你了。」

「確實如此。我擔心他暗懷鬼胎。」

「我們回倫敦前是在這裡吃午飯，還是在回去的路上找地方吃呢？」

「我親愛的海斯汀，我可沒打算這麼快離開馬基貝辛，我們還沒完成來這兒的任務。」

我瞪了他一眼，說：「你的意思可是：我親愛的夥伴，我們還是來晚了，因為老太太死了。」

「一點也沒錯。」

他說這話的腔調使我更狠狠地瞪他。顯然，他那死心眼的毛病又犯了，又死命地盯著那封語無倫次的信了。

「但是，白羅，既然她都死了，」我和緩地說，「這麼做有什麼用呢？她現在不能告訴你任何事了。不管這件事有多棘手，一切都完了，都結束了！」

「你把這件事就這樣往旁邊一擱，何其輕鬆，何其容易呀！讓我告訴你吧，只要我赫丘勒．白羅把這件事放在心上，就絕不會讓它石沉大海，一定要搞個水落石出。」

從過去的經驗，我知道跟白羅爭辯是沒用的。我漫不經心地繼續說：「但是，既然她已經死了……」

「沒錯，海斯汀，一點都沒錯……你一再重複這個重點，卻又反應遲鈍地忽略它的重要性。你還沒了解到這一點的重要性嗎？亞倫道小姐死了！」

「可是，親愛的白羅，她的死完全是自然凋零，沒有任何奇怪和始料未及之處。老蓋布勒不就那麼說嗎？」

「他跟我們說小綠屋的售價是兩千八百五十英鎊，你也信嗎？」

「當然不。我覺得，蓋布勒想盡一切辦法要把這房子賣掉，說不定還得來個大翻修，使其現代化一些。但我敢打賭，或者更確切地說，是他或是他的委託人願意以更低的價錢拋售房子。這座臨街的喬治式大宅子對他們來說，簡直像個魔鬼，他們非趕緊擺脫它不可。」

「很好。」白羅說，「不要再說『蓋布勒是這麼說的』，彷彿他是個有靈感的先知，而不會說謊似的。」

我剛要進一步提出抗議時，我們就已走進了喬治小旅店，白羅大聲「噓」了一下，止住了我們的談話。

我們被引進咖啡間，屋子裡的布置還算整齊，但窗戶緊閉，室內有一股食物的腐臭味。一個動作遲緩、呼吸吃力的老侍者前來照應我們。看來我們是唯一在這兒吃午飯的人。我們吃了美味的羊肉、多汁的大塊包心菜和讓人掃興的馬鈴薯，又吃了些毫無味道的煮水果泥和牛奶蛋糊。吃完奶酪和餅乾後，老侍者端上兩杯讓人疑心是不是咖啡的飲料。

這時，白羅拿出通知書，並請老侍者幫幫忙。

「是的，先生，這些地方我差不多都知道。赫梅居離這裡三哩遠，位在馬奇班罕路，地方不大。內勒農場離這裡大約一哩，有一條小路通到那裡，在名叫『國王頭』那棟房子後面不遠。你說比塞特．格蘭奇？我從沒聽過這個名字。小綠屋離這裡不遠，用不了幾分鐘就走到了。」

「啊，我剛在外面看到了，我想準是那棟。房子維護得挺好的，對吧？」

「是的，先生。房子現在還挺好，屋頂、排水系統都還可以。當然，房子是老式的，從未現代化過。花園的景色美得像幅畫，亞倫道小姐非常喜歡那座花園。」

「我聽說這房子現在是屬於一位勞森小姐。」

「是的，先生，是勞森小姐的，她是亞倫道小姐的女侍，老太太一過世，一切東西……

房子和所有的一切都留給她。」

「真的嗎？我想是亞倫道小姐沒有親戚，無法把財產留給他們吧。」

「呃，不是那樣的，先生，她侄女和侄子還活著。當然，勞森小姐一直跟著她，但勞森小姐也上了年紀。整個事情就是這樣。」

「不管怎樣，我想亞倫道小姐只留下房子，沒剩下多少錢吧？」

我常發現，當你直接向別人問問題但得不到回答時，你就不要直接問，反而得想出一個完全相反的問題，也許就能得到答案。

「完全相反，先生，完全相反！老婦人留下了一大筆錢，使這裡所有的人都大為震驚。有書面遺囑，所有細目都列上了。這麼多年來，這老婦人似乎沒花掉多少錢，因此，大約剩了三、四十萬英鎊。」

「你嚇了我一跳，」白羅驚呼了一聲。「這真像個神話故事，不是嗎？一個服侍主人的窮女人一下子變成讓人難以置信的富小姐。勞森小姐還很年輕嗎？獲得的這筆財富能使她感到幸福嗎？」

「哦，不，先生，她是一個中年人。」

他把「人」這個字說得特別清楚，那是相當戲劇化的口吻。這說明了，做過傭人的勞森小姐在馬基貝辛鎮不是什麼重要人物。

「她的侄兒們一定大失所望。」白羅若有所思地說。

「是啊，先生，我相信這消息使他們大吃一驚，真是意想不到。馬基貝辛鎮裡的人也一直對這事有些看法。有的人認為，死後不把東西留給自己的血親是不對的。但也有一些人認為，任何人都有權決定自己的事。兩種觀點都各有各的說法。」

「亞倫道小姐在這裡住了很多年，對吧？」

「是的，先生。她和她的姐妹都住在這兒，還有她們的父親老將軍亞倫道，他先前就過世了。並非因為別人提到他我才想起，我認為他是個有獨特性格的人。他曾遭遇過印度兵變。」

「他有幾個女兒呢？」

「我記得有三個，有一個好像嫁人了。對了，這三個女兒是瑪蒂達小姐、艾格尼絲小姐和艾蜜莉小姐。瑪蒂達小姐是最先走的，然後是艾格尼絲小姐，最後是艾蜜莉小姐。」

「艾蜜莉小姐是最近過世的嗎？」

「五月初或四月底吧。」

「她病了一段時間了吧？」

「時好時壞，但病的時候多。一年前，她差點因黃疸病而死，從那時候起，她的臉就像橘子那樣黃。在她最後五年的日子裡，身體一直欠佳。」

「我想你們這裡還是有些好醫生吧？」

「嗯，有位叫格蘭傑的醫生，他住在這兒有四十年了，大多數人都找他看病。他的脾氣有點壞，喜歡幻想，但是個難得的好醫生。他現在有個年輕的搭檔，名字叫唐納森的醫生，他的作風比較新式，一些鄉親也會找他看病。喔，還有哈丁醫生，但他不怎麼看診了。」

「我想，格蘭傑是給亞倫道小姐看病的醫生吧？」

「哦，是的。他多次使她轉危為安。他是這樣的：不管你願不願意，他都硬要讓你活下來。」

白羅點點頭說：「人在往生安息之前，都應該再花些時間了解一下那兒的情況，一個好醫生此時就是這麼重要。」

「您這話不假，先生。」

白羅叫他把帳算一算，付錢時還另外給了小費。

「謝謝您，先生，多謝您，先生。我真希望您不久後就能在這裡定居，先生。」

「我也這麼盼望著。」白羅虛偽地說。

我們從喬治小旅店走了出來。

當我們走到街上時，我問道：「滿意了嗎，白羅？」

「一點也不滿意。」

他一轉身，朝意想不到的方向走去。

「你現在要往哪裡去，白羅？」

「到教堂去。那裡或許有些有趣的東西，例如一些銅製的古老紀念碑。」

我搖搖頭，表示懷疑。

白羅很快地巡視教堂的內部。雖然，旅遊指南把它稱為迷人的傳統景點，但它是在維多利亞強權時代謹慎修建的，並沒有什麼吸引人的地方。

然後，白羅在教堂院子裡漫無目的地踱來踱去，讀讀墓碑上的碑文，數數誰家死了多少人，對一些死者的罕見姓名不時發出驚嘆聲。

最後他停了下來，對此我並不感到奇怪，我肯定他找到了從一開始就在尋找的目標。一塊碩大的大理石墓碑上刻著碑文，但有些部分已模糊不清。

感念
約翰・萊弗頓・亞倫道將軍
公元一八八八年五月十九日長眠於此
享年六十九歲
美好的仗你已打過

瑪蒂達・安・亞倫道之墓
公元一九一二年三月十日逝世
來生願再與父親為伴

艾格尼絲・喬吉娜・瑪麗・亞倫道之墓
公元一九二一年十一月二十日逝世
開口要求汝應得的吧

接著，有一排顯然是新刻的字：

艾蜜莉・海瑞特・萊弗頓・亞倫道之墓
公元一九三六年五月一日逝世
一切終將依你所願

白羅站著看了一會兒。

他輕聲地喃喃低語。

「五月一日……五月一日……而今天是六月二十八日，我收到了她的信。海斯汀，你明白了嗎，這件事總得有個解釋吧？」

我明白了，確實如此。

也就是說，我看到白羅下定決心要解開這個謎。

# 08 小綠屋裡

一離開墓地，白羅就邁著輕快的步伐，逕自朝小綠屋的方向走去。我想他現在的角色還是那個要買房子的人。他手裡小心翼翼地拿著參觀房子的幾張通知書，把那張小綠屋的通知書放在最上面。他推開大門，我們順著通往房子前門的小路走去。

這次我們沒看見那位狗朋友，卻聽到牠在房子裡的叫聲，顯然和我們有一段距離，但我猜牠是在廚房裡。

我們立刻聽到穿過大廳的腳步聲，一個五六十歲、面容姣好的女人打開了門，她是位裝扮古典的僕人，現在很難看到了。

白羅遞上證明。

「是的，先生，房產經紀人打過電話來了。請這邊走好嗎，先生？」

我們第一次來看這座房子時，我注意到百葉窗都是關著的，而現在全都打開，準備讓我們好好看一看。我看到屋內每樣東西都收拾得非常乾淨、整齊，看來我們這位嚮導是個辦事極為認真的女人。

「這是白天的客廳，先生。」

我贊許地瀏覽一番。這是間舒適的房間，面對街道的那側有幾扇長窗。室內陳設著質地優良、結實的老式家具，大部分是維多利亞時期的樣式，但也有齊本德爾[11]的書櫃和一對很吸引人的海普懷特[12]式椅子。

白羅和我的舉止與其他來看房子的人一模一樣，我們僵硬地站著，看起來有點不自然，有時還低聲說一些「很好」、「挺舒適的房間」、「你說這是客廳嗎」之類的話。

女僕帶我們穿過大廳，走進另一邊和它對應的房間。這間大得多了。

「這是餐廳，先生。」

這個餐廳十足是維多利亞時代的式樣：一張笨重的紅木餐桌，一個擺滿熟透水果、近似紫色的紅木大餐具櫃，以及結實的皮製餐椅。牆上掛著的畫顯然是家族肖像。

狗還在不遠的某處叫著。突然這聲音愈來愈大了，可以聽得出來牠正穿過大廳飛奔過來。

「誰進到屋裡來了？我要把他撕碎。」這很像牠反覆吠叫時所唱的歌詞。

牠到了門口，使勁地嗅著。

「哦，小寶，你這淘氣的狗，」我們的女嚮導大聲說，「別理牠，先生，牠不會傷害你們。」

確實，小寶發現了闖入者後，就完全改變了態度。牠慌慌張張跑進來，友善地向我們做了番自我介紹。

「很高興見到你們，」牠一邊聞著我們的腳踝，一邊似乎在說，「請原諒我的吵嚷吧，這是我的職責所在，我得留心是誰進來了。這種生活很單調，但看見訪客真的很高興。我想你們自己的狗也是這樣吧？」

最後一句話顯然是對我說的，因為我蹲下來輕輕拍了拍牠。

「可愛的小東西，」我對那女人說，「可是需要剪剪毛了。」

「是的，先生，牠通常一年要剪三次。」

「牠是隻老狗嗎？」

「哦，不是，先生。小寶還不到六歲，但有時牠的舉止就像隻小狗，牠會叼著廚師的拖鞋，神氣活現地四處走著。牠非常溫柔，儘管有時您聽到牠的叫聲後不會相信這一點，其實，牠只會追郵差，所以郵差怕牠怕得要死。」

11 齊本德爾（Chippendale），英國十八世紀家具製造商，產品線條優美，裝飾華麗。

12 海普懷特（Hepplewhite），英國十八世紀末家具製造商，產品風格為洛可可式，帶有貝殼形等捲曲式花紋裝飾。

小寶現在正用鼻子不停嗅著白羅的褲子。在了解了一切之後，牠深深地吸了口氣，像是在說：「嗯，人不壞，但不是個養狗的人。」牠轉向我，歪著頭，用期待的目光看著我。

「我真不懂，為什麼狗兒總是追著郵差跑。」我們的嚮導繼續說。

「這是有道理的，」白羅說，「狗是通理性的。牠很聰明，會根據自己的觀點來推理。透過觀察，牠很快就了解到有哪些人可以進到屋子裡，哪些人不可以。好了，誰是那個一天兩三次把門鈴按得漫天響，堅持要進來的人呢？而誰又是從來都不曾獲准進入的人呢？就是郵差了。顯然從屋主的觀點看來，這是個不受歡迎的客人，他是在外面做事的，但他總是一再堅持要進來。接著，狗兒的職責就很清楚了，就是幫主人把這個不受歡迎的人趕走，假如可能的話，就咬他一口。這是最合理的過程了。」

他對小寶微笑著說：「這是隻非常聰明的狗。」

「哦，是的，先生。小寶很通人性。」

她打開另一扇門。

「這是客房，先生。」

一看到這間客房，就使人聯想到過去。室內散發著淡淡的花香味，印花沙發罩上的玫瑰花環圖案已褪色。牆上掛著版畫和水彩畫，屋內有很多精緻的瓷器，是一些矯健的牧羊人和牧羊女的造型。地上鋪著刺繡坐墊，漂亮的銀相框裡的照片也都褪色了。還有很多細工鑲嵌的盒子和茶葉罐做擺設。而最吸引我的，是在玻璃墊下有一對用絹紙精工剪製的女人，其中一個婦女搖著手紡車，另一個女子的膝上有一隻貓。

在我周圍又隱約出現昔日「紳士淑女」的良辰美景，那是多麼悠閒、優雅的日子呀！這是一間真正的「隱居室」，婦人們坐在這裡做刺繡活兒，若是家裡受愛戴的男人在這裡吸過菸，就會破壞室內的氣氛，那就得把窗簾拉開，換換空氣！

我的注意力讓小寶給吸引住了。牠坐在精緻的小桌旁邊，目不轉睛地盯著桌子的兩個抽屜。

當牠看到我在注意牠時，便發出短促的哀鳴聲，看看我，又看看桌子。

「牠要什麼？」我問。

我們對小寶的興趣顯然使女僕十分高興，顯然她也很喜歡牠。

「要牠的球，先生。牠的球之前一直放在抽屜裡，所以牠坐在那裡向人請求要拿它。」她變了一下聲調，用假嗓子高聲對小寶說：「球不在那兒了，漂亮的小寶，球在廚房裡。在廚房裡哪，小寶。」

小寶不耐煩地把目光轉向白羅。

「這女人是傻瓜，」牠似乎在說，「看來你是個有頭腦的人，球總是會放在某些地方，這抽屜就是其中之一。這裡總是放著一顆球，所以現在這裡一定有顆球。顯然，這是狗兒的邏輯，對吧？」

「現在球不在這裡了，小夥子。」我說。

牠懷疑地看看我。隨後在我步出房間時，牠慢吞吞地跟在後面，流露出不相信的樣子。

女僕帶我們看了各式各樣的櫥櫃、樓下的一個衣帽間，還有一個小餐具室。

「女主人經常在這兒插些花。」她說。

「你跟著女主人很長的時間嗎？」白羅問。

「二十二年了，先生。」

「就你一個人打點這兒嗎？」

「不，還有廚師，先生。」

「她跟亞倫道小姐也很久了嗎？」

「四年，先生。原來那個老廚師死了。」

「假如我買下這房子，你會留下來嗎？」

她臉上微現紅暈。

「您太好了，先生，不過我要退職了。您應該知道，女主人留給我一筆不算少的錢，我準備到我弟弟那兒去。我現在待在這裡，只是為了幫勞森小姐在房子出售前照應照應所有的事。」

白羅點點頭。

在短暫的沉默中，一個聲音響起了。

「砰。砰。砰。」

這一串單調的聲響愈來愈強，好像是從上面傳來的。

「是小寶，先生。」她微笑著說，「牠找到球了，正把球順著樓梯扔下去。這是牠喜歡玩的遊戲。」

當我們到了樓梯底下時，一個黑色的橡皮球砰的一聲落在最後一階樓梯上。我抓住球，往上看了看。小寶正臥在樓梯最高層，爪子張開，尾巴輕輕地搖擺著。我把球向上扔給牠，牠靈巧地接住球，津津有味地玩了一會兒，然後把球放在爪子之間，再用鼻子慢慢地把球往前頂，最後把球放下來。小寶看著球又一次順著樓梯往下滾，欣喜若狂地搖擺尾巴。

「牠會這樣一連玩上好幾個小時，先生。這是牠的例行遊戲，牠整天都會這麼玩。行了，小寶，先生們還有別的事要做，不能老跟你玩。」

狗是友善往來的傑出促進者，我們對小寶的興趣和喜愛，完全化解了這好心女僕原來的生硬態度。當我們往樓上臥室走去時，我們的嚮導喋喋不休地講述小寶如何精靈，如何使人驚奇。球留在樓梯底，我們走過小寶身旁時，牠極其厭惡地看了我們一眼，便風度翩翩地爬下樓梯去取球。當我們往右轉時，我看到牠嘴裡叼著球，又慢吞吞地爬上去了，這次，牠有氣無力地爬著，猶如年邁者被不體貼的人催促著，只好力不從心地走上來。

當我們在臥室裡踱來踱去時，白羅開始慢慢套出女嚮導的話。

「曾經有四位亞倫道小姐住在這裡，是不是？」他問。

「最早是四個，先生，但那是在我到這兒之前的事了。我來的時候，這裡只有艾格尼絲小姐和艾蜜莉小姐，不久後，艾格尼絲小姐去世了，她是家庭成員中最年輕的。真是有些奇怪，她竟比姐姐先走。」

「我想她不像她姐姐那麼硬朗吧？」

「不是那樣子的，先生。這也是怪事。我的主人亞倫道小姐，也就是艾蜜莉小姐，她身子一向孱弱，總是和醫生打交道。而艾格尼絲小姐一直很安好，可是她竟先死了，而從小身體就虛弱的艾蜜莉小姐卻是全家活得最長的人。這樣的怪事就如此發生了。」

「說也奇怪，這種事還常常有。」

白羅立刻趁機編造了（我保證是編造）一個他叔叔得病的故事，在這裡，我就不費筆墨去重複它了。不消說，這故事真有效果。討論生死這類的事，總是比其他議題更能輕易令人打開話匣子。現在白羅處於可提問題的處境了，若二十分鐘前他提了這些問題，肯定會讓女僕起疑和敵視。

「亞倫道小姐這次病了很長時間，而且很痛苦，對吧？」

「唉，我實在不願那麼說她，先生，也許您能明白我的意思。她從前年冬天就病了。當時她病得很厲害，是黃疸病，那使人臉色發黃，眼睛泛白……」

「噢，是的，確實是這樣……」（白羅又大談他患過黃疸病的堂兄之事。）

「對，就像您說的，先生，她病得很厲害，可憐哪，而且完全沒辦法控制，不瞞您說，當時格蘭傑醫生認為她大概無法度過這個難關了。但是，他採取了絕妙的辦法，您知道嗎，他用嚇唬的方法。他對亞倫道小姐說：『你這是下決心躺在那兒等死，等著做墓碑了嗎？』她說：『我還有戰鬥的勇氣，醫生。』他說：『好極了，這是我最愛聽的話。』我們請了一位護士來幫忙看護。那護士肯定老太太活不成了，有一次她甚至對醫生說，她覺得最好不要再煩老太太了，不要強迫她吃飯了，但是醫生反駁她。『胡說，』他說，『煩她？你得強迫她吃些有營養的東西，要不時餵她牛肉汁、白蘭氏雞精。』最後他說了我永遠忘不了的話。『你還年輕，小姐，』他對護士說，『你不了解上了年紀的人身上有一種戰勝疾病的素質，這素質是多麼寶貴啊。反觀年輕人，他們常想一死了之，因為他們還沒體認到生活的樂趣。你若是介紹給我一個年過七十的老人，就等於介紹我一個不屈不撓的戰士、一個有強烈生存意志的人！』是真的，先生，我們總是說老年人有多麼了不起，這指的是他們的生命力和他們保持動力的方式，而這正如同醫生說的，這就是他們能活這麼久、這麼長壽的原因。」

「你這番話真是非常深刻！但亞倫道小姐是那樣的人嗎？很有生命力，也對生活充滿興趣嗎？」

「哦，是的，一點也沒錯，先生。她身體不好，但頭腦可是非常清楚。誠如我所說，她戰勝了病魔，使護士大為驚訝。病好後，她像個傲慢的年輕人，穿的全是漿硬領子和袖口的衣服，而且每天只喝茶，不喝烈性飲料。」

「她恢復得很好。」

「是啊，先生。當然了，大病之後，女主人的飲食就必須小心，首先，吃的東西都要用煮和蒸的，不能用動物油烹調，也不許吃蛋。這種飲食對她來說非常單調。」

「但重點是她康復了。」

「是的，先生。當然，這當中也有小波折，我是說她有膽汁過多的毛病，這是因為一段時間之後，她就不忌口了。但是，直到這次生病之前，她的身體一直都還可以。」

「她這次的病和兩年前一樣嗎？」

「是的，是一樣的病，先生。還是那討厭的黃疸病，那可怕的蠟黃色又出現了。她病得很厲害，症狀也都和之前一樣，恐怕是她自己不注意引起的，可憐哪。她吃了很多不該吃的東西，那天晚上她覺得不舒服，因為她晚飯時吃了咖哩，您是知道的，先生，咖喱的味道濃郁，又有點油膩。」

「她是突然得病的，對吧？」

「呃，看起來是這樣，先生，但格蘭傑醫生說，發病已有一段時間了。天氣變冷——前些日子氣候多變——加上吃了過多重口味的食物，這些都是發病的原因。」

「她的隨身女侍是勞森小姐，對吧？她不能勸阻她不要吃那些油膩的食物嗎？」

「哦，我想勞森小姐說了也沒用，亞倫道小姐不是會聽話的人。」

「她上次生病時，勞森小姐就已經在伺候她了嗎？」

「沒有，她是之後才來的。她伺候亞倫道小姐也就一年左右。」

「我想她以前雇用過好幾位隨身女侍吧？」

「是的，有好幾個，先生。」

「她的侍女，不會像你們僕人那樣，待得這麼久吧。」白羅微笑著說。

那女人兩頰泛紅。

「呃，先生，您知道的，我們的情況不同。亞倫道小姐的話不多，但她會突然就……」

她停了下來。

白羅端詳了她一會兒，說：「我多少了解老婦人的心理。她們總想嘗鮮，恐怕是因為到了人生的盡頭了。」

「呃，您真是睿智，先生，完全就像您講的那樣。當來了個新女侍時，亞倫道小姐剛開始總是很有興趣地詢問她的生活，她的幼年時代，她到過什麼地方，以及她對事物的看法，而當她全盤了解後，就變得，呃，我想厭倦是最貼切的詞。」

「沒錯。這話就我們倆說喔：這些做隨身女侍的人，一般都不讓人感興趣，也不太討人喜歡，對吧？」

「確實是這樣，先生。她們大多數都是精神貧乏的人，常常都是傻乎乎的。可以這麼說，亞倫道小姐很快就厭倦她們了，然後她就想有些改變，換個新人。」

「那她一定特別喜歡勞森小姐囉。」

「哦，我不這麼認為，先生。」

「勞森小姐並不是相貌非凡的女人吧？」

「我不該這麼說，先生。她是個十分普通的女人。」

「你喜歡她，是嗎？」

這女人輕輕地聳了聳肩。

「沒什麼喜不喜歡。她總是慌慌張張，是一個標準的老侍女，還滿腦子的神靈思想。」

「神靈？」白羅似乎警覺起來。

「是的，先生，神靈，就是在黑暗中圍著一張桌子坐著，死去的人就會回來對你說話。我稱這為毫無意義的反宗教行為，好像我們都不知道逝去的靈魂都去了他們該去的地方，並且都不會離開那兒似的。」

「所以，勞森小姐是個神靈論者！那麼，亞倫道小姐也相信嗎？」

「勞森小姐倒是想讓她相信呢！」她馬上接了話，語調中多了怨懟的情緒。

「亞倫道小姐不會相信吧？」白羅堅持問。

「女主人相當理性。」她哼了一聲說，「您聽好了，我不是說這些怪力亂神的東西沒引起她的興趣。『我願意相信。』她對勞森說。但是她常看著勞森小姐，好像在說：『可憐的人哪，你真傻呀，你被騙了！』」

「我明白了。她不信神靈論，只是從中取樂。」

「沒錯，先生。有時我不知道女主人是信還是不信，可以說，她在暗中尋找一種樂趣。在漆黑的狀況下，她推推桌子，或做做其他小動作，其他人就信以為真，嚇得要死。」

「其他人？」

「勞森小姐和崔普兩姐妹。」

「勞森小姐是個篤信神靈論的人嗎？」

「對她來說，神靈論就是真理，先生。」

「而亞倫道小姐還是很喜歡勞森小姐。」這是白羅第二次這麼說，而他又得到了同樣的回答。

「這很難說，先生。」

「但這是當然的，」白羅說，「因為亞倫道小姐把一切都留給了她，事實擺明了不就是這樣嗎？」

氣氛馬上起了變化。和善的面貌消失了，取而代之的又是先前標準的女僕模樣。她腰板挺得筆直，語調平淡，夾雜著責備。

「女主人怎麼留下她的錢不關我的事，先生。」

我覺得白羅真是前功盡棄。本來已經使這個女人的態度很友善了，但現在他又失去優勢。不過他也真夠聰明，沒有立即想要挽回頹勢。在空泛地談了一些關於房間大小和數量後，他往樓梯頂走去。

小寶不見了，然而當我走到樓梯頂時，我絆了一下，幾乎摔倒。我抓住樓梯扶手穩住重心，往下一看，發現我不小心踩到小寶留在樓梯頂的那顆皮球。

那女人趕忙道歉說：「對不起，先生，都是小寶的錯，牠把球留在那裡了，因為是深色的地毯，所以您看不清楚。總有一天會把人摔死的。可憐的女主人就曾經讓球給重重地摔了一跤，差點摔死。」

白羅突然在樓梯上停了下來。

「你說她發生過一次摔傷事故？」

「是的，先生。都是小寶把球留在那裡，牠經常那麼做，當時女主人走出臥室，一腳踩上了球，而且跌倒了，一直滾下樓梯，險些喪命。」

「她傷得重嗎？」

「沒您想的那麼重。格蘭傑醫生說她很幸運，只是頭撞破了點，後背扭傷，當然有幾處瘀血，但她可是嚇得心驚肉跳。大約臥床一週，但不太嚴重。」

「這是很久以前的事嗎？」

「是她死前一兩週的事。」

白羅彎下腰去找他掉的東西。

「對不起，我的鋼筆……啊，在這兒呢。」

他又站了起來。

「這位小寶先生實在太粗心了。」他說。

「好啦，牠什麼都不知道，先生，」那女人用溺愛的語調說，「牠很通人性，但您不能指望牠什麼都懂。女主人夜裡總是睡不著，她就會起身到樓下走走，在房子四周轉轉。」

「她常這麼做嗎？」

「大多數的晚上都是這樣。但她從不讓勞森小姐或其他人恐慌地跟在她後面。」

白羅又走進客廳。

「這屋子很漂亮，」他說，「不知道有沒有地方放我的書櫃？你覺得怎麼樣，海斯汀？」

我實在一頭霧水，小心地回答道：「很難說。」

「是的，目測不準。請你用我的小摺尺量量屋子的寬度，我來記尺碼。」

我順從地接過白羅遞給我的摺尺，在他指揮下量了各種尺寸，而他則把尺寸都寫在一個信封的背面。

我正在納悶，為什麼他不把那些尺寸工整地記在小筆記本上，而採用這種馬馬虎虎、一點都不專業的方法？這時他把信封遞給我，說：「量完了嗎？你核對一下吧。」

信封上根本沒有任何尺寸，而是寫著：「我們再到樓上時，你裝作想起了一個約會，問她是否可以借個電話。讓她和你一起去，並盡可能地拖住她。」

「沒問題。」我一邊說，一邊把信封放進口袋。「我敢說，咱們那兩個書櫃都可以放進來。」

「不過還有件事需要確認一下。我想，假如不麻煩的話，我想再看看那間主臥室，我不太肯定牆的距離。」

「當然可以了，先生。一點都不麻煩。」

我們又上了樓，白羅量了牆的一部分，接著大談特談什麼床、衣櫃和寫字檯該放在什麼地方。這時我看了看錶，有些誇張地驚叫道：「哎呀，已經三點了嗎？安德森會怎麼想啊？我該給他打個電話呢。」我轉向女僕說：「如果你們有電話，不知道我是否可以借用一下？」

「啊，當然可以了，先生。電話在大廳旁的小房間裡。我帶您去。」

她同我一起匆忙地下樓，向我指出電話的位置，而我讓她幫我在電話簿上查號碼。最後，我打了通電話給靠近哈切斯特的一個小鎮上的安德森先生。很幸運地，他出門去了，我留了言說不要緊，我以後再撥！

當我從小屋出來時，白羅已經下樓，站在大廳裡。他的眼睛閃著微微的綠光，看得出來他很興奮，但不知原因何在。

白羅說：「你的女主人那次從樓梯上摔下來時一定嚇壞了。在那之後，她是不是對小寶和牠的球感到不安？」

「您會這麼說也真是奇了，先生。這件事確實讓她很掛心，而且在她瀕死時，她的神志已經昏迷，可她還絮絮叨叨地唸著小寶和牠的球，還說有一張半開著的畫。」

「一張半開著的畫？」白羅若有所思地說。

「嗯，不知道這句話是什麼意思，先生，但應該是她在彌留狀態的絮語吧。」

「等等，我必須再到客廳去一下。」

他在客廳裡踱來踱去，檢視著室內的裝飾品。看來一個有蓋的大罐子吸引了他。但我看這並不是特別好的瓷器，只是一件維多利亞時期的幽默作品，上頭繪著一幅質地粗糙的畫，是一隻鬥牛犬坐在前門外，臉上流露著悲哀的神情。畫的下方寫著：「一整夜在外面，沒有鑰匙。」

我一直認為白羅的藝術鑑賞力有些無可救藥的庸俗，現在他可是完全對這瓷器著迷了。

「一整夜在外面，沒有鑰匙。」他嘟囔著說，「這太有趣了！我們的小寶先生不也是這樣嗎？牠是不是有時也一整夜待在外面？」

「偶爾會這樣，先生。噢，只是偶爾，小寶是隻很好的狗。」

「牠的確是隻好狗。但即使是最好的狗……」

「哦，確實是這樣，先生。有那麼一兩回，小寶晚上出去溜達了，而差不多是早上四點才回家。接著牠就坐在台階上大叫，直到被放進屋裡。」

「誰放牠進來的，勞森小姐嗎？」

「哦，誰聽見牠叫誰就會放牠進來，先生。最後這一回是勞森小姐放牠進來的，就是女主人出事的那天晚上。小寶早晨五點才回來，勞森小姐趕忙下樓，在牠還沒有大聲叫之前，就把牠放進屋了。勞森小姐怕牠把女主人吵醒，在這之前，她也沒告訴女主人小寶不見了，怕她擔心。」

「我明白了。她是不是認為最好不要把小狗不在的事告訴亞倫道小姐？」

「她是那麼說的，先生。她說：『牠會回來的，牠一向這樣。但是如果告訴了亞倫道小姐，她會擔心，絕對不行。』所以，我們也就沒說什麼了。」

「小寶喜歡勞森小姐嗎？」

「哦，牠看不起她，也許您了解我的意思，先生，狗會倚仗人勢。勞森小姐對牠挺好的，叫牠好小狗、漂亮的小狗，但牠總是用藐視的眼光看著她，而且根本不理她的命令。」

白羅點點頭。

「我明白了。」他說。

突然間他做了一件嚇人的事。

他從口袋裡拿出一封信，就是他今天早上收到的那封信。

「艾倫，」他說，「你知道這封信的事嗎？」

艾倫的面部表情立時起了變化。

她的下巴不住地往下掉，手足無措近乎滑稽地望著白羅。

「啊，」她突然喊道，「我什麼也沒做！」

這番回答毫無條理，但無疑地表達了艾倫的意思。

恢復理智後，她慢慢地說：「那麼您就是收信的那位先生嗎？」

「是的，我是赫丘勒．白羅。」

像大多數人一樣，艾倫在我們抵達時並沒有細看白羅遞給她的名片。她慢條斯理地點了點頭。

「就是那個赫丘勒斯．白羅特呀。」她替他的名字多加了「斯」和「特」兩個字。

「哎呀！」她叫了起來。「廚師這下子會大吃一驚了。」

白羅立刻說：「你覺得，我們一起到廚房去，跟你的朋友一起談談這件事怎麼樣？」

「好啊，先生，若您不介意的話。」

艾倫似乎有點拿不定主意，顯然她是首次處於這麼進退維谷的地步，但是白羅若無其事的樣子使她寬心不少。我們到了廚房，艾倫向一個女人說了說情況，這女人長得討人喜歡，塊頭很大，她正把一只水壺從煤氣爐上拿下來。

「你絕不會相信的，安妮，這就是收到信的那位先生。您知道，就是我在記事夾裡發現的那封信。」

「你們應該知道，我現在毫無頭緒，」白羅說，「或許你們能告訴我，這封信怎麼會這麼晚才寄出。」

「哦，先生，老實告訴您吧，發現這封信的時候，我不知道怎麼辦才好。我們倆都是，對吧，安妮？」

「是的，我們確實不知道該怎麼辦。」廚師肯定地說。

「你是知道的，先生，勞森小姐在女主人死後，清掉不少東西，有些送人了，有些扔了。這當中有一個小硬紙板夾，我記得他們把它叫作記事夾。這小夾子很漂亮，上面有百合的圖案，女主人在床上寫東西時總會用它。嗯，勞森小姐不想要了，就把它同其他很多屬於女主人的雜物一起給了我。我把它放在抽屜裡，直到昨天才拿了出來，打算往小夾子裡放一些新的吸墨紙備用。這時，我發現夾子裡面有個口袋，我就把手伸進去，發現了一封女主人的親筆信，於是趕緊把它藏起來。

「嗯，我剛才說了，我當時不知道該怎麼辦。這確實是女主人的筆跡，我看她準是寫好後，把它塞進了口袋，打算第二天寄出去，但後來把這事給忘了，她常常這個樣子，可憐啊。有一回，誰也不知道她把一張銀行的領取股息通知單放在哪裡了，最後是在書桌分層格架的最裡邊找到的。」

「她不愛整潔嗎？」

「哦，先生，正好相反。她總是會把東西收拾好，擺整齊。但這倒造成了困擾，因為如果她亂放東西，那倒還好找，但她把東西都收拾走了，卻又老忘了放在什麼地方，這種事常發生呢。」

「小寶的球也是嗎？」白羅微笑著問。

伶俐的小狗剛剛從門外跑進來，牠非常友好地再次向我們打招呼。

「是的，先生。小寶一玩完了球，她就把球收走。但這件事倒沒什麼問題，球總放在固定的地方，就是我指給您看的那個抽屜裡。」

「我明白了。原諒我打斷你的話，請繼續吧。你是在硬紙夾裡發現那封信的嗎？」

「是的，先生，來龍去脈就是這樣。我問安妮我該怎麼做比較好。我不願意把信放到火裡燒掉，當然，我也不能擅自打開信。安妮和我都不覺得這事和勞森小姐有什麼相干，所以在商量之後，我就貼了張郵票，把它擲到郵筒裡寄出去。」

白羅把身子微微地轉向我。

「Voilà[13]。」他輕聲地說。

我情不自禁地挖苦說：「原因這麼簡單，真是令人驚奇啊！」

我看他有點垂頭喪氣的樣子，他希望我不要這麼快就戳人痛處。

他又轉向艾倫，說：「正像我朋友說的那樣：原因真是簡單啊！你知道嗎，當我接到這封兩個月前寫的信時，實在滿驚訝的。」

「是的，我想一定會的，先生。可我們當時沒料到這一點。」

「而且，」白羅咳嗽一聲。「我現在是進退兩難。瞧，這封信是亞倫道小姐想委託我辦的事，而且還是很私人的事。」他慎重地清了一下喉嚨。「既然亞倫道小姐已去世了，我實在不知道該怎麼辦；在這種情況下，亞倫道小姐會希望我繼續完成這項交付嗎？這事難辦，非常難辦啊。」

13　法語，意思是「就是這麼回事」。

兩個女人都用尊敬的目光看著他。他又說：「我想我得去請教亞倫道小姐的律師。她有一位律師，對吧？」

艾倫很快回答：「哦，是的，先生。從哈切斯特來的柏維斯先生。」

「他知道她所有的事嗎？」

「我想是的，先生。就我所知，他一直為她辦事。她摔倒後，還曾派人把他請來過。」

「是從樓梯上摔下來的那次嗎？」

「是的，先生。」

「能不能再說得明確一點？」

廚師插嘴說：「那是公休日過後的一天，我記得很清楚，因為公休日那天我留在這兒工作，那天家裡來了好多客人，並且都住了下來，之後我星期三就休假去了。」

白羅拿出袖珍日曆。

「沒錯，一點都沒錯，今年復活節後的公休日是十三號，那麼，亞倫道小姐是十四號摔倒的。這封寫給我的信是三天之後寫的，遺憾的是它一直沒寄出。然而現在可能還不太晚……」他停頓了一下。「我想，呃，她希望委託我完成的事，也許跟你剛剛提到的客人之中的某一位有關。」

這一說法猶如暗夜槍聲，立即引起反應。艾倫臉上迅速掠過一種心領神會的表情。她轉向廚師，廚師用一種不言而喻的目光回答她。

「那就是查爾斯先生了。」她說。

「你能否告訴我當時有誰在這裡……」白羅懇切地說。

「塔尼奧斯醫生和他的夫人貝拉小姐，還有泰瑞莎小姐和查爾斯先生。」

「他們都是亞倫道小姐的侄甥嗎？」

「對，先生。塔尼奧斯醫生當然和女主人沒有直接的血緣關係，事實上，他是個外國人，我想是希臘那一帶的人，他娶了亞倫道小姐的外甥女貝拉小姐，貝拉小姐是亞倫道小姐妹妹的孩子。查爾斯先生和泰瑞莎小姐則是兄妹。」

「噢，我明白了。這是一次家庭聚會。他們是什麼時候離開的？」

「星期三早上，先生。而塔尼奧斯醫生和貝拉小姐在那個週末又來了，因為他們擔心亞倫道小姐的身體。」

「查爾斯先生和泰瑞莎小姐呢？」

「他們是在之後的週末來的，是在她死前的那個週末。」

我覺得白羅的好奇心永遠不滿足。我不明白繼續問這些有什麼意義，他心中的謎應該已經解開了，在我看來，他應該盡早告辭，免得有失身分。

這種想法好像從我的腦中通過腦波傳到他的腦子裡去了。

「很好！」他說，「你給我的資訊很有幫助。我應該去請教柏維斯先生。我記得你是說柏維斯先生吧？非常謝謝你的幫助。」

他彎下腰，拍拍小寶。

「Brave chien, va[14]！你真的很愛你的女主人。」

小寶友好地做了回應。牠很希望表演一下，於是跑出去銜了一塊煤，但馬上就被罵了，只得把煤扔掉。牠向我瞥了一眼以尋求同情。

「這些女人啊，」看起來牠像是在說，「給食物很大方，但實在可不喜歡運動呢！」

14 法語。意思是「誠實的小狗，好啊」。

# 09 重建皮球事件現場

「喂，白羅，」小綠屋的門在我們身後關上了，這時我對白羅說，「我想你現在該感到滿意了吧？」

「是的，朋友，我滿意了。」

「感謝老天爺！所有的謎都解開了！有關那邪惡女侍和闊老婦人的神祕傳說都得以澄清了。這封遲來的信及小狗的球所引起的事件，全都真相大白，一切都令人滿意地解決了！」

白羅小聲地乾咳一下，說：「我不想用滿意這個字眼，海斯汀。」

「你一分鐘前還這麼說呢！」

「不，不，我沒說事情令人滿意，我是說對我自己而言，我的好奇心得到滿足，我知道了小狗的球所引發的事件真相。」

「這事件很簡單嘛！」

「但並不像你想像的那麼簡單。」他一連點了好幾次頭，繼續說：「瞧，我知道了一件你不知道的小事。」

「什麼事？」我有點懷疑地問。

「我知道樓梯頂的踏腳板上釘了一枚釘子。」

我盯著他看，他臉上的表情異常嚴峻。

「好吧。」過了一會兒我說，「為什麼那地方不該有釘子呢？」

「海斯汀，問題應該是為什麼那兒會有釘子。」

「我怎麼知道。或許是由於家裡的某種需要吧，這有什麼關係嗎？」

「當然有關係，我可想不出會有什麼家用因素，非要把一個釘子釘在踏腳板上那個特別的地方不可，而且釘子還小心地塗了漆，不讓人看出來。」

「你這是什麼意思，白羅？你知道是什麼原因嗎？」

「我可以很輕易地推測出來。假如你要在樓梯頂離地一英尺的高度拉一根結實的線或鐵絲，你可以把一端繫在樓梯的欄杆上，但在牆的那一側，就需要有個像釘子一類的東西，好把線的另一端繫上。」

「白羅！」我叫道，「你到底是什麼意思呀？」

「我親愛的朋友，我在設法重建小狗的球所引發的意外事件！你想聽聽嗎？」

「你說吧。」

「很好。是這樣的，有人注意到小寶有把球留在樓梯頂的習慣，這是件危險的事，可能會導致意外。」白羅停頓了一下，然後用不大一樣的語調說，「假如你想殺害一個人，海斯汀，你會怎麼著手呢？」

「我真的……我不知道。或許製造不在場之類的證明吧，我想。」

「我向你擔保，這麼做既困難又危險。要這樣做，你就得是個冷血又謹慎的凶手，但你並不是這種類型的人。你想，利用事故來除掉阻礙你的人，不是最簡單的嗎？事故無時無刻不在發生，而且，海斯汀，有時事故的發生是可以造成的！」

他停了一會兒，繼續說：「我想，小狗的球有時被留在樓梯頂上，這使凶手有了某種想法。亞倫道小姐有在夜裡走出臥室散步的習慣，她的視力又不好，這樣她就很有可能踩在球上而摔倒，頭下腳上地滾下樓。但是一個細心的凶手是不會坐著等待機會的。從樓梯上拉一條線是個好辦法，這會使她頭向前地摔下樓梯，然後，當家人們跑出來時，就會很清楚地看到事故的起因……小寶的球！」

「太可怕了！」我叫道。

白羅嚴肅地說：「是的，是很可怕……但詭計並不成功……亞倫道小姐幾乎沒有傷著，雖然她很可能因折斷頸椎致死，這使那位不知名的朋友大失所望！而亞倫道小姐是個很機敏的老婦人，大家都告訴她，她是讓球給滑倒了，而且現場有球為證，但是她回想起當時發生的情況後，覺得不是這麼回事，她不是讓球給滑倒的。另外她還記起一些別的事，就是第二天早上五點時，她聽見小寶要求進到屋裡的叫聲。

「我承認這都是我推測出來的，但我相信我是正確的。亞倫道小姐在前一天晚上已親手把小寶的球放在抽屜裡，後來，小狗出去了，沒有回來。既然是那樣，就不是小寶把球留在樓梯頂上。」

「你這完全是猜測，白羅。」我反駁說。

他表示反對，說：「不全是猜測，朋友。在亞倫道小姐處於昏迷狀態時，曾說了幾句重要的話，關於小寶的球和一張『半開的畫』，你看出問題來了嗎？」

「一點也沒有。」

「怪了，我很了解你們英國人的語言，我知道你們不會說一張半打開的畫，你們會說門半開著，或說畫掛斜了。」

「或者說歪了。」

「就像你說的，歪了。所以我立刻明白了，艾倫沒搞懂她聽到的這句話的意思。亞倫道小姐不是說 ajar，即『半開』這個英文字，她說的是 a jar，即『一個罐子』的意思。客廳裡正有一個引人注目的瓷罐子，我早就看到罐子上畫著一隻狗。依據亞倫道小姐那些斷斷續續的話，我就到那兒更仔細地觀察一番。我發現這涉及到小狗整夜在外頭的這件事。你現在了解這位發著高燒的老婦人的意思了嗎？小寶就像罐子上畫的小狗，牠整夜在外面，所以不是牠把球留在樓梯頂上。」

我驚叫了起來，不由得對白羅感到欽佩。

「你這傢伙真聰明，白羅！你怎麼想到這些事，我真服了你！」

「不是我『想到這些事』，而是這些事就非常清楚地擺在眼前，任誰都看得到。好了，現在你了解情況了嗎？亞倫道小姐摔倒後躺在床上休養，變得多疑。她覺得她的多疑或許是不切實際、荒謬的，但這種懷疑總在她腦海中出現。『自從小狗的皮球事件以後，我感到愈來愈不安。』所以她寫了封信給我，只是兩個月以後我才接到這封信，你說，她的信是不是和這些事實完全相符？」

「是的，」我承認說，「完全吻合。」

白羅繼續說：「還有一點值得注意：勞森小姐特別在意小寶整夜在外面玩的這件事，會傳到亞倫道小姐的耳朵裡。」

「你認為她……」

「我認為應當留意這件事。」

我把他說的這件事情想了一想。

「好吧，」我最後嘆了口氣說，「這一切很有趣，彷彿是智力測驗。我向你致敬，這是一次傑出的重建現場。但遺憾的是，老太太還是走了。」

「真的很遺憾。她寫信給我，表示有人企圖謀害她（那等於是謀殺），而事後不久她就死了。」

「是的，」我說，「而你覺得最遺憾的是，她是自然死亡，對吧？拜託，承認吧。」

白羅聳聳肩。

「還是你認為她可能是被毒死的？」我挖苦地說。

白羅有點沮喪地搖搖頭。

他承認。

「看來亞倫道小姐確實是自然死亡。」

「所以，」我說，「我們夾緊尾巴回倫敦吧。」

「請原諒，我的朋友，我們不回倫敦。」

「你這是什麼意思，白羅？」我大聲道。

「朋友，假如你把兔子秀給狗看，牠還回倫敦嗎？不，牠會追到兔子洞裡去。」

「什麼意思？」

「狗會獵捕兔子，同樣的，赫丘勒．白羅要追查出凶手。我們眼前就有位凶手，沒錯，或許他沒成功，但仍是個蓄意害人的凶手。而我，我的朋友，我要追到洞裡把他或是她給揪出來。」

他突然走進了一扇大門。

「你上哪兒去，白羅？」

「到洞穴去，我的朋友。這是格蘭傑醫生的宅邸，他在亞倫道小姐最後的這段期間一直陪著她。」

格蘭傑醫生是個六十多歲的老頭兒，他的臉龐瘦削而憔悴，配著咄咄逼人的下巴和一副濃眉，灰色的眼睛十分敏銳，他用那銳利的目光看著我們。

「有什麼事嗎？」他魯莽地問道。

白羅以最浮誇的方式滔滔不絕地說了起來。

「我應該道歉，格蘭傑醫生，打擾您了。我就打開天窗說亮話，我不是來找您看病。」

格蘭傑醫生冷冰冰地說：「聽你這麼說我很高興，你看起來挺好的！」

「我必須解釋一下我來訪的目的，」白羅繼續說，「事實是，我在寫一本書，一本關於已故的亞倫道將軍的書，我知道他死前在馬基貝辛住了幾年。」

看來醫生相當吃驚。

「是的，亞倫道將軍死前一直住在這裡，就住在小綠屋，在過了銀行的那條街上，或許你們已經到過那兒了？」

白羅點點頭。

「但你要知道，這是上一代的事了，我是一九一九年來到這裡的。」

「您認得他的女兒，已故的亞倫道小姐嗎？」

「我和艾蜜莉．亞倫道小姐很熟。」

「您知道嗎，得知亞倫道小姐最近去世的消息，對我是個多麼沉重的打擊。」

「她是四月底死的。」

「我知道。瞧，我原本還指望她能告訴我，關於她個人的詳細情況和她父親的往事。」

「是啊，是啊。但我看我也幫不了你什麼。」

白羅問道：「亞倫道將軍的兒女全都不在了嗎？」

「嗯。他的兒女不少，但全都死了。」

「共有幾個呢？」

「有五個。四個女兒，一個兒子。」

「那下一代呢？」

「查爾斯・亞倫道和他妹妹泰瑞莎，你可以和他們談談。不過，我懷疑這對你會有多大用處，年輕的這一代對他們的祖父都沒什麼興趣。還有塔尼奧斯夫人，但我也懷疑你能從她那裡得知多少狀況。」

「他們或許會有什麼家族文件、契約之類的東西？」

「可能吧，不過我還是秉持保留態度。據我所知，艾蜜莉小姐死後清出了很多東西，而且全都給燒了。」

白羅發出一聲惋惜、痛苦的呻吟。

格蘭傑好奇地看著他。

「為什麼對老亞倫道這麼有興趣？我從沒聽說他在哪方面是個大人物。」

「親愛的先生，」由於狂熱、激動，白羅的眼睛睜得更大、更有神。「不是有一種說法，說『歷史不了解偉人』嗎？最近有些報紙報導，對印度兵變問題持完全不同的看法，其中一定有段祕辛，在此約翰．亞倫道將軍可是起了很大的作用。這整個事件多令人著迷啊！告訴您吧，親愛的先生，目前人們對這個問題特別有興趣，而有關英國對印度的政策可是當前熱烈討論的話題呢。」

「嗯，」醫生說，「我聽說亞倫道老將軍過去常大談兵變問題。事實上，人們認為他在這個問題上最有發言權。」

「誰告訴您的？」

「一位姓皮巴迪的小姐，你們可以順道去訪問她，她是這裡的老居民了，而且她很了解亞倫道家的情況。說閒話是她的主要消遣，就憑她這個人，也值得去看看。」

「謝謝您，這真是個好建議。或許您還能告訴我已故的亞倫道將軍的孫子，年輕的亞倫道先生的地址。」

「查爾斯？好吧，我可以幫你和他聯絡。但他是個傲慢無禮的傢伙，家族歷史和他好像沒什麼關係似的。」

「他很年輕嗎？」

「像我這樣保守的老人家，會把他稱為年輕人。」醫生說著，眼睛閃爍著光芒。「他三十歲出頭了，是那種生來就只會給家裡添麻煩和增加負擔的年輕人，只是長得英俊而已。

他坐船到過世界各地，到哪兒也沒幹什麼好事。」

「他姑姑一定很喜歡他了？」白羅大著膽子問，「一般都是這樣。」

「嗯，我不清楚。艾蜜莉．亞倫道小姐精明得很，就我所知，他始終不曾從他姑姑那裡撈到錢。那老婦人挺凶悍的，我喜歡她，也尊敬她。她是個閱歷豐富的老人。」

「她死得很突然嗎？」

「是有點突然。你大概也曉得，這些年來她身體一直不好，而且好幾次都是一隻腳已跨進鬼門關了。」

「有些事……對不起，我得重提一些閒話……」白羅攤開雙手表示不以為然的樣子。「聽說她和家裡的人有過爭執？」

「確切地說，那並不是爭執，」格蘭傑醫生慢條斯理地說，「沒有，就我所知，並沒有公開地吵過。」

「請原諒，我太輕率了。」

「不，不。畢竟，資訊是公共的財富。」

「我聽說她沒把錢留給家裡的人，對吧？」

「是的，全都留給一個像是受驚而發抖的母雞般的女侍。這件事處理得奇怪，我也摸不著頭緒，這不像她的作風。」

「噢，這麼說吧，」白羅認真地說，「這種事不難想像：一個老婦人體弱多病，完全依賴服侍和照顧她的人。如此一來，有點個性的聰明女人，一定可以取得絕對優勢。」

「優勢」這個字眼一下子就把格蘭傑醫生惹惱了，就像用紅布逗弄公牛一樣。

格蘭傑醫生哼了一聲說：「優勢？優勢？才不呢！艾蜜莉．亞倫道小姐對明妮的態度還不如對一條狗呢，這是她那一代人的特性！無論如何，靠服侍人來謀生的女人一般都是傻瓜，假如她們聰明的話，就會另謀出路來維生了。艾蜜莉小姐不喜歡長時間和傻瓜攪和在一起，她可是一年就得換一個傻傢伙呢。優勢？根本沒那回事兒！」

白羅趕緊跳開這個危險話題。

「或許，是不是有這個可能，」他推測說，「會有一些這個家族之前的信函或文件還在勞森……小姐那兒？」

「可能吧。」格蘭傑表示同意。「一般老處女的房子裡總有好多東西藏著，我想勞森小姐至今大概連一半都還沒看過。」

白羅站起身來說：「非常感謝您，格蘭傑醫生，您真是太好了。」

「別謝我了，」醫生說，「很遺憾，我幫不了什麼忙。你們到皮巴迪小姐那兒一定能得到些消息。她住在莫頓莊園，離這兒有一英里。」

白羅伸過鼻子聞了聞醫生桌上的一大束玫瑰花。

「好香啊。」他讚嘆地說。

「是啊，我想是挺香的，我是聞不出來了，四年前我得了感冒以後就這樣了。這對醫生來說是個諷刺，對吧？『醫生，先治好你自己的病吧。』真他媽的夠了，我再也不能像過去那樣可以享受抽菸的樂趣了。」

「真是不幸。順道問一下，您可以告訴我年輕的亞倫道的地址嗎？」

「我可以幫你們弄到他的地址。」他把我們帶到大廳，叫道：「唐納森！」

「他是我的搭檔，」他解釋說，「沒問題，他肯定知道，因為他是查爾斯妹妹泰瑞莎的未婚夫。」他又喊道：「唐納森！」

一個年輕人從屋子後面的一間房裡走出來。他中等身材，面無血色，舉止輕巧，和格蘭傑醫生形成了難以想像的鮮明對比。

格蘭傑醫生向他解釋了叫他過來的目的。

唐納森醫生的眼睛呈淡藍色，有點凸。他把我們掃視了一下，好像估價一樣。他說話的樣子冷冰冰，而且很刻板。

「我不知道到哪裡可以找到查爾斯，」他說，「但我可以告訴你泰瑞莎．亞倫道小姐的地址。無疑地，她能幫你們和她哥哥取得聯繫。」

白羅對他說這就夠了。

醫生在筆記本的某頁上寫下了地址，之後撕下這張紙，遞給白羅。

白羅謝過了他，和兩位醫生告別。當我們走出門口時，我意識到唐納森醫生正站在大廳裡盯著我們，臉上流露出些許驚異的神色。

# 10 造訪皮巴迪小姐

「精心編造這樣的謊話真有必要嗎，白羅？」當我們離開兩位醫生時，我問他。

白羅聳聳肩，說：「既然打算說……對了，我注意到你的本性是很討厭說謊的。至於我嘛，這對我來說並不是難事……」

「這我注意到了。」我插話。

「誠如我剛才所說，既然打算說謊，就要讓這個謊具有藝術性，富浪漫色彩，讓人深信不疑！」

「你認為你說的謊能使人信服嗎？你認為唐納森醫生相信了嗎？」

「那個年輕人生性多疑。」白羅若有所思地承認。

「他那個樣子讓我對他更加懷疑。」

「我真不明白為什麼他會那樣。蠢蛋們每天都在編纂另一群蠢蛋的生活故事。這就像你說的，我正在這麼做。」

「我第一次聽你自稱蠢蛋。」我一邊說，一邊咧嘴笑著。

「我希望我所扮演的角色能和其他人一樣好。」白羅冷冷地說，「只是真遺憾，你認為我這個小謊言編得不好，但我自己對撒這個謊相當滿意。」

我改變了話題。

「下一步我們要做什麼？」

「很簡單，我們坐上你的汽車，去拜訪莫頓莊園。」

莫頓莊園是一幢醜陋而堅固的維多利亞式建築。一位年老體弱的管事出來照應我們，但他有點遲疑，因此立刻轉身問我們是否事先有約。

「請告訴皮巴迪小姐，我們是打格蘭傑醫生那兒來的。」白羅說。

幾分鐘後，門開了，一個矮胖的女人搖搖擺擺地走進屋來。她稀疏的白髮整齊地從中間分開，身上穿的是黑色天鵝絨的衣服，有幾處絨毛已磨得脫落了；脖子上繫著美麗的針織花帶，胸前別著一枚大玉石胸針。

她穿過房間，像近視那樣瞇眼望著我們。她開口說的第一句話就讓人吃驚：「有什麼東西要賣嗎？」

「沒有，夫人。」白羅說。

「真沒有嗎？」

「確實沒有。」
「沒有吸塵器要賣嗎？」
「沒有。」
「沒有襪子要賣嗎？」
「沒有。」
「沒有地毯要賣嗎？」
「沒有。」
「噢，好吧，」皮巴迪小姐一邊說著，一邊在一張椅子上坐下來。「我想可以了，你們坐下吧！」
我們順從地坐了下來。
「請原諒我這麼做，」皮巴迪小姐說，神態流露一絲歉意。「我不得不小心，隻身前來的人都信不得。下人們不行，他們分辨不出誰是好人，所以怪不得他們。那些人的聲音、衣著、名字都看不出什麼問題，所以下人們怎麼能分辨呢？他們自稱是什麼李奇韋司令、史考特·艾傑頓先生、達奇·菲茲赫伯船長，有的還長得挺漂亮，但是，在你弄明白是怎麼回事之前，他們已把一台製作奶油的機器推到你面前了。」
白羅非常認真地說：「我向您擔保，夫人，我們可不是那種人。」
「我是讓你們知道確有此事。」皮巴迪小姐說。

白羅又把自己編的故事搬了出來。皮巴迪小姐不加評論地聽著，小眼睛眨了一兩次。白羅講完時，她說：「打算出一本書嗎？」

「是的。」

「用英文？」

「當然。」

「但你是個外國人啊？你自個兒說說看，你是外國人，對吧？」

「是的。」

她把目光移到我身上。

「我想你是他的祕書吧？」

「噢，是啊。」我含含糊糊地說。

「你能寫優雅的英文嗎？」

「我想可以。」

「嗯，你是在哪兒上的學啊？」

「伊頓公學。」

「那不成。」

皮巴迪小姐如此非難這古老神聖的教育中心，真叫我想反駁。但她又一次把注意力轉向了白羅，我因此沒能向她爭辯。

「打算寫亞倫道將軍的生平嗎？」

「是的，我想您認得他。」

「是呀，我認識約翰・亞倫道；他愛喝酒。」

稍停片刻後，皮巴迪小姐繼續沉思地說：「寫印度兵變，呃？在我看來有些白費力氣。不過，那是你們的事。」

「您知道嗎，夫人，這事兒目前很時興，現在跟印度有關的事可熱門了。」

「也許吧，事情總是會再轉回來。瞧，現在衣服的袖子又做成和以前一樣了。」

我們有禮貌地保持著沉默。

「像羊腿似的袖子一直被認為是很醜的，」皮巴迪小姐說，「但是在主教眼裡，我穿這種式樣的衣服卻特別好看。」她明亮的眼睛盯著白羅。「噢，你想知道些什麼？」

白羅攤開雙手說：「什麼都想知道！家族歷史、軼事趣聞、家庭生活等等。」

「我沒辦法告訴你有關印度的事，」皮巴迪小姐說，「說真的，這事我聽到的不多，這些老人和他們的軼事實在很無聊。他是一個傻子，但我敢說，這對身為將軍的人來說並沒有什麼不好。我常聽人說，才智不會使你在軍隊裡晉升，你要多關照下屬的夫人，對上司的吩咐洗耳恭聽，才能官運亨通。我父親之前也常這麼說。」

白羅對這段論斷表示尊重，過了一會兒他說：「您和亞倫道家的關係很密切，是嗎？」

「他們家的人我全認得，」皮巴迪小姐說，「瑪蒂達是老大，這姑娘臉上淨是雀斑。她之前在主日學校教書，愛上了一位助理牧師。艾蜜莉排行老二，她很會騎馬，她是父親喝醉後唯一還能沉著應對的人，她會把喝完的酒瓶一車一車地拉出屋外，晚上再把瓶子埋起來。讓我想想，接下來是誰，是阿拉貝拉還是湯瑪斯？我想是湯瑪斯。我總是替湯瑪斯感到難過，他們家有四個女人，就他一個男人，這使得他變得傻里傻氣。湯瑪斯有點像老女人，誰也想不到他會結婚，因此當他結婚時，大家都有點驚訝。」

她輕聲地笑了起來，是一種維多利亞式的圓潤笑聲。

很明顯地，皮巴迪小姐在自得其樂。她幾乎忘記我們這群聽眾，完全沉浸在往事的回憶中。

「再來就是阿拉貝拉。她是一個很普通的姑娘，臉蛋像個烤餅。儘管她是家中長得最不好看的，但她還是結了婚，嫁給劍橋大學的一位教授：那位教授的年紀不小了，肯定有六十了。他來這兒講了幾次課，記得講的是關於現代化學的奇蹟，我去聽了幾次。我記得他留著鬍子，講話咕噥咕噥地，所以大部分都聽不清楚。阿拉貝拉常常在他講完後留下來問問題。她自己那時也不年輕了，快四十了。好啦，他們倆現在都死了。這是一樁相當美滿的婚姻。娶一個相貌平平的女人總會招來些議論，這真的很糟糕，不過阿拉貝拉可是個規矩的女人。接著是艾格尼絲，她是老么，長得挺漂亮的，但我們都覺得她太愛尋歡作樂，幾乎可以說是放蕩！如果她們姐妹當中有人要結婚，你一定會認為是艾格尼絲，但奇怪的是，她並未結婚。戰後不久她就死了。」

白羅低聲說：「你說湯瑪斯的婚姻有點出乎意外。」

皮巴迪小姐又一次從喉嚨裡發出圓潤的笑聲。

「出乎意外？我得說這完全令人意想不到！這醜聞發生的時間只有短短九天，你根本無法想像他會幹這種事！他是一個多麼沉靜、靦腆、謙恭、敬愛姐妹的男人啊。」

她停了一下，然後說：「你記得十九世紀末期，有一起轟動一時的案件嗎？記得那個姓瓦利的、長得挺美的女人嗎？她被懷疑用砒霜毒死了自己的丈夫。那件案子費了很大的勁才解決，最後她被無罪開釋。這個女人把湯瑪斯．亞倫道迷得團團轉，他收集所有的報紙，詳讀相關的報導，並把瓦利夫人的相片剪下來保存。當審判一結束，他就到了倫敦，向她求婚，你相信這種事嗎？這是沉靜、足不出戶的湯瑪斯呀！誰也摸不透男人的心理，你能嗎？男人的感情太容易突然迸發了。」

「後來怎麼樣了？」

「哦，她嫁給他了。」

「他的姐妹們對此感到很震驚嗎？」

「我認為絕對是！她們不接受她。現在想起來，整件事不知道是誰的錯。湯瑪斯氣壞了，他離開家，到英吉利海峽的島上去住，再也沒人聽到他的消息。我不知道瓦利是否真的把第一任丈夫毒死了，但她沒有毒死湯瑪斯。她死後他還活了三年。他們有兩個孩子，一男一女，這對孩子長得很漂亮，很像他們的母親。」

「我想他們常來看姑姑吧？」

「他們是在父母過世後才來的。當時他們都還在上學，父母去世時差不多都大了。他們常到這裡度假。艾蜜莉那時是家裡唯一還活著的人，查爾斯、泰瑞莎和貝拉・畢格斯是她僅有的親人。」

「畢格斯？」

「阿拉貝拉的女兒，一個反應遲鈍的女孩子，比泰瑞莎大幾歲，她傻呼呼地嫁給一個拉丁佬大學生，現在是個希臘醫生。我承認他長得很討人厭，但他的舉止相當迷人。我認為可憐的貝拉沒有很多選擇的機會，她的時間都用在幫忙父親、替母親繞毛線，這個帶著異國情調的外國男人深深地吸引了她。」

「他們的婚姻幸福嗎？」

皮巴迪小姐突然改變了態度。

「我不願意對任何婚姻做出絕對的評價！看起來他們很幸福，生了兩個黃皮膚的孩子。他們住在士麥拿。」

「但他們現在在英國，對吧？」

「對，他們是三月來的，我想他們很快就會回去。」

「艾蜜莉・亞倫道小姐喜歡她的外甥女嗎？」

「你說貝拉嗎？嗯，應該吧。可是她是個反應遲鈍的女人，每天都讓孩子和家務事給綁死了。」

「她對自己的丈夫滿意嗎？」

皮巴迪小姐咯咯地笑了。

「可不是嗎，我想她很愛那個壞胚子，他一肚子鬼。你要問我嘛，我會說他對她很會使手段。這傢伙很貪財。」

白羅咳了一聲。

「我聽說，亞倫道小姐死後留下不少錢？」他低聲說。

皮巴迪小姐讓自己坐得更舒服些，她說：「是啊，這就是引起議論的原因！大家作夢也想不到她這麼有錢。事情是這樣的：老亞倫道將軍留下了相當一筆錢平分給兒女，其中一部分又拿去投資，每筆投資都很成功。他們家原本還有莫陶德公司的股票，但當湯瑪斯、阿拉貝拉兩人結婚時，就把他們的那份拿走了。另外那三姐妹仍住在這裡，她們平日的開銷連收入的十分之一都不到，之後像以前一樣，花不完的錢就再拿去投資。瑪蒂達去世時，她把自己的錢分給了艾蜜莉和艾格尼絲，而艾格尼絲去世時，又把自己的錢全給了艾蜜莉。艾蜜莉一直省吃儉用地過日子，結果，她死時就成了一個富有的女人，但這筆錢全讓勞森那個女人給得到了！」

皮巴迪小姐說出最後一句話時，就像達到了勝利的高峰。

「這件事不令你驚訝嗎，皮巴迪小姐？」

「坦白說，我非常驚訝！艾蜜莉之前常公開說，她死後要把錢分給她的外甥女和侄兒們。事實上，原本遺囑上是寫明把錢分給泰瑞莎、查爾斯和貝拉，還說遺物要分給傭人等等。但在艾蜜莉死後，準備按遺囑上說的去做時，我的天啊，大家發現她重新立了遺囑，竟把全部的財產給了可憐的勞森小姐！」

「這新遺囑是她死前不久寫的嗎？」

皮巴迪小姐銳利的眼光射向白羅。

「我也曾想過這當中是不是受了什麼不好的影響，但恐怕沒有吧，因為可憐的勞森不會有那種頭腦或膽量去做這種事。老實說，她看起來也和其他人一樣錯愕……至少她自己是這麼說的！」

白羅聽到最後這句話時微微笑了笑。

「新遺囑是在她死前十天另立的，」皮巴迪小姐繼續說，「律師說沒問題，好吧，也許是吧。」

「您的意思是……」白羅身子微向前傾。

「詐騙術，這就是我的意思。」皮巴迪小姐說，「這裡面有鬼。」

「可以說得具體一點嗎？」

「你還不明白嗎？我怎麼能知道具體的詐騙是什麼？我又不是律師。但這事有蹊蹺，你就記住我的話吧。」

白羅緩緩地說：「沒人對遺囑提出質疑嗎？」

「泰瑞莎去請教了法律顧問，結果弄來一堆鬼建議！一個律師的意見十次中有九次是什麼呢？就是告訴你：『不要申訴了！』有一回，有五個律師都勸我不要採取行動，但我是怎麼做的呢？我根本不理他們。結果這個案子我贏了。他們讓我站在證人席上，一個從倫敦來的聰明又自命不凡的小夥子設法讓我的證詞相互矛盾，但他沒成功。他在法庭上對我說：『您肯定辨認不出這些皮貨是誰的，皮巴迪小姐，這皮子上沒有標籤。』

「『或許吧。』我說，『但是在襯裡上有一塊補丁，如果今天有誰能織出和那塊一樣的，我就把我的傘吃進肚子裡。』他徹底地潰敗了。」

皮巴迪小姐盡情地笑著。

「我想，」白羅謹慎地說，「那種……呃，不服氣的感覺，在勞森小姐和亞倫道小姐的家庭成員之間相當強烈吧？」

「你覺得呢？你知道這就是人性。人死後，麻煩事總是隨之而來。不論死者是男是女，他們屍骨還未寒，大部分送葬人就已經扭打成一團了。」

白羅嘆了口氣說：「說得太貼切了。」

「這就是人性。」皮巴迪小姐寬容地說。

白羅換了個話題。

「亞倫道小姐是真的想從神靈論中尋求生活樂趣嗎？」

皮巴迪小姐用銳利的目光狠狠地盯著白羅。

「假如你認為，」她說，「約翰．亞倫道的靈魂又回到人世間，命令艾蜜莉把錢全給明妮．勞森，而艾蜜莉聽從了他的話，那麼我可以告訴你，你這就大錯特錯了，艾蜜莉可不是那種傻瓜。若你要我回答，我可以告訴你，她發現神靈論在某方面比玩紙牌更有樂趣。你們見過崔普姐妹了嗎？」

「還沒。」

「若你見了她們，就會知道她們幹的事有多蠢了。真是一對只會讓人惱怒的女人，總是給你一些已故親人的訊息，而這些所謂的靈界訊息總是前後不一。她們全信這一套，明妮．勞森也是。唉，好吧，我想，這對她們來說是消磨夜晚的好辦法。」

白羅又想法子改變話題。

「您和年輕的查爾斯．亞倫道熟嗎？他是個怎麼樣的人？」

「他不是個好東西，人倒長得挺討人喜歡的，但總是缺錢用，總是欠債，每次從某地回來時就活像個窮光蛋。他很清楚怎樣誘騙女人。」她咯咯地笑了，又說，「這樣的人我見多了，騙不了我。不過我得說，湯瑪斯居然會生出個這麼有趣的兒子！湯瑪斯穩重、保守，是個典型的正派人，但沒辦法，他已在大家心裡造成一些疙瘩了。不瞞你說，我挺喜歡這個小夥子，但他是那種會為一、兩先令而殺了祖母的人，他沒有道德觀念。竟有人生來就如此，這真奇怪。」

「那他妹妹呢？」

「泰瑞莎？」皮巴迪小姐搖搖頭，緩緩地說，「這我就不清楚了。她有些異國情調，與眾不同。她和這裡的一個溫吞醫生訂了婚。或許你們見過他了？」

「是唐納森醫生？」

「是的。他們都說，他在醫學方面涵養很深，但在其他方面來說就是個可憐的呆頭鵝了，我要是年輕姑娘，才不會愛上他這種人呢。不過，泰瑞莎有自己的主意，她很清楚自己要什麼，這一點我敢肯定。」

「唐納森醫生不會替亞倫道小姐看病嗎？」

「格蘭傑度假不在的時候才會。」

「但這次亞倫道小姐臨危時，他沒來吧？」

「別指望他了。」

白羅笑著說：「我猜，皮巴迪小姐，您不把他當成個醫生看吧？」

「我可沒這麼說。事實上，你錯了。他夠精明，在他的專業上也是，但我不喜歡他。打個比方吧：在過去，要是一個孩子吃了太多青蘋果，膽囊就會出問題，醫生看完後也會這麼說，他讓你回家後，去診所取幾個藥丸就行了。但現在，醫生會告訴你孩子顯然是得了酸中毒，要注意他的飲食，也給你和過去一樣的藥，只是藥都做成了挺漂亮的小白片狀，由化學藥商配製而成，可是你要比過去多花三倍的錢！唐納森醫生就是屬於這個學派，你知道，大多數年輕的母親都比較喜歡這種醫療方法，這種新方式聽起來好像不錯。這個年輕人在這裡給麻疹和膽囊病人看診的時日不長了，他去了倫敦，野心勃勃地想成為專家。」

「要成為哪個專科的專家呢？」

「血清治療學，我想我沒說錯。那門學科的宗旨是，假使你得了病，不管你願不願意，一定得由討厭的針頭扎進你的肉。我可受不了這些討厭的醫療方式。」

「唐納森醫生正在試著治療什麼特別的病嗎？」

「這你就別問了。我所知道的是，普通醫生的實習對他來說是不夠的。他想在倫敦開業，但那需要很多錢，而他就像教堂裡的老鼠一樣窮……管他教堂的老鼠是什麼樣。」白羅喃喃地說：「因為缺錢而使真才實學無法發揮，這真使人喪氣。而有的人卻連收入的四分之一都花不了。」

「可不是嗎，艾蜜莉．亞倫道小姐就是這樣，」皮巴迪小姐說，「當宣讀遺囑時，有些人感到相當驚訝，我說的是這筆錢的數量令人驚訝，而不是它留給誰的方法。」

「您認為她家庭的其他成員也很錯愕嗎？」

「這就難說了，」由於興奮，皮巴迪小姐的眼睛瞇成了一條縫。「我不肯定，也不否定。他們當中有個人想出了相當機靈的點子。」

「哪個人？」

「查爾斯少爺，他把自己的那份錢做了番估算。這個查爾斯，他一點都不笨。」

「但有點遊手好閒，嗯？」

「從每個角度看，他都不是呆頭呆腦的人。」皮巴迪小姐狡獪地說。

她停了一下，然後問道：「打算見見他嗎？」

「我是這麼想的，」白羅莊重地說，「在我看來，他手裡可能會有一些關於他祖父的資料吧？」

「但有可能他早就把這些文件都燒了，這個年輕人對他的長輩毫不尊敬。」

「每條路都該試試。」白羅簡潔地說。

「看來是得這樣。」皮巴迪小姐冷冰冰地說。

她藍色的眼睛霎時出現了閃光，令白羅很不舒服。他站了起來。

「我不應該再占用您的時間了，夫人。非常感謝您告訴我這一切。」

「我盡力了，」皮巴迪小姐說，「看來我們離印度兵變的話題相當遠了，對吧？」

她和我們倆握手告別。

「書出版時要告訴我，」這是她同我們分手時說的話。「我對這本書很感興趣。」

我們離開屋子，後面傳來的是一陣圓潤的咯咯咯笑聲。

# 11 會見崔普姐妹

「現在，」當我們重回車上時，白羅問，「我們下一步要做什麼？」

鑑於以前的經驗，這次我沒建議回到鎮上。既然白羅很沉浸於自己的方式，我為什麼要掃興呢？

我提議去喝茶。

「海斯汀，喝茶？多怪的念頭啊！你留意一下時間。」

「我知道，我看過時間了，現在是五點半，很明顯，該喝茶了。」

白羅嘆了口氣。

「你們英國人總是要喝下午茶！不，我的朋友，我們不喝茶。前幾天我看了一本談禮儀的書，書上說六點以後就不該再拜訪人家了。不然就是失禮。因此，我們只剩半個小時去完成我們的計畫。」

「今天你還真是喜歡社交呀，白羅！那現在我們要去拜訪誰呢？」

「崔普姐妹。」

「現在你打算寫一本關於神靈論的書嗎？或者仍然是亞倫道將軍生平的書？」

「比那些都簡單，我的朋友。但我們必須打聽一下女士們住哪兒。」

路倒是很快就問到了，令人困惑的是一連串不知怎麼走的岔路。崔普姐妹的住所竟然是座風景如畫的農舍，這座建築如此古老，以至於看起來好像隨時都有可能倒塌。

一個大約十四歲左右的小姑娘打開了門，她努力將自己的身體緊貼著牆，好讓我們有足夠的空間走進去。

屋子內部全是由橡木梁構成，有個大壁爐，窗戶很小，小到很難看清楚外面的東西。家具刻意做得很簡單，看來這家主人只用橡木製品。木碗裡放著很多水果，牆上掛著很多照片，我注意到了大部分的照片都同樣是兩個人，只是姿勢不一樣，常常是鮮花緊貼胸前，或拿著麥稈編的義大利花草帽。

放我們進屋裡的那孩子嘟囔了幾句就不見了，但可以清楚聽到她在樓上講話的聲音。

「有兩位先生要見您，小姐。」

接著是一陣窸窸窣窣的女人說話聲，然後是開門聲和裙子拖地的沙沙聲，一個婦人下了樓，泰然自若地向我們走來。她四十多、快五十了，頭髮從中間分開，梳成像聖母瑪利亞的樣式；褐色的大眼睛稍微有點凸出，身穿印有枝葉花紋的細紗，活脫脫是化裝舞會的模樣。

白羅以誇大的動作迎上前去。他說：「很抱歉，打擾你了，小姐，但我目前可真是陷入困境。我到這兒來是要找一位婦人，可是她已經離開馬基貝辛鎮了，有人說你肯定知道她的地址。」

「真的嗎？你要找的是誰呢？」

「是勞森小姐。」

「哦，明妮．勞森啊。是啊！我們是很好很好的朋友。坐下吧，先生，怎麼稱呼你們呢？」

「我叫白羅，他是我的朋友，海斯汀上尉。」

在我們表明身分後，崔普小姐又陷入一片慌亂中。

「請坐在這裡吧……不，你們請，真的。我自己是喜歡坐直式靠背椅啦。你們坐得舒服嗎？說起親愛的明妮．勞森啊……哦，我妹妹來了。」

一陣開門聲和沙沙的響聲後，又一位婦人加入我們之中。她身穿綠色方格花布衣，這身衣著給十六歲的女孩穿似乎比較合適。

「這是我妹妹伊莎貝爾，這是……呃，白羅先生和海斯汀上尉。伊莎貝爾，親愛的，這兩位先生是明妮．勞森的朋友。」

伊莎貝爾．崔普小姐不像她姐姐那麼豐滿，事實上她可說是骨瘦如柴。她那美麗的頭髮弄成零亂的捲曲狀，但她的舉止像受過薰陶的女孩子，很容易便可以認出她就是相片上那個拿花的人。現在，她雙手緊握，十指交叉，像個少女般激動地說：「多麼令人高興啊！親愛的明妮！你們最近見到她了？」

「好幾年沒見了，」白羅解釋說，「我們差不多失去了聯繫，因為我一直在旅行。這就是為什麼當我聽到老朋友洪福降臨時，感到又驚奇又高興。」

「是的，確實如此，但這是她應得的！明妮這種人不多了，她那樣單純又誠摯。」

「朱莉亞！」伊莎貝爾叫道。

「怎麼了，伊莎貝爾？」

「那個字母P，多明顯呀！你記不記得，昨晚扶乩寫字板總是畫出P字，它預示著會有個客人從遠方來，他的第一個字母是P[15]。」

「一點兒都沒錯。」朱莉亞表示贊同。

兩個女人都又驚又喜地看著白羅。

「寫字板不說謊。」朱莉亞小姐輕聲地說。

「你對神怪之事感興趣嗎，白羅先生？」

「我在這方面沒什麼經驗，小姐們。但像每個常在東方旅行的人一樣，我不得不承認，

15 白羅的名字 Poirot 第一個字母是P。

有許多事是不能理解，也不能用自然法則來解釋。」

「沒錯，」朱莉亞說，「說得太好了。」

「東方，」伊莎貝爾嘟囔著說，「那是神祕和奇幻之鄉。」

關於白羅的東方之行，就我所知，是從敘利亞到伊拉克，大約只花了幾個星期。但聽他這番話，會讓人覺得他一生中絕大部分時間都是在叢林裡和東方各地的市集度過，而且一定和印度教的苦行僧、托缽的苦修僧人以及道行高深的大師都有密切的往來。

我看得出來崔普姐妹是素食主義者、唯神論者、英國的猶太人、基督教科學派信仰者、唯靈論者，同時還是積極的業餘攝影師。

「人們有時會覺得，」朱莉亞嘆了口氣說，「馬基貝辛鎮是個不宜居住的地方，這地方一點也不美，也沒有靈性。人是有靈魂的，你不這麼認為嗎，霍金斯上尉？」

「確是這樣，」她把我的名字給弄錯啦！真窘！但我還是得回話。「嗯，的確如此。」

「沒有幻想，人類就會滅亡，」伊莎貝爾引用了這句話，同時嘆了口氣。「我常和教區牧師討論問題，但他的眼界實在狹窄得讓人難受。白羅先生，你認為任何明確的信條都得這麼狹窄嗎？」

「所有的事再簡單不過了，真的，」她姐姐插話道，「就像我們所熟知的，歡樂和愛就是一切！」

「言之有理，言之有理。」白羅說，「但遺憾的是，人跟人之間竟會有這麼多誤解和爭執，尤其是為了錢。」

「錢是如此骯髒。」朱莉亞嘆了口氣說。

「我想，已故的亞倫道小姐是被你們改變信仰的人之一吧？」

兩姐妹互相看了一下。

「我有些懷疑。」伊莎貝爾說。

「我們一直不能肯定她究竟是信還是不信，」朱莉亞輕聲說，「有時她看起來像是相信，可是過一會兒，她又說一些那樣……那樣下流的話。」

「哦，你記得上回的神奇現象吧，」朱莉亞說，「真的很奇特。」她轉向白羅：「事情發生在親愛的亞倫道小姐病倒的那天晚上。我和我妹妹晚飯後到她那兒去，我們四個人坐在一起進行招魂儀式。你知道嗎，我們都看見了……我是說我們三個，我們都看到了，好清楚啊，一圈光環環繞著亞倫道小姐的頭。」

「這是……」

「真的，是一種發光的霧。」她轉向妹妹。「伊莎貝爾，你是不是也會這麼形容它？」

「沒錯，沒錯，正是那樣，一種發光的霧緩緩地圍繞著亞倫道小姐的頭，最後成了一輪模糊的光環。這是一種徵兆，現在我們知道了，這是一種表明她即將到另一個世界的徵兆。」

「真是太神奇了，」白羅用一種深為感動的語調說，「當時屋裡很黑，是嗎？」

「哦，沒錯，通常在黑暗中通靈，能得到更好的效果。那天晚上很暖和，所以我們沒有生火。」

「最有趣的是當中有個神靈曾對我們說，」伊莎貝爾說，「她的名字叫法蒂瑪。她說她經歷過十字軍東征時代，她給了我們一些很美的訊息。」

「她真的跟你們說話了嗎？」

「不，不是直接說，而是用敲打的方式，意思是：愛、希望、生活，多美的詞句啊！」

「亞倫道小姐就是在你們聚會後病倒的嗎？」

「就在那之後病倒的。僕人們送上來一些三明治和紅葡萄酒，可是親愛的亞倫道小姐說她覺得不太舒服，她不吃了，那就是她發病的開始。老天慈悲，沒有讓她受太多苦痛。」

「四天之後她就走了。」伊莎貝爾說。

「而我們早就有她的消息了，」朱莉亞煞有其事地說，「她說她在那兒很幸福，一切都很美好。她還說，她希望所有的親人能友愛和睦地相處。」

白羅咳了一聲，說：「恐怕現在……呃，情況不是那樣吧？」

「可憐的明妮，亞倫道小姐的親戚們對待她的行為真是可恨。」伊莎貝爾說，她的臉到得變紅了。

「明妮這種人現在真不多見了。」朱莉亞插話說。

「有人散布了一些沒良心的話，說她策畫了整個事件，好讓這筆錢全落入她的口袋！」

「實際上，這對她來說是一件最最意外的事……」

「律師宣讀遺囑時，她簡直不能相信自己的耳朵……」

「她親口對我們這麼說的：『朱莉亞，我親愛的，連我自己都很驚訝。她就給了僕人們幾件遺物，而小綠屋和剩餘的財產全都給了我懷荷明娜．勞森。』她嚇得目瞪口呆，吐不出半個字來。等她想起要問問共有多少錢時，她想，也許有幾千英鎊吧！柏維斯先生結結巴巴地說了些大家都聽不懂的動產淨值一類的話後，宣布說：大約剩下三十七萬五千英鎊。可憐的明妮告訴我們，她聽到這話後幾乎暈了過去。」

「她一點也不知道，」她妹妹重申，「她從沒想到會發生這樣的事！」

「這是她告訴你的，是嗎？」

「哦，是的，她反覆說了好幾遍。亞倫道小姐的親戚實在是居心險惡，他們還繼續像以前那樣疏遠她、懷疑她。還好，畢竟這是個自由的國家……」

「看來英國人被誤解得好慘。」白羅喃喃著說。

「我希望任何人都可以完全按他們自己的意願來支配財產！我認為亞倫道小姐是明智的。很明顯，她不相信自己的親人，我敢說她一定有理由。」

「噢？」白羅感興趣地把身子往前傾。「真的嗎？」

這麼做真是正中下懷，促使伊莎貝爾繼續往下說：「是的，確實如此。她的侄子查爾斯．亞倫道先生是個壞胚子，這是眾所周知的！我想說不定有些外國警察想要捉拿他呢，他一點都不討人喜歡。至於他的妹妹，我實際上沒和她說過話，她是個打扮得妖里妖氣的女孩子，過分時髦，一臉濃妝，看一眼她的紅唇我就差不多要病倒了，那嘴唇看上去就像沾了血。我懷疑她是不是有吸毒的習慣，有時她的舉止真的很怪。她和那個年輕的唐納森醫生訂了婚，但我覺得有時他那樣子也頗令人厭惡。當然，泰瑞莎是個很有魅力的女人，但我希望醫生有一天能恢復理性，去娶一個喜歡農村生活和能幹活的英國好姑娘。」

「其他親人呢？」

「嗯，我再繼續說給你聽吧，實在很令人生氣。並不是說我要講塔尼奧斯夫人的壞話，她是個相當不錯的女人，但她確實是個白癡，完全受她丈夫的擺布，而他還是個土耳其人。我認為一個英國姑娘嫁給土耳其人是相當糟糕的事，你不也這麼想嗎？這不就表示這姑娘根本沒有其他選擇的餘地。當然，塔尼奧斯夫人是位慈母，雖然孩子們都不討人喜歡，可憐的小東西啊。」

「總而言之，你認為勞森小姐更值得接受亞倫道小姐的財產囉？」

朱莉亞心平氣和地說：「明妮．勞森是個好女人，世間罕見。這不是說她好像從沒想過錢的事，但她從不貪婪。」

「可是，她從沒想過拒絕接受這筆遺產吧？」

伊莎貝爾的身子往回縮，說：「這個嘛……任何人都不會那麼做。」

白羅笑了，說：「不會的，恐怕不會……」

「你瞧，白羅先生，」朱莉亞插話道，「她把這看作是對她的信任、一項神聖的託付。」

「她很願意給塔尼奧斯夫人或她的孩子們一些東西，」伊莎貝爾繼續說，「只是她不想讓塔尼奧斯先生有控制權。」

「她甚至說她會考慮給泰瑞莎一筆生活津貼。」

「我認為她這麼做很寬宏大量，那姑娘對她總是那麼不敬。」

「確實是這樣，白羅先生，明妮是最慷慨的人，這我就不多說了，你當然是了解她的囉！」

「是啊，」白羅說，「我很了解她，但我現在還是不知道她目前的地址。」

「當然囉！我真笨呀！要我把它寫下來給你嗎？」

「我可以自己來。」

白羅拿出他那一直在用的筆記本。

「西二街克蘭羅伊登公寓十七號，離懷特利不遠。請你代我們向她問聲好，行嗎？我們最近沒有她的消息。」

白羅站了起來，我也跟著起身。

「我要謝謝你們兩位，」白羅說，「謝謝你們最動人的談話，並且好心地告訴我朋友的地址。」

「我想準是小綠屋那裡的人沒告訴你們，」伊莎貝爾大聲說，「一定是那個艾倫！僕人總是那麼妒忌、那麼小心眼。他們對明妮總是那麼刻薄。」

朱莉亞像個貴婦人似地和我們握了握手。

「對你們的來訪我很高興，」她很有禮貌地說，「但不知道……」

她向她妹妹投了一個徵詢的眼色。

「你們或許願意……」伊莎貝爾臉色微現紅暈。「就是說，你們願意留下來和我們一起吃晚飯嗎？很簡單的晚飯，一些切碎的生菜，黑麵包和牛油，還有水果。」

「聽起來挺可口的，」白羅趕快說，「可是對不起，我和我的朋友還得趕回倫敦。」

再次握手話別和給勞森小姐捎口信的叮嚀後，我們終於離開了那兒。

# 12 白羅分析案情

「感謝老天爺，白羅，」我熱切地說，「你沒讓我們留下來同她們一起吃生胡蘿蔔！多麼古怪的女人啊！」

「說不定她們會招待我們吃塊好牛排，外加炸薯條，也許會有瓶好酒呢。我實在不知道在那裡會喝到什麼。」

「我想只有白開水吧，」說這話時我打了個寒顫。「或者能喝點不含酒精的蘋果汁，真是個鬼地方！我打賭那裡除了花園裡有一間教堂外，沒有浴室，也沒有衛生設備！」

「奇怪，女人怎麼會喜歡過這種不舒服的日子，」白羅若有所思地說，「雖然她們很擅長精打細算地過日子，但不至於窮酸到那種地步。」

我在彎曲的小路上開著車，轉過最後一個彎，又重新回到通往馬基貝辛的大道上。這時，我問白羅：「現在你對我這個司機有何指示？我們接著該拜訪哪一家？或者我們再回到喬治小旅店，問問那個有氣喘病的老侍者？」

「海斯汀，你會很高興地聽到我說，我們已經完成對馬基貝辛的調查了……」

「好極了。」

「但這只是暫時的，我還要再回來！」

「還是那起未遂的謀殺案嗎？」

「沒錯。」

「你從剛剛聽到的那些胡言亂語中知道了些什麼？」

白羅明確地說：「有幾點值得注意。在我們這場戲中，不同的角色都開始嶄露頭角了。就某種程度上說，它像是一篇早期的言情小說，不是嗎？人們一度看不起的低賤侍女，現在搖身一變成為有錢人了，並在扮演著慷慨濟貧的貴婦角色。」

「我想這樣一副恩人的氣勢，一定會使那些自認是合法繼承者非常惱怒！」

「海斯汀，你說得對，確實如此。」

我們默默地開著車，向前行駛了幾分鐘。車子穿過了馬基貝辛鎮，我們又一次飛馳在大道上。我輕聲地哼起了〈小矮人，你忙了一整天〉這首小曲兒。

「你今天過得愉快吧，白羅？」最後我問道。

白羅冷冰冰地說：「我不太明白你說的『愉快』是指什麼，海斯汀。」

我回答：「我看，你是在盡情享受坐車兜風的閒情逸致！」

「你認為我不夠嚴肅認真嗎？」

「噢，你夠嚴肅認真了，但現在這項工作像是在做學術研究，你處理這個問題，完全是為了使自己精神上得到滿足。我的意思是說，你這樣做是不實際的。」

「Au contraire[16]，它是非常實際的。」

「我表達得不好。我的意思是，假如這老婦人還活著，需要我們幫助她，讓她免於受到進一步的迫害，那麼還有點意義。但現在的情況是她已經死了，我們還多操什麼心呢？」

「要是那樣的話，朋友，謀殺案就根本不必去調查了！」

「不，不，不，這是不一樣的。我的意思是現在你有的只是一具屍體……哎，真他媽的！我說不清了。」

「別發怒，我完全了解你的意思。你把被謀殺的屍體和由某種疾病致死這兩種情況給區分開了。例如，如果亞倫道小姐突然死於令人驚恐的暴力，而不是因為長期患病而死，那麼你就不會對我要查明真相的努力無動於衷了，對吧？」

「當然了，要是那樣，我不會無動於衷。」

「但不管怎麼樣，難道不是確實有人要謀害她嗎？」

16　法語，意思是「恰恰相反」。

「是的，但是他們沒成功，這就使得問題全然不同了。」
「究竟是誰企圖要殺害她，這個問題從來沒有引起你的興趣嗎？」
「呃，從某種程度上來說是有。」
「我們目前有的線索很有限，」白羅若有所思地說，「樓梯上的那條線……」
「那條線只是你根據踏腳板上的那根釘子推斷出來的！」我打斷他的話。「而那根釘子可能在那上面好多年了！」
「不，釘子上的漆是新刷的。」
「好吧，但我還是認為這可以有各種不同的解釋。」
「你說說看。」
當時我想不出合理的解釋。白羅趁我沉默的有利時機，以破竹之勢發表了他的論述。
「是的，目前我們所知的確有限。那條線只能在大家都就寢後才能從樓梯上拉過去，因此，只有住在房子裡的人是我們得考慮的對象，也就是說，凶手就在這七個人之中，他們是塔尼奧斯醫生、塔尼奧斯夫人、泰瑞莎、查爾斯、勞森小姐、艾倫和廚師。」
「可以肯定的是，你可以把僕人排除在外。」
「但僕人們也收受了遺產，親愛的。另外，可能還有其他原因──怨恨、爭吵、欺詐等等，因此不能肯定說他們毫無嫌疑。」
「我看這非常不可能。」

「我同意你的說法。但我們得考慮各種可能性。」
「既然是這樣，那凶手就應該是八個人，而不是七個。」
「怎麼說？」
我覺得這次我略勝一籌，我說：「你應該把亞倫道小姐也算進去。你怎麼知道她不會拉那條線來絆倒家裡其他人呢？」
白羅聳聳肩。
「你在說 bêtise[17]，我的朋友。假如是亞倫道小姐設下這條細繩，她就會小心，不讓自己絆倒。記得嗎，是她被絆倒而從樓梯上摔下來的。」
我垂頭喪氣地認輸了。
白羅用一種沉思的聲音繼續說：「整個事件的先後次序相當清楚：絆倒、寫信給我、律師來訪。但這裡有個疑點：亞倫道小姐是故意扣住那封給我的信，對寄不寄這封信猶豫不決呢，還是她寫完信後就以為信已經寄出了呢？」
「這我們很難得知了。」我說。
「是不容易知道，我們只能猜測了。我推測，她是誤認為信已經寄出，她對於沒有收到

17　法語，意思是「傻話」。

回音一定很驚訝……」

我的思緒正往另一個方向走著。

「你認為神靈論的一派胡言有價值嗎？」我問，「我的意思是，不管皮巴迪小姐的說法多麼荒謬，你是真的認為在一次降神會上真有道命令，要亞倫道小姐修改遺囑，把錢留給勞森這個女人？」

白羅懷疑地搖搖頭說：「這和亞倫道小姐在我心目中的印象並不相符。」

「崔普姐妹說，當宣讀遺囑時，勞森小姐也大吃一驚。」我若有所思地說。

「是的，這是她告訴她們的。」白羅表示同意。

「你不相信？」

「朋友，你應該知道我生性多疑！除非能得到確認或證實，否則不相信任何人的話。」

「對，老夥計，」我親切地說，「這真是一種美好、值得信賴的天性。」

「什麼『他說的』、『她說的』、『他們說的』，呸！那指的是什麼？什麼都沒有！這些說法可能全是真實的，也可能是別有用心的捏造。而我，我只和事實打交道。」

「那事實又是為何呢？」

「事實是，亞倫道小姐摔倒了，這無庸置疑，但那不是單純的意外，是有人策畫的。」

「證據就是：赫丘勒．白羅是這麼說的！」

「才不呢，有釘子為證，有亞倫道小姐寫給我的信為證，有小狗那天晚上一直在外頭為證，還有亞倫道小姐說的關於那個罐子和上面的畫，以及小寶的球為證。所有的這一切都是事實。」

「請問下一個事實是什麼呢？」

「下一個事實是個老問題的答案。是誰最後從亞倫道小姐的死得到好處？答案是勞森小姐。」

「好個陰險的女侍啊！但另一方面，別的人也是從亞倫道小姐之死得到好處。」

「沒錯，海斯汀，這就是為什麼他們都同樣地受到懷疑。還有一個小小的事實，即勞森小姐煞費心機，不想讓亞倫道小姐得知小寶整夜都在外面。」

「你說這件事很可疑嗎？」

「不，我只是注意到了這一點。這可能是很自然地出於對老婦人的關心，避免驚動她。這是至今最恰當的一種解釋。」

我斜斜地望了白羅一眼，他太難以捉摸了。

「皮巴迪小姐說遺囑裡有鬼，」我說，「你認為她指的是什麼？」

「我認為這是她對某事存疑，但又說不清所以然的一種表達方式。」

「看來，可以排除亞倫道小姐曾受外力影響，」我沉思著說，「艾蜜莉·亞倫道那麼聰明，她絕不會相信任何像神靈論那樣愚蠢的事。」

「是什麼使得你認為神靈論是愚蠢之事，海斯汀？」

我驚奇地注視著他，說：「我親愛的白羅，我們不是見過了那些可怕的女人……」

他笑了笑。

「我同意你對崔普姐妹所做的評價。崔普姐妹滿懷熱情，信奉基督教科學派，是個素食主義者、唯神論者和唯靈論者，但不能因為這個事實，就對以上這些學科蓋棺論定！或許一個傻女人會告訴你很多關於刻有聖甲蟲寶石的胡言亂語，只因為她從無賴商人那兒買來一個假貨，但這沒有必要讓你對一般埃及學產生懷疑！」

「那你信神靈論囉，白羅？」

「對這一學科我是採開放的態度。我從未研究過它的神祕跡象，但不可否認，很多科學家和學者宣布：確實存在一些不能解釋的現象。我們能說這是崔普小姐容易受騙嗎？」

「那麼，你相信關於亞倫道小姐頭上圍繞著光環的那套謬論嗎？」

白羅擺擺手，說：「我這是一般說法，相當不理智的懷疑主義理當受到斥責。我可以說，我對崔普姐妹已有既成的看法，我得非常仔細地檢視她們提供給我的每一項事實。她們是傻女人，我的朋友，不管她們談論的是神靈論、政治、兩性關係還是佛教信仰的教條，她們終究是傻女人。」

「不過，你很留心聽她們說話。」

「聽是我今天的任務——傾聽，傾聽每個人告訴我關於這七個人的事，當然主要都集中在五個人身上。我們已經了解這些人某些方面的情況，以勞森小姐為例，從崔普姐妹那裡，我們了解到她忠實、無私、超脫世俗之外，總而言之，是個完美的人；從皮巴迪小姐那裡，我們得知她老實、有點傻笨，沒有企圖犯罪的膽量和智謀；從格蘭傑醫生那裡，我們得知她是受氣包，地位不穩定，她是個可憐的『受驚而發抖的母雞』，我想他是這麼說的；從侍者那兒了解到，勞森小姐是個普通『人』；從艾倫那兒得知，小狗小寶藐視她！你看，每個人都從多少有點不同的角度來看她，對其他人也是這樣。在說到查爾斯·亞倫道的時候，對他的舉止和態度又有多少不同的看法？格蘭傑醫生寬容地把他叫作『無禮的傢伙』；皮巴迪小姐說他會為了兩先令而謀害他的祖母，很明顯地，她認為他是個惡棍，而不是『呆頭呆腦的人』；崔普小姐暗示，他不僅會有犯罪的意圖，說不定還已經幹上一回或好幾回了。這些從側面了解的情況很有價值，也很有趣，引領著我們去做下一件事。」

「什麼事？」

「我們自個兒來瞧瞧這些人吧，我的朋友。」

# 13 泰瑞莎·亞倫道

第二天早上，我們循著唐納森醫生給的地址去找泰瑞莎。

我向白羅提議最好先拜訪一下律師柏維斯先生，但是白羅強烈地否決我的想法。

「不行，我的朋友，萬萬不可。我們到他那裡要做什麼呢？為了了解情況，我們得向他提什麼理由呢？」

「你的理由信手拈來皆是，白羅！任何之前曾用過的謊話都行得通，不是嗎？」

「恰恰相反，朋友，像你說的『任何之前用過的謊』都派不上用場。對一個律師來說，那些謊話行不通。我們會被——你怎麼說的——攆出來，並受到尖刻的責難。」

「噢，好吧，」我說，「那我們就別冒這個險了！」

後來就像我剛才說的，我們前往泰瑞莎·亞倫道的住所去了。

泰瑞莎小姐的住宅位於雀兒喜區，一處可俯瞰小河的地方。室內布置很現代化，相當豪華，有閃爍的鍍鉻家具和幾何圖形的厚地毯。

我們等了幾分鐘，一個女郎走了進來，好奇地打量著我們。

泰瑞莎．亞倫道看起來有二十八、九歲，個子高高的，身材苗條，給人第一眼的感覺像是一幅誇張的黑白素描畫。她的頭髮烏黑發亮，臉上抹了厚厚的一層像死人般蒼白的粉；她的眉毛修剪成怪異的形狀，這麼一來使得她的模樣既奇特又滑稽。那雙唇是唯一有顏色的地方，在白臉襯托下紅得發紫、耀眼。她也給人某種感覺，我不知道怎麼會有這種感覺，因為她實在很冷漠，遠遠超過大多數人，但相對地她蘊藏著一股驅策人的力量，宛若一條高高揚起的鞭子，會重重地落在人身上。

她以冷若冰霜的神態和詢問目光打量著我，又打量白羅。

白羅厭倦了騙人的把戲（我希望如此），這次，他遞上自己的名片。她用手指夾著名片，把它轉來轉去。

「我想，」她說，「您是白羅先生？」

白羅彬彬有禮地向她鞠了一躬。

「我願為你效勞，小姐。你能允許我占用你幾分鐘寶貴的時間嗎？」

她微微模仿白羅的樣子，回答說：「很高興，白羅先生，您請坐。」

白羅小心翼翼地在一張較矮的方形安樂椅上坐下來，我則搬了一把鍍鉻的直背椅坐下。

泰瑞莎隨意地坐在壁爐前的一張矮凳上，她遞香菸給我們兩人，我們謝絕了，她自己便點燃了一根。

「你可能知道我是誰吧，小姐？」

她點點頭，說：「蘇格蘭警場的小矮人，對吧？」

我認為白羅不喜歡對他的這種描述，他加重語氣說：「我是關心犯罪問題，小姐。」

「真讓人毛骨悚然，」泰瑞莎．亞倫道以厭煩的聲調說，「這讓我想起來我丟了一本親筆簽名的書呢。」

「我目前所關心的是，」白羅繼續說，「昨天我收到你姑姑的一封信。」

她那雙杏仁眼微微睜大了一點，嘴裡噴出一縷菸霧。

「從我姑姑那兒收到的信，白羅先生？」

「小姐，我是這麼說的。」

她嘟囔著。

「很抱歉，我得掃您的興了，但事實是，您也知道，這世上沒有您說的這個人了！我的姑姑們全都死了，最後一個姑姑也在兩個月前去世了。」

「是艾蜜莉．亞倫道小姐嗎？」

「是的，是艾蜜莉．亞倫道小姐。白羅先生，您不會從死人那裡收到信吧？」

「有時是會如此，小姐。」

「這多可怕啊！」

她聲音中出現了一種新的音調……一種突然警覺和留心的音調。

「白羅先生，我姑姑信中說什麼了？」

「這個，小姐，目前我還不能告訴你。你要曉得，這是一件有點兒……」他咳了一聲，「微妙的事。」

室內一片沉靜。泰瑞莎・亞倫道仍在抽著菸。過了一會兒，她說：「這一切聽起來還極為神祕，有意思。但具體說來，我和這件事有什麼關係呢？」

「小姐，我希望你能回答我幾個問題。」

「問題？哪方面的問題？」

「有關家庭方面的問題。」

我又一次看見她的眼睛睜大了。

「聽來您是在誇大其詞！您能不能舉個例？」

「當然可以。你能告訴我你哥哥查爾斯現在住哪兒嗎？」

她的眼睛又瞇成了一條縫。她潛伏的能量不見了，像縮進了一個殼裡。

「恐怕我辦不到，我們不常聯絡。我想他已經離開英國了。」

「我明白了。」

白羅沉默了一會兒。

「這就是您要了解的一切嗎？」

「噢，我還有其他問題。其一是，你對你姑姑分配遺產的方式滿意嗎？再者是，你和唐納森醫生訂婚多久了？」

「你一會兒問這，一會兒又問那，呃？」

「不好嗎？」

「好得不能再好了。既然我們互不相識，我對這兩個問題的回答是：這不關您的事！Ca ne vous regarde pas, M. Hercule Poirot[18]。」

白羅認真地觀察她一會兒，這才站了起來，一點也沒有失望的神色。

「這樣啊！噢，好吧，這並不令人意外。小姐，容我贊許你法語說得那麼標準，並祝你有個美好的早晨。走吧，海斯汀。」

當我們走到門口時，姑娘開口了。我又想起那高高舉起的鞭子的比喻了。她沒有離開原來的位置，但說出來的那兩個字卻像輕輕地揚了一下鞭子。

「回來！」她說。

白羅慢慢地走回來。他又坐下了，用探詢的目光盯著她。

「我們別再裝傻了。」她說，「您對我或許有用，赫丘勒．白羅先生。」

「這是我的榮幸，小姐，我能派上什麼用場呢？」

在吐出的兩縷煙霧間，她非常平心靜氣地說：「告訴我，怎樣才能使遺囑失效。」

「你要的是一位律師……」

「是啊，要找律師，假如我認得這樣一個有用的律師就好了。而我所認得的律師都是很正派體面的人，他們告訴我，我姑姑的遺囑符合法律程序，任何辯駁都是白花錢！」

「你不相信他們。」

「我相信任何事情總會找到一個解決辦法，只要您不介意走旁門左道，並準備好一大筆錢。沒錯，我準備砸下這筆銀子。」

「於是你想當然耳地認為只要給我錢，我就會昧著良心替你辦事？」

「我發現大多數人都是這樣！我看不出您會是個例外。當然，人們剛開始總是會堅守自己的節操和正直，絕不會輕易接受賄賂。」

「你說得對極了，那正是遊戲的一部分，不是嗎？但是，假設我準備好去走旁門左道，你認為我能做什麼呢？」

「我不知道，但大家都知道您是個聰明人，您可以想出一些計策來。」

「什麼樣的計策？」

泰瑞莎．亞倫道聳聳肩。

「那就是您的事了。您可以把原來那份遺囑偷走，再以一份偽造的來代替……也可以綁

18 法語，意思是「赫丘勒．白羅先生，別再管這事了」。

架勞森，並恐嚇她，讓她承認是她威脅艾蜜莉姑姑，讓她在病榻上寫了這份新的遺囑。」

「你豐富的想像力真教人吃驚，小姐。」

「好吧，您的答覆呢？我夠坦白了吧。若您一本正經地拒絕，門就在那兒，請便。」

「現在倒不是一本正經地拒絕的時候……」白羅說。

泰瑞莎・亞倫道笑了。她看看我。

「您的朋友，」她說，「看來嚇得目瞪口呆。我們是不是先將他支開？」

白羅有點生氣地對我說：「我求求你，控制一下你那美好、正直的本性，海斯汀。」他又對泰瑞莎說：「我請你原諒我的朋友，小姐。正如你看到的，他為人誠實，也很守信，他對我無比忠誠。可是在任何情況下，我都要強調一點，」他使勁地盯著她看，「不管我們幹什麼，都要嚴格地遵守是在法律允許的範圍內。」

她略微揚了揚眉。

「不過，法律，」白羅沉思地說，「也是有空間的。」

「我明白，」她微微一笑。「好了，這一點我們達成協議了。您是否想談一下，事成後您能拿到多少呢？」

「這一點也可以談的，反正對我來說是筆小外快嘛。這就是我的要求，行嗎？」

「一言為定。」泰瑞莎說。

白羅向前傾了傾身子，說：「小姐，你聽著，通常一百件案子中有九十九件我是按法律辦的。第一百件呢，呃，這第一百件就不同了。簡單地說，這第一百件案子通常有不少油水……所以不得不祕密進行，你懂吧？要非常祕密地進行。因為我的名譽不能因此受損，我不得不小心。」

泰瑞莎·亞倫道點點頭。

「所以，我應該掌握案件中的所有事實！我應該掌握實情！你很清楚：人一旦掌握了實情，就比較容易知道該說什麼謊話了！」

「聽來非常合乎情理。」

「那麼。現在，告訴我，你姑姑的遺囑是什麼時候寫的？」

「四月二十一日。」

「前一份是什麼時候寫的？」

「艾蜜莉姑姑五年前寫過一次。」

「它的內容是……」

「一部分遺物給艾倫，另一部分給以前在這兒的那個廚師；她的全部財產平分給弟弟湯瑪斯和妹妹阿拉貝拉的孩子們。」

「這筆錢是委託給別人代管嗎？」

「不，是無條件地留給我們。」

「現在，聽仔細了。以前你知道這份遺囑的內容嗎？」

「噢，知道。查爾斯和我都知道……貝拉也知道，艾蜜莉姑姑對此毫不隱瞞。事實上，假如我們有人向她借錢，她就會說：『我死後，你們就會得到我全部的錢。你們應該同意我的安排。』」

「假如因生病或者發生任何不幸而急需用錢時，你姑姑會拒絕借給你們錢嗎？」

「不，我想她不會。」泰瑞莎慢條斯理地說。

「所以她認為現在你們全都有足夠的錢維持生活囉？」

「是的，她是這樣認為。」

她的聲音聽來有些難過。

「但你的錢不夠用嗎？」

泰瑞莎過了好一會兒才回答：「我父親留給我們兄妹每人三萬英鎊，固定的投資利息每年大約一千二百英鎊，把稅扣一扣，靠這樣一筆不算少的收入，我們可以過得相當不錯。但是我……」她的聲音變了，她苗條的身軀挺得直直的，腦袋往後仰著，我感覺到她身上蘊藏著的驚人活力都湧現出來了。「但是我不滿足，我要更好的生活！我想要世界上一切最好的東西！吃最好的食物，穿最漂亮的衣服，一切都要第一流的、最美的，一般的式樣都不行！我要享受生活……到地中海去，躺在夏天溫暖的海水裡；我要去豪賭一番……圍著桌子和那些賭徒一起數著一疊疊動人心弦的鈔票；我要舉行宴會……瘋狂的、荒唐的、奢華的宴會。我要這腐朽世界中最頂級的一切，我不要等到將來某一天才能擁有這一切，我現在就要！」

她的聲音那樣激動、熱切、振奮，完全處於自我陶醉之中。

白羅目不轉睛地注視著她。

「我想，你已經得到了吧？」

「是的，赫丘勒，我得到了！」

「三萬英鎊還剩下多少？」

她突然笑了起來，說：「還剩下兩百二十一英鎊十四先令七便士，這是精確的餘額。所以，你瞧，小矮人，事成之後才能付你錢，不成就一個子兒都沒有。」

「這樣啊，」白羅用一種理所當然的口吻說，「肯定能成的。」

「你是個偉大的小矮人，赫丘勒。我很高興我們能合作。」

白羅像是在與人進行交易般地繼續說：「還有幾件事我有必要了解一下。你吸毒嗎？」

「不，從不。」

「喝酒嗎？」

「喝得倒是不少，但不是因為喜歡喝，而是我的朋友們愛喝，我只得和他們一塊兒喝，但我是可以說不喝就不喝的人。」

「這很令人滿意。」

她大笑著說：「我不該酒後吐真言，赫丘勒。」

白羅繼續說：「在交往方面呢？」

「之前有很多個戀人。」

「現在呢？」

「只有雷克斯。」

「就是唐納森醫生？」

「是的。」

「他看來和你所提的那種生活有些格格不入。」

「嗯，是這樣沒錯。」

「但你喜歡他，這是為什麼？」

「噢，您問是什麼原因嗎？那麼我問您，為什麼茱麗葉會愛上羅密歐呢？」

「根據莎士比亞的說法，羅密歐是茱麗葉遇到的第一個男人，所以他們算是一見鍾情。」

泰瑞莎慢慢地說：「雷克斯不是我遇到的第一個男人，我有過很多男人。」她低聲地加了一句：「但是我想……我感覺得出來，他將是我看上的最後一個男人。」

「他是個窮小子嗎，小姐？」

她點點頭。

「他也需要錢嗎？」

「想得快發瘋了。噢，不過他跟我的理由不一樣，他不想要奢華、完美或刺激等這類東西，他會把一件衣服一直穿到破洞為止，每頓午餐都吃冷凍排骨，早晚在破錫盆裡洗澡他也樂在其中。如果他有錢，就會全都去買試管和實驗室的器材。他有抱負，專業對他就是一切，甚至比我對他還重要。」

「他知道亞倫道小姐死後，你會得到一筆錢嗎？」

「我告訴過他。噢！但這可是在我們訂婚後才說的……如果這是您要查明的問題，他真的不是為了我的錢而娶我。」

「你們目前還有婚約嗎？」

「當然了。」

白羅沒回答，他的沉默使她感到不安。

「我們當然還有婚約。」她提高了嗓門重複著，之後又加上一句：「您見過他了？」

「我昨天見到他了，是在馬基貝辛鎮見到的。」

「那您對他說了什麼嗎？」

「我什麼也沒說，只是向他問了你哥哥的地址。」

「查爾斯？」她的聲音又升高了。「您找查爾斯要做什麼？」

「查爾斯？誰要找查爾斯啊？」

這是一個新的聲音，令人愉悅的男性聲音。

「誰在說我啊？」他問道，「我在大廳裡聽到有人說我的名字，但我可沒偷聽，在青少年感化院裡對偷聽的處分很嚴厲。喂，泰瑞莎，親愛的，是怎麼回事？透露點口風吧。」

# 14 查爾斯・亞倫道

我必須承認，第一眼看見查爾斯・亞倫道時，我就對他產生了難以磨滅的喜愛之情。他是那樣地快活，那樣地無憂無慮。他的眼睛閃爍著討人喜歡和幽默的神色，他嘻嘻的笑聲是我所聽過最能使人消除敵意的聲音。

他穿過房間，坐在一張寬大的沙發扶手上。

「是怎麼回事呀，老妹？」他問。

「查爾斯，這位是赫丘勒・白羅先生，他正準備……呃，為我們幹一些齷齪事，以換取一些報酬。」

「我抗議，」白羅叫道，「這不是齷齪事，我們應該說是進行無惡意的欺騙，促使立遺囑人原來的意願能夠實現，這難道不應該嗎？我們應該這麼說。」

「你愛怎麼說就怎麼說吧，」查爾斯同意地表示，「只是我不知道泰瑞莎怎麼會想到你這號人物？」

「她沒有想到我，」白羅趕緊說，「是我自願來的。」

「來幫助我們嗎？」

「不完全是那樣，我是來打聽你的消息，但你妹妹告訴我說你到國外去了。」

查爾斯說：「我妹妹泰瑞莎是個非常審慎的人，她幾乎沒出過差錯。事實上，她像鬼一樣多疑。」

他深情地對她笑了笑，但她並沒有理他。她正在沉思，有些憂慮。

查爾斯說：「我們是不是做錯了什麼？白羅先生不是以查緝罪犯而聞名嗎？他肯定不是來支持和教唆罪犯吧？」

「我們不是罪犯。」泰瑞莎厲聲說。

「但我們很樂於這麼做。」查爾斯和藹可親地說，「我自己就幹過些作假的事，那是我的嗜好。我曾經在一張支票上搞鬼而被牛津大學逐出校門，那種做法非常幼稚，非常簡單，只是在支票的錢數上加了個零。後來我和艾蜜莉姑姑，以及一間當地的銀行也為了錢的事爭吵過，當然，是我太傻了，我應當早就認識到這個老婦人像針一樣尖刻。可是這幾次都只是為了一點小錢……五英鎊、十英鎊，也就那麼多。但要在遺囑上做文章，誰都得承認是很危險的事。要想成功，首先就必須把頑固、刻板的艾倫控制在自己手裡，並誘導她，『唆使』這個詞恐怕更合適吧，反正就是讓她做假證。恐怕還得再採取些行動，或許我得娶她，這麼一來，她就不會作證不利於我了。」

他親切地對白羅嘻嘻一笑。

「我敢肯定你們偷偷安裝了一台竊聽器，蘇格蘭警場正在監聽呢。」他說。

「你說的這些事讓我很感興趣。」白羅的神態中流露出一絲譴責。「當然，我不能縱容任何違法的事。但是要使遺囑失效，方法不止一個……」他意味深長地停了下來。

查爾斯．亞倫道聳了聳他那好看的肩膀。

「無疑地，在法律允許的範圍內，也同樣可以選擇不正當的做法，」他快活地說，「這你應該知道。」

「誰是那份遺囑的見證人？我指的是四月二十一日立的那份。」

「柏維斯帶來了他的祕書做見證人，另一個見證人是園丁。」

「遺囑簽字時，柏維斯先生在場嗎？」

「是的。」

「我想柏維斯先生是相當受尊敬的吧？」

「柏維斯．查爾斯沃斯律師就像英國銀行一樣受人尊敬，無可挑剔。」查爾斯說。

「但當時他不願意替艾蜜莉姑姑立那個遺囑，」泰瑞莎說，「他甚至設法勸阻艾蜜莉姑姑不要寫。他這麼做太正點了。」

查爾斯厲聲說：「他告訴你了，泰瑞莎？」

「是的，昨天我又去找他了。」

「你不該再去找他，親愛的，你應該明白這一點，這麼做只是白白花掉六先令八便士，一點也沒用。」

泰瑞莎聳聳肩。

白羅說：「我請你盡可能多地告訴我關於亞倫道小姐最後幾個星期的生活情況。我知道你和你哥哥、塔尼奧斯醫生及其夫人曾在那兒過復活節，對吧？」

「對。」

「在那個週末發生了什麼特別的事嗎？」

「我想沒有。」

「沒有？但就我所知……」

這時查爾斯插話說：「你這個以自我為核心的傢伙，泰瑞莎，對你來說，是沒發生什麼特別的事，因為你一直沉醉在年輕人的愛情幻夢中！我告訴你，白羅先生，泰瑞莎在馬基貝辛鎮有一個藍眼睛的男朋友，他是當地的醫生。因為她讓愛情迷昏了頭，使得她產生了錯誤的看法。不是沒有發生什麼重要的事，事實上，我敬愛的姑姑頭朝下地從樓梯上摔了下來，還差點摔死。我真希望她摔死就好了，那樣就不會有這麼多麻煩事。」

「她摔倒在樓梯上了？」

「是的，是被小狗的球絆倒了。那隻聰明的小畜生把球留在樓梯頂上，就這麼讓她在夜裡頭朝下地摔倒了。」

「這是什麼時候的事？」

「讓我想想……星期二，我們離開的前一天晚上。」

「你姑姑傷得很重吧？」

「不幸的是，她沒摔著頭，假如她摔著了頭，我們就可以辯稱說她神志不清了……管他科學上叫什麼。但恰恰相反，她幾乎根本沒傷著。」

白羅冷淡地說：「你覺得很失望吧！」

「呃？噢，我明白你的意思。正像你說的，我非常失望。這老太太真難對付。」

「你們都是星期三早上離開的？」

「是的。」

「那天是星期三，十五日。你們再見到姑姑是什麼時候？」

「這個嘛，不是那個週末，而是在那之後的又一個週末。」

「那就是……讓我算一算……二十五日，對吧？」

「對，我想是那天沒錯。」

「而你們的姑姑是什麼時候死的？」

「接下來的星期五。」

「她是星期一晚上病倒的嗎？」

「是的。」

「是你們離開的那個星期一嗎？」

「是的。」

「在她生病期間，你們沒再回去看她？」

「沒有，一直到了星期五才去。我們沒想到她病得那麼厲害。」

「你們到的時候，她還活著嗎？」

「沒有，之前她就死了。」

白羅把目光移向泰瑞莎．亞倫道身上。

「這兩次你都是和你哥哥一起去的吧？」

「是的。」

「在那次週末，沒有人提到另立了一個新遺囑嗎？」

「沒有。」泰瑞莎說。

然而，查爾斯卻與泰瑞莎同時回答了這個問題。

「噢，是的，」他說，「有提到這檔事。」

他像先前一樣輕鬆地講著，但稍微有些不自然。

「有嗎？」白羅問。

「查爾斯！」泰瑞莎叫了起來。

查爾斯急忙避開他妹妹的目光。

他對她說話，但眼睛看著別處。

「親愛的，你真記不得了嗎？我告訴過你的啊！艾蜜莉姑姑曾對我下了一次最後通牒，她像法庭上的法官似的坐在那裡，她是這麼說的：她對自己所有的親戚都不滿意，也就是說，對我和泰瑞莎都不滿意；她承認對貝拉沒什麼反感，但她不喜歡、也不信任貝拉的丈夫。『愛用國貨』是艾蜜莉姑姑的格言，她說，假如貝拉繼承了一大筆錢，她相信塔尼奧斯一定會設法把它據為己有，她確信希臘人一定會這麼幹的！『讓她別碰這筆錢比較好。』她說。她還說，把錢留給我和泰瑞莎都不合適，我們只會把錢賭光、揮霍掉。所以最後她告訴我，她立了個新遺囑，把全部遺產都留給勞森小姐了。『她是個傻瓜，』艾蜜莉姑姑說，『但她老實可靠，我相信她對我很忠誠，生著一副笨腦袋也不是她願意的。我想還是把這件事告訴你比較好，查爾斯，因為這樣你就會了解，別再巴望著從我這兒拿到錢了。』這事真讓人不愉快。你知道，我一直打算從她那兒弄點錢來用用。」

「為什麼你沒把這件事告訴我，查爾斯？」泰瑞莎責問。

白羅問道：「亞倫道先生，你姑姑說完這番話後，你說了什麼？」

「我？」查爾斯快活地說，「噢，我只是一笑置之，那時若是翻臉的話可不妙，那不是解決問題的辦法。『您高興怎麼辦就怎麼辦吧，艾蜜莉姑姑，』我對她說，『這事對我或許是個打擊，但畢竟這錢是您自己的，您完全可以按自己的意願去辦。』」

「你姑姑對此有何反應？」

「噢，這似乎令她很高興。她說：『你是個有風度的人，查爾斯。』我說：『我能享樂，也能吃苦。既然現在我沒有繼承您遺產的希望了，您能不能給我一張十英鎊的鈔票花花呢？』她說我真是個厚臉皮的傢伙。但她還是給了我一張五英鎊的鈔票，我就離開了。」

「你把自己的感受掩飾起來了，這麼做非常聰明。」

「這個……事實上，我當時沒把它當一回事。」

「沒當一回事？」

「是的。我想這只是老人家的一種姿態，或許你也會這麼說吧；她是想嚇唬嚇唬我們。我覺得我很精明，我想幾個星期或幾個月後，她會把這份遺書撕毀。艾蜜莉姑姑對家裡的人挺親切，我絕對相信，要不是她突然死掉的話，一定會這樣做。」

「噢！」白羅說，「這是個有趣的想法。」

他沉默了一會兒，繼續說：「有什麼人……比如勞森小姐，聽到你們這段談話嗎？」

「當然有囉，當時我們說話的音量不低。事實上，當我出去的時候，就發現勞森正像一隻小鳥一樣在門外盤旋。我看她是在偷聽。」

白羅沉思地看了泰瑞莎一眼，說：「他說的這些你一點都不知道？」

她還沒來得及回答，查爾斯就插話道：「泰瑞莎，親愛的，我肯定告訴過你或對你暗示過，不是嗎？」

一陣怪異的寂靜。查爾斯目不轉睛地盯著泰瑞莎，目光流露出焦慮和偏執，看上去有些反常。

泰瑞莎緩緩地說：「假如你告訴了我，我想我不會忘記，你說呢，白羅先生？」

她那雙黑眼睛轉向了他。

白羅也慢條斯理地說：「是的，我認為你不會忘掉。」

接著他驀然轉向查爾斯。

「讓我釐清一點。亞倫道小姐跟你說她要修改遺囑，還是明確地告訴你她已經修改好了呢？」

查爾斯很快地說：「噢，她說得很肯定，而且她還讓我看了那份遺囑。」

白羅的身子向前傾，眼睛睜得大大的。

「這非常重要。你說，亞倫道小姐確實給你看了那份遺囑嗎？」

查爾斯突然像小學生一樣扭動了身子，是一種洩了氣的舉動。白羅的嚴肅使他很不安。

「是的，」他說，「她讓我看了。」

「你能發誓看到那份遺囑了嗎？」

「我當然能發誓，」查爾斯膽怯地看著白羅。「我看不出這件事有那麼要緊。」

泰瑞莎突然莽撞地動了一下，她站了起來，靠壁爐站著，很快地又點燃了一根菸。

「你呢，小姐？」白羅突然轉身看著她。「在那個週末，你姑姑沒有對你說什麼重要的事嗎？」

「我想沒有。她對我和藹可親，像往常一樣。她對我的生活方式開訓了一番，但她之前也一直如此。不過她看起來比平日更神經質些。」

白羅笑了。

「小姐，我認為你真的把心都放在未婚夫身上了。」

泰瑞莎厲聲說：「他當時不在那兒，他去參加一個醫學會議了！」

「自從復活節週末以來，你一直沒再見著他？那是你最後一次見到他嗎？」

「是的，在我們離開的前一晚，他和我們一起吃了晚飯。」

「你沒有……請原諒我，你那時沒有和他吵架嗎？」

「當然沒有。」

「我這麼說，是因為你們第二次到小綠屋時，他沒有……」

「噢，你要曉得第二個週末我們沒有事先計畫要去，我們是一時衝動才去的。」

查爾斯插話。

「是真的嗎？」

「噢，老實告訴你吧，」泰瑞莎有氣無力地說，「貝拉和她丈夫前個週末都跑去姑姑那兒了，他們利用姑姑摔倒這個事故大做文章，我們想他們可能會偷偷地搶在我們之前……」

「當時，我們想，」查爾斯笑嘻嘻地說，「我們最好也關心一下艾蜜莉姑姑的健康。雖然我們知道老太太非常機警，絕不會被那種孝順和關心的伎倆所騙。她清楚地知道這種關心有多大價值，艾蜜莉姑姑可不是傻瓜。」

泰瑞莎突然笑了起來。

「這是個有趣的故事，對吧？我們全都對她的錢垂涎三尺。」

「你表姐和她丈夫也是這樣嗎？」

「噢，是啊，貝拉手頭一直很緊。她想以很少的錢仿製我的衣服，這種做法真可憐。我想是塔尼奧斯掌控了她的錢，他們向來捉襟見肘，收支不能平衡。而他們又想讓兩個孩子在英國受教育，這也需要一大筆錢。」

「你能告訴我他們住在哪兒嗎？」白羅說。

「他們現在住在布魯姆斯貝利[19]的德哈姆旅館。」

「你的表姐是怎麼樣的一個人？」

「你問貝拉嗎？呃，她是個陰鬱的女人，查爾斯，你說是不是？」

「嗯，就是那樣，很像一隻蠼螋[20]。她是個好媽媽，就像蠼螋一樣。」

「她丈夫呢？」

「塔尼奧斯？噢，他看起來有點怪，但確實是個好人，聰明又風趣，很討人喜歡。」

「你同意這種看法嗎，小姐？」

「我承認，跟貝拉比起來，我比較喜歡他。我相信他是個非常聰明的醫生。儘管如此，我還是不信任他。」

查爾斯說：「泰瑞莎誰都不相信。」

他伸出一隻胳臂摟住她。

「她連我都不信。」

「親愛的，誰要是信了你，那個人就是神經不正常。」泰瑞莎溫和地說。

兄妹倆分開了，兩個人都看著白羅。

白羅鞠了個躬，朝門口走去。

「像你說的，我得去忙了！這件事頗為棘手，但小姐你說得對，總有解決的辦法。噢，順便問一下，這位勞森小姐要是在法庭上受到盤問，會慌得不知所措嗎？」

查爾斯和泰瑞莎交換了一下眼色。

「我敢說，」查爾斯說，「只要有個一流的英國王室法律顧問，就可以使她把黑的說成白的！」

「嗯，」白羅說，「這可能派得上用場。」

19 布魯姆斯貝利（Bloomsbury），倫敦市內英國博物館所在區，該區原為上層階級住宅區，後為文化設施集中地。

20 蠼螋（earwig），一種分布在叢林、果園的昆蟲，雌蟲在產卵後會一直守在一旁，直到幼蟲完全孵化為止。

他匆匆離開屋子，我跟在他後面。在大廳裡，他拿起帽子走到門前，剛一開門就砰的一聲快速地把門關上，然後踮著腳尖又走回客廳門口，一點也不害臊地將耳朵貼在門縫上。不管白羅是在哪個學校受的教育，顯然那兒肯定沒有不准偷聽的明文規定。我很害怕，但感到無能為力，我急切地對白羅比手勢，但他毫不理會。

然後我們清楚地聽到泰瑞莎·亞倫道用深沉、顫抖的聲音說出了幾個字：「你這個傻瓜！」

通道上傳來了腳步聲，白羅趕快抓住我的胳臂，打開前門走了出去，然後沒發出半點聲響地把門帶上。

# 15 勞森小姐

「白羅，」我說，「我們非得在門外偷聽不可嗎？」

「鎮靜點，我的朋友，只有我偷聽啊，你並沒有把耳朵貼在門縫上嘛！相反地，你像個士兵那樣筆直地站在外面哩。」

「可我也聽見了。」

「那倒是，小姐說話的聲音真夠高亢的。」

「因為她認為我們已經離開她的住處了。」

「是啊，我們在她那兒搞了點騙人的把戲。」

「我不喜歡這類的事。」

「你的道德觀真是無可挑剔！但是，我們別再反覆地抬槓了。之前我們曾談過幾次，你說偵查行為可不能鬧著玩，而我的回答是：謀殺可不是兒戲。」

「但這裡無疑地沒有謀殺。」

「你別說得那麼肯定。」

「或許有謀殺的意圖，但謀殺和企圖謀殺畢竟不是同一回事。」

「從道德上看卻完全一樣。我的意思是，你能肯定引起我們注意的只是企圖謀殺嗎？」

我目不轉睛地看著他，說：「但老亞倫道小姐根本就是自然死亡的啊。」

「我再問一遍……你肯定嗎？」

「大家都這麼說的！」

「大家？哦，là, là[21]！」

「醫生是這麼說的，」我指出。「格蘭傑醫生啊，他應該知道。」

「是啊，他應該知道。」白羅的聲音流露出不滿意。「但你可記得，海斯汀，人們在辦案的過程中，一次又一次地掘墓驗屍，而每起案件中都有和案子相關的醫生簽字，證明其中沒有問題。」

「對，但就這個案子來說，亞倫道小姐是由於長期患病而死。」

「看來是這樣沒錯。」

白羅的聲音中還是流露出不滿意。我用銳利的眼光注視他。

「白羅，」我說，「我也要用『你肯定嗎』做開頭！你肯定你不是被職業的熱情沖昏了頭嗎？因為你希望這是謀殺，所以你就認為這一定是謀殺。」

他的眉頭緊緊皺在一起，慢慢地點了點頭，然後說：「海斯汀，你說得真妙，你明確指出我性格上的弱點。偵查謀殺案是我的職業，我像一個有名的外科醫生，他擅長切除闌尾等一些罕見的手術，若有個病人到他那兒看病，他會完全從自己的特殊觀點來觀察這個病人，他總是先想，是不是因為某種原因使他患病呢？而我，也是那樣，我在處理案件時總對自己說：『這可能是謀殺吧？』你瞧，我的朋友，謀殺的可能性總是存在的。」

「我要說的是，在這次的案件中沒有多大可能性。」我對他說。

「但是她死了，海斯汀，這個事實你不能迴避，她確實是死了！」

「她是七十多歲的人了，身體一直不好，這一切在我看來非常自然。」

「那麼依你看，泰瑞莎．亞倫道那麼激動地罵她哥哥是傻瓜也很自然嗎？」

「那和這事兒有什麼關係？」

「每件事都有關係！告訴我，查爾斯．亞倫道先生說他姑姑讓他看了新遺囑，你對此有什麼看法？」

我審慎地看著白羅。

「你從中得出了什麼結論呢？」我問他。

21　法語，意思是「好啦，好啦」。

白羅總是向別人提問題，這次我先反問了他。

「我認為這件事很有趣，實在很有趣。泰瑞莎．亞倫道小姐的反應也很有意思，他們的爭論對我頗有啟發，讓我想起一些事。」

「嗯。」我迷惘地應了一聲。

「他們的話為我們的調查開闢了兩條明確的路。」

「他們像是一對騙子。」我說，「什麼事都幹得出來。那姑娘長得倒是非常漂亮，至於查爾斯，他肯定是個會迷惑人的惡棍。」

白羅叫了一輛計程車，車在路邊停了下來，白羅告訴司機一個地址。

「貝斯瓦特，克蘭羅伊登公寓十七號。」

「現在是去拜訪勞森。」我說，「然後要去拜訪塔尼奧斯了吧？」

「完全正確，海斯汀。」

「在這兒你打算扮演什麼角色呢？」計程車在克蘭羅伊登公寓前停了下來，這時我問白羅，「是亞倫道將軍傳記的作者，還是小綠屋的未來承租人，或是什麼更神祕的角色？」

「這次我純粹以赫丘勒．白羅的身分出現。」

「多麼讓人失望呀！」我嘲笑他。

白羅只是瞅了我一眼，隨後付了車資。

十七號在第二層樓。一個神態活潑的女僕開了門，把我們帶進屋裡。由於我們剛剛去過泰瑞莎的住所，相形之下，這間屋子看起來實在荒唐可笑。

泰瑞莎．亞倫道的屋子裡什麼擺設也沒有，顯得空蕩蕩的。而勞森小姐的屋內是塞滿了家具、雜物和一些亂七八糟的東西，由於擔心會把東西碰倒，以至於不能來回走動。

門打開了，一位肥胖的中年婦女走了進來。勞森小姐和我想像中的模樣非常相似，一副熱切的、但有點傻乎乎的面孔，滿頭蓬亂的灰髮，夾鼻眼鏡歪歪地懸在鼻梁上。她說起話來總是斷斷續續、上氣不接下氣地，她說：「早安……呃……我覺得我不……」

「你是懷荷明娜．勞森小姐嗎？」

「是……是的……這是我的名字……」

「我叫白羅，赫丘勒．白羅。昨天我看了一下小綠屋。」

「哦，是嗎？」

勞森小姐的嘴張大了些，她用手壓了壓那蓬亂的頭髮，但沒起什麼作用。

「請坐下好嗎？」她繼續說，「坐在這兒行嗎？哦，天哪，恐怕這桌子擋著你們的路了。我這裡有點擁擠，真不好意思！這間公寓真的很小，但是這地方位於市中心！我喜歡住在市中心，你們呢？」

她喘了口氣，然後坐在一張看起來並不舒服的維多利亞時代的老式椅子上，夾鼻眼鏡仍然歪著。她向前傾著身子，喘著氣，滿懷希望地望著白羅。

「我假裝是要買房子的人，到小綠屋去了一趟，」白羅繼續說，「但我現在告訴你：這可是絕對祕密……」

「哦，是。」勞森小姐喘著氣，顯然她相當興奮。

「這是絕對祕密，」白羅繼續說，「我到那兒去另有目的……你或許知道吧，亞倫道小姐死前不久給我寫了封信……」

他停頓了一下，然後繼續說：「我是個著名的私家偵探。」

這時，勞森小姐微現紅暈的臉部表情簡直是瞬息萬變，驚恐、激動、詫異、困惑……我不知道白羅會認為哪個表情和他的詢問有關。

「哦……」她說。停頓了一下後，她又說了一遍：「哦。」

接著，她出乎意料地問道：「是關於錢的事嗎？」

這個問題也讓白羅略吃一驚。他試探著問：「你指的錢是……」

「是的，是的，就是從抽屜裡拿走的錢。」

白羅從容地說：「亞倫道小姐沒有告訴你，她寫了這封關於那筆錢的信給我嗎？」

「沒有，真的沒有。我不知道，我真的不知道。應該說，我很驚訝……」

「你認為她也沒對任何人提過這事嗎？」

「我想她肯定沒有。您瞧，她清楚地知道……」

她又停下來不說。白羅很快地說：「她清楚地知道誰拿了錢，這是你想說的話，對吧？」

勞森小姐點了點頭，氣喘吁吁地說：「我想她並不希望……我的意思是，她說過……她似乎覺得這是……」

白羅又一次在這些不連貫的句子中間巧妙地插了一句：「這是自家人的事，對吧？」

「一點也沒錯。」

「但是我，」白羅說，「我可是最擅長處理家庭內部的事。瞧，我對這事的處理有多慎重啊。」

勞森小姐用力地點點頭，說：「哦！當然了，這就是不同的地方，你跟那些警察完全不一樣。」

「當然了，我一點也不像警察。我要是像警察，亞倫道小姐就不會寫信給我了。」

「哦，可不是嗎，親愛的亞倫道小姐是個非常好面子的女人，當然，之前她和查爾斯也有過爭執，但都給遮掩過去了。我記得有一次就因為這樣，他不得不到澳洲去避避風頭！」

「是這樣的，」白羅說，「現在這個案件是不是也和以往一樣，亞倫道小姐的抽屜裡放著一筆錢……」

他停了下來，而勞森小姐趕忙同意他的說法。

「是的，這筆錢是從銀行領出來的，是發工資用的，還有一部分是用來買書的。」

「一共丟了多少錢？」

「四張一英鎊的鈔票。不，不對，我說錯了，是三張一英鎊的鈔票，還有兩張十先令的鈔票。人說話要確實。錢這種事，我記得最清楚了。」勞森小姐熱切地看著他，漫不經心地碰了碰夾鼻眼鏡，使得眼鏡更歪了。她那雙相當突出的眼睛還在瞪著白羅。

「謝謝你，勞森小姐。我看得出來你有很強的工作責任感。」

勞森小姐微仰起頭，笑了起來。

「無疑地，亞倫道小姐懷疑是她的侄子查爾斯偷了錢。」白羅繼續說。

「是的。」

「不過，還沒有確鑿的證據證明到底是誰偷走的吧？」

「哦，但一定是查爾斯！塔尼奧斯夫人不會幹這種事，她丈夫對那屋子也很陌生，不會知道錢放在什麼地方，因此，他們倆都不可能。而我認為泰瑞莎·亞倫道作夢也不會想幹這種事，她很有錢，總是穿戴得那麼漂亮。」

「也許是僕人幹的。」白羅暗示。

勞森小姐被這種想法嚇壞了，說：「不，不可能，真的不可能。艾倫和安妮作夢都不會想到去幹那種事，她們都是最好的人，完全靠得住，這一點我敢肯定。」

過了一會兒，白羅說：「我不知道你能不能告訴我……但我肯定你能，假如說還有人掌握著亞倫道小姐的祕密的話，就只有你了……」

勞森小姐顯得有點慌亂，她低聲說：「哦，我不知道，我確定……」但很明顯地，她感到很得意。

「我想你能幫我的忙。」

「哦，假如我能，我一定會……可是我能做什麼……」

白羅繼續說：「這是祕密……」

勞森小姐的臉上呈現一種嚴肅的表情，「這是祕密」這句話恍若「芝麻開門」之類的通關密語似地中用。

白羅問：「你知道是什麼原因使得亞倫道小姐更改了她的遺囑？」

「她的遺囑？哦，她的遺囑？」

勞森小姐像是略微吃了一驚。

白羅緊緊地盯著她，說：「她死前不久立了個新遺囑，把財產全都留給了你，這是真是假？」

「是真的，但我事前什麼都不知道，一點也不知道！」勞森小姐尖聲叫喊表示抗議。「這對我來說，真是最最意想不到的事！當然，這是個美好的驚喜！親愛的亞倫道小姐實在太好了，她從沒給過我暗示，一點也沒有！當柏維斯先生宣讀遺囑時，我大吃一驚，不知道該往哪兒看，也不知道是哭還是笑！我向您擔保，白羅先生，這真是使人震驚，真的。親愛的亞倫道小姐是多麼仁慈啊！當然，我也曾經希望得到點東西，只是一點點、一點點東西就好，但我實在沒理由一定要她給我些什麼，因為我伺候她的時間並不長。但是這好像……好像是個童話故事！甚至到現在我都不怎麼相信，不曉得您懂不懂我的意思。有時候……有時候我會覺得不安，我的意思是……這個嘛，我的意思是說……」

她碰掉了夾鼻眼鏡，又把它撿起來，笨手笨腳地擦著，更加不連貫地繼續說：「有時我會覺得，親骨肉畢竟是親骨肉，亞倫道小姐沒把錢留給親人，對這件事我總覺得不安。我的意思是，這麼做好像不大對，是不是？但也不是全都不對。可是她留下這麼一大筆錢，任誰都沒想到！但是這……這確實使人覺得不安。大家都在議論紛紛，您知道，我根本不是心懷不軌的女人！我的意思是，我作夢也沒想到要用什麼辦法去影響亞倫道小姐，再說，我根本也影響不了她。說真話，我總是很怕她，她是那麼嚴厲，那麼喜歡斥責人，有時甚至可以說是相當粗暴！『別那麼傻頭傻腦的！』她曾怒氣沖沖地對我這麼說過。真的，畢竟我也有自己的情緒，有時我覺得實在讓她罵得心煩意亂……而後來，我發現她竟然一直很喜歡我，這太奇妙了，不是嗎？尤其我剛才說了，她有點太狠心了，使人覺得……我的意思是，她對人有點太冷酷無情了，對吧？」

「你的意思是你願意放棄這筆錢？」白羅問道。

霎時間，我覺得勞森小姐那呆滯、淡藍色的眼睛裡閃爍著一種異樣的神采。此刻坐在那兒的是一個機敏、聰明的女人，而不再是昔日那個和藹可親的傻女人了。

她輕輕笑了一聲說：「這是當然了，也有另外一面考量……我的意思是，每個問題都有兩方面。我要說的是，亞倫道小姐的本意是要我得到這筆錢，假如我不收下這筆錢，那我就違背了她的意願，就不對了，對吧？」

「這是個難題。」白羅一邊說，一邊搖搖頭。

「是的，確實是個難題。我為這事很傷腦筋，塔尼奧斯夫人……就是貝拉，她是個好人，有著一雙可愛的兒女！我的意思是，亞倫道小姐肯定不願意讓她來……我覺得您能理解，親愛的亞倫道小姐是打算讓我來斟酌處理，她不願意把錢直接留給貝拉，因為她害怕那個人會占有這筆財產。」

「哪個人？」

「她丈夫。您應該知道，白羅先生，那可憐的女人完全受他支配，他告訴她做什麼，她就做什麼，我敢說，假如他叫她去殺人，她也會去！她很怕他，我可以肯定，她很怕他。我有一兩回曾看到她嚇壞的樣子。既然是不對的事，白羅先生，您總不能說它是對的吧。」

白羅沒說什麼，而是問道：「塔尼奧斯醫生是怎麼樣的一個人？」

「這個嘛，」勞森小姐猶豫了一下，說，「他是個非常討人喜歡的男人。」

她停了下來，好像有些疑惑。

「但你不信任他？」白羅問。

「嗯，是的，我不信任他。」勞森小姐繼續含含糊糊地說，「我不知道，我不相信任何男人！我聽過太多可怕的事了！他們可憐的妻子都受盡他們的折磨，真是太可怕了！當然，塔尼奧斯醫生裝得非常愛自己的妻子，對她好極了，他的樣子也確實使人喜歡。但我不相信外國人，他們都擅長作戲。我肯定，親愛的亞倫道小姐不願意讓她的錢落到他手裡！」

「泰瑞莎．亞倫道小姐和查爾斯．亞倫道先生也喪失了遺產繼承權，這對他們未免有點冷酷無情吧？」白羅說。

勞森小姐的臉上泛起一朵紅雲。

「我想泰瑞莎手裡的錢不少，夠她花的了，」她厲聲地說，「她肯花幾百英鎊來做一件衣服，但在光鮮衣著下的她是多麼邪惡！人們只要想想，有很多有教養的女孩不都自個兒去謀生嗎……」

白羅從容地說完她沒說完的話。

「你認為她自己去謀生對她沒什麼壞處囉？」

勞森小姐莊重地看著他。

「那對她或許大有好處，」她說，「而且能使她清醒過來。苦難會教給我們很多東西。」

白羅慢慢地點點頭，目不轉睛地注視著她。

「那麼查爾斯呢？」

「查爾斯一分錢也不值得給。」勞森小姐厲聲說，「假如亞倫道小姐在遺囑中排除了他，都是因為他曾惡毒地威脅亞倫道小姐，她才會這麼做。」

「威脅？」白羅的眉毛向上揚了一下。

「是的，威脅。」

「怎麼個威脅法？他是什麼時候威脅她？」

「讓我想想，那是……是的，是在復活節那天，沒錯。實際上，復活節那天發生的事使得情況更糟了！」

「他說了什麼？」

「他向她要錢，而她拒絕了！接著他說，她的做法是不明智的，還說，如果她堅持這種態度，他就……他說的那句話是什麼來著……是一句很粗俗的美式用語……哦，對了，他說他要幹掉她！」

「他威脅要幹掉她？」

「是的。」

「那亞倫道小姐怎麼說？」

「她說：『查爾斯，我想你會發現我很能照顧自己。』」

「當時你在屋裡嗎？」

「確切地說並沒有。」勞森小姐稍停片刻後回答。

「是啊，是啊，」白羅趕緊說，「後來查爾斯又說了什麼？」

「他說：『別那麼肯定。』」

白羅緩緩地說：「亞倫道小姐把這個威嚇當真嗎？」

「哦，我不知道……她完全沒對我提起這件事……但無論如何，她是不會給他錢的。」

白羅輕聲地說：「所以，你之前就曉得亞倫道小姐立了個新遺囑囉？」

「不，我不知道。我已經告訴過你了，這完全出乎意料之外，我從來都不敢夢想有這種好運……」

白羅打斷了她的話，說：「你不知道新遺囑的內容，但你知道那個事實……亞倫道小姐立了個新遺囑。」

「哦……我是這麼懷疑過……我是說，她病倒在床上時，曾派人把律師請過來……」

「確實如此。那是在她摔倒之後，對吧？」

「是的，小寶……小寶是那隻狗的名字，牠把球留在樓梯頂上害她踩到了，摔了一跤。」

「真的是一起無妄之災。」白羅說。

「哦，是啊，她很可能會摔斷腿或胳膊，醫生是這麼說的。」

「她也很可能摔死。」

「是的，很可能摔死。」

她回答得很自然、很直率。

白羅笑著說：「我在小綠屋那兒看到了小寶。」

「哦，是啊，我想您一定見到牠了。牠是隻可愛的小狗狗呢。」

居然把一隻運動型的獵狗稱作可愛的小狗狗，再也沒有比聽到這種事更使我厭煩的了。我想，難怪小寶會瞧不起勞森小姐，拒絕她要牠做的事。

「牠很聰明吧？」白羅繼續說。

「噢，是的，非常聰明。」

「假如牠知道牠差點把女主人摔死，一定會很不安吧？」

勞森小姐沒有回答，她只是搖搖頭，嘆了口氣。

白羅問道：「你認為亞倫道小姐是否可能因為那次事故的影響，而重新立了遺囑呢？」

我感到我們愈來愈接近實質問題了，但是勞森小姐回答得仍很自然。

「您知道，」她說，「我也許不該這麼說，但您的看法不太正確。這次事件使她受到了驚嚇，這一點我可以肯定，因為老年人從不願意去想自己有一天會死，而這樣一次事故一定會使老人家這麼想，也許她感到離死期不遠了。」

白羅漫不經心地說：「她身體還算可以，不是嗎？」

「哦，是的，還不錯。」

「那這場病是很突然的吧？」

「哦，是很突然，讓人嚇了一跳。某天晚上，我們請了幾個朋友來家裡一趟……」勞森小姐停了下來。

「是你的朋友崔普姐妹吧？我見過她們了，她們很討人喜歡。」

勞森小姐興奮得臉都紅了，她說：「可不是嗎？她們是有教養的婦女！她們的喜好又那樣廣泛、如此超俗！她們或許告訴了您那次招魂儀式的事了。我想您一定會心存懷疑，但真的，我可以告訴您，和這些靈界的人接觸是多麼令人高興，真是無法形容啊！」

「這一點肯定是，我肯定。」

「你知道嗎，白羅先生，我母親曾透過通靈，不止一次地跟我說過話，而知道自己鍾愛的人還在想著你、眷顧著你，這是多麼令人欣喜啊。」

「是啊，是啊，我很能體會。」白羅輕聲地說，「亞倫道小姐也相信嗎？」

勞森小姐的臉色變得有點陰沉。

「她是很樂意相信，」她含含糊糊地說，「但我覺得她有時不夠虔誠。她多疑，也不大相信，有一兩回，就是因為她這種態度而招來了最不受歡迎的靈魂！這個靈魂說了一些很下流的話，我相信都是因為亞倫道小姐的態度不好。」

「我想，很可能真的是因為亞倫道小姐的關係。」白羅同意道。

「但是那最後一個晚上……」勞森小姐繼續說，「或許伊莎貝爾和朱莉亞已經告訴過您了。那天出現了一種異象，其實是鬼魂顯靈、神靈附體……您知道我說的是什麼嗎？」

「是的，我很了解那是怎麼回事。」

「您知道的，開始時是從被附身的人嘴裡吐出一種帶狀物，然後它會形成一種特有的形狀。白羅先生，我相信亞倫道小姐本人不知道神靈附在她身上，那天晚上，我清楚地看到親愛的亞倫道小姐的嘴裡吐出一條發光的飄帶，之後她的頭就被包圍在發光的薄霧中！」

「太有趣了！」

「但之後亞倫道小姐不幸突然病倒了，這場聚會便不得不停止。」

「那你們什麼時候派人去請醫生呢？」

「第二天一大早，我們做的第一件事就是去請醫生。」

「醫生認為她病得嚴重嗎？」

「第二天晚上他派了一名護士過來，我認為他希望女主人能復元。」

「對不起，你們沒有請她的親人過來嗎？」

勞森小姐臉上泛起紅暈，說：「我們盡快通知了她的親人，也就是說，當格蘭傑醫生一宣布她病危時，我們就通知了他們。」

「這次病因是什麼？她吃了什麼東西嗎？」

「沒有，我認為沒有什麼特別的病因。格蘭傑醫生說，看來她一直遵照醫生的吩咐，對飲食非常注意。我想，他認為她的病可能是由於受寒而引起，那些日子天氣一直變化無常。」

「泰瑞莎和查爾斯．亞倫道那個週末來了，對吧？」

勞森小姐嘟起了嘴，說：「是的。」

「這次他們的探望並不成功。」白羅一邊說一邊盯著她。

「是沒有什麼收穫。」她又十分不屑地加了一句：「亞倫道小姐知道他們為什麼會來！」

「是為了什麼？」白羅問，眼睛還盯著她。

「為了錢！」勞森小姐怒氣沖沖地說，「但他們沒有得手。」

「沒有嗎？」白羅說。

「我相信那也是塔尼奧斯醫生來的目的。」她繼續說。

「塔尼奧斯醫生不是在那個週末來的，對吧？」

「他來了，他是星期日來的，只待了約一個小時。」

「看來大家都巴望著亞倫道小姐的錢。」白羅冒險地說。

「我知道這麼想是不好的，對吧？」

「不，一點兒也不。」白羅說，「那個週末，查爾斯和泰瑞莎得知亞倫道小姐確定剝奪了他們的財產繼承權，他們一定很震驚吧？」

勞森小姐目不轉睛地看著他。

白羅說：「是不是這樣？她沒有明確告訴他們這件事嗎？」

「關於這方面，我無可奉告，我沒聽到這方面的事！就我所知，他們當時沒什麼驚動，也沒發生什麼特別的狀況。查爾斯和他妹妹離開時好像都很高興。」

「唉！可能我的消息不正確吧。亞倫道小姐把她的遺囑就放在房間裡，對吧？」

勞森小姐的夾鼻眼鏡掉了下來，她彎下腰去撿起來。

「我真的不知道。不，我想，她的遺囑放在柏維斯先生那裡。」

「誰是遺囑的執行人？」

「柏維斯先生。」

「亞倫道小姐死後，他到這裡來查看過她的文件嗎？」

「是的，他來過。」

白羅緊盯著她，向她提出了一個出其不意的問題。

「你喜歡柏維斯先生嗎？」

勞森小姐慌了，說：「您問我喜歡柏維斯先生嗎？這個真的很難說，不是嗎？我的意思是，我肯定他是個非常聰明的人，是個聰明的律師，但他舉止粗暴！要是有人和你說話時，好像……這個……也許我解釋得不夠清楚……他貌似有禮，實際上卻很粗魯，這常使人感到不愉快。你該明白我的意思吧？」

「你的處境確實很為難。」白羅同情地說。

「是的，的確很為難。」

勞森小姐嘆了口氣，搖搖頭。

白羅站起來，說：「謝謝你，小姐，謝謝你的好意和幫助。」

勞森小姐也站了起來，她的聲音似乎有點激動，她說：「用不著謝我，一點都不用！假如我能幫上什麼，那是太榮幸了！若我還有什麼能幫得上忙的……」

白羅又從門口走了回來，他壓低了聲音說：「勞森小姐，我想我應該告訴你一件事：查爾斯和泰瑞莎．亞倫道想要推翻這個遺囑。」

勞森小姐的兩頰明顯地泛起紅暈。

「他們沒辦法這麼做，」她高聲地說，「我的律師是這麼說的。」

「噢，」白羅說，「這麼說你請教過律師了？」

「當然了。為什麼不？」

「有何不可，你這麼做很聰明。再見了，小姐。」

我們從克蘭羅伊登公寓來到街上，白羅深深地吸了口氣。

「海斯汀，我的朋友，那女人要嘛就完全像她看起來的樣子，要嘛就是個頂尖演員。」

「她不相信亞倫道小姐是自然死亡，你應該看得出來。」我說。

白羅沒回答我，有時他就是會這麼自然地變聾了。他叫了一輛計程車。

「到布魯姆斯貝利的德哈姆旅館。」他告訴司機。

# 16 塔尼奧斯夫人

「夫人，有位先生要見您。」

在德哈姆旅館一間書房的桌旁，有個女人正坐在那裡寫信。她轉過頭，然後起身，猶豫不決地向我們走來。

塔尼奧斯夫人已經年過三十，是個高瘦的女人，黑色頭髮，有一雙突出、像是煮熟的醋栗那樣的大眼睛和一副憂愁的面孔。她頭上戴著一頂時髦的帽子，但帽子的角度放得不對；她穿著一件棉布上衣，顏色暗淡，使人不快。

「我想我不……」她一開始就說得含糊不清。

白羅略行了個禮。

「我是從你的表妹泰瑞莎·亞倫道小姐那兒來的。」

「噢！從泰瑞莎那裡來的，是嗎？」

「我能單獨和你談幾分鐘嗎？」

塔尼奧斯夫人漫不經心地向四周看了看，白羅向她示意屋子另一端的皮沙發。我們向沙發走過去時，傳來一陣高聲叫喊：「媽媽，您上哪兒去？」

「我一會兒就回來，繼續寫信吧，寶貝。」

這女孩大約七歲，樣子瘦弱。她又坐了下來，顯然要做的是一件艱苦的工作。她雙唇微張，伸出舌尖，在盡力構思文章。

屋子的這一端顯得很空曠。塔尼奧斯夫人坐下了，我們也跟著就座。她帶著疑問的神情瞧著白羅。

白羅先開口說：「今天要和你談談已故的艾蜜莉．亞倫道小姐的事。」

是我的幻覺，還是她那雙突出的淺色眼眸確實顯示出警覺的神情。

「是這事啊？」

「亞倫道小姐死前不久修改了遺囑，」白羅說，「根據新遺囑，一切財產都歸懷荷明娜．勞森小姐。塔尼奧斯夫人，我想知道的是，你想不想和你的表弟查爾斯先生、表妹泰瑞莎小姐一起對這遺囑提出異議？」

「噢！」塔尼奧斯夫人深深地吸了一口氣。「但我覺得這是不可能的，不是嗎？我的意思是，我丈夫請教了律師，他認為最好不要這麼做。」

「夫人，你知道律師都是謹慎的人，他們的忠告常常是不惜一切要你別再提出訴訟，無疑地，他們是對的，但有時冒冒險也滿值得的。我自己不是律師，所以我對事情的看法和他們有很大不同。泰瑞莎小姐……我是指泰瑞莎．亞倫道小姐，她準備要放手一搏，你呢？」

「我啊……噢！我真的不知道該怎麼辦才好。」她緊張地把手指擰在一起說，「我得和我丈夫商量一下。」

「當然，在做任何決定之前，你必須和你丈夫商量。但你自己對這件事的看法如何？」

「唉，我真的不知道。」塔尼奧斯夫人看起來比之前更憂鬱了。「這都取決於我丈夫。」

「但你自己是怎麼想的？」

塔尼奧斯夫人皺了皺眉頭，幽幽地說：「我非常不喜歡這種做法，這種做法太不近人情了，不是嗎？」

「你是這麼看的嗎，夫人？」

「是的。如果艾蜜莉姨媽執意這麼做，不給自己親人一毛錢，我想我們也只得忍受。」

「這件事不會使你感到憤慨嗎？」

「噢，我當然生氣囉。」她的臉頰變紅了。「我認為這太不公平、太不公平了！但誰也沒想到會這樣，這不像艾蜜莉姨媽的作風。這對孩子們也太不公平了！」

「你覺得這不像是艾蜜莉．亞倫道小姐會做的事？」

「我覺得她很反常！」

「那麼，是不是有可能她在做出這決定時並非出於自願？你是不是認為她可能受了什麼不好的影響？」

塔尼奧斯夫人又皺了眉頭，然後幾乎是非常勉強地說：「難的是，我看不出有什麼人影響得了她！她是一個很有主見的老太太。」

白羅點點頭表示同意。

「是的，你說的是事實，相較之下，勞森小姐就是個沒什麼個性的人。」

「的確，但她可真是個好人。她相當笨，但心地非常非常善良。這就是我覺得……」

她停頓下來，不往下說了，白羅說：「是的，夫人？」

塔尼奧斯夫人又緊張地把手指擰在一起，答道：「嗯，這意謂著要推翻這道遺囑。但我肯定，勞森小姐跟這件事沒什麼關係……我可以肯定，她沒有搞這種陰謀詭計的能力……」

「夫人，我也同意你的看法。」

「這就是為什麼我覺得到法庭打官司是不高尚、卑劣的，花費也很高，不是嗎？」

「是的，要花很多錢。」

「而這麼做也可能徒勞無益。但你必須找我丈夫談談這檔事，他的腦袋比我靈光多了。」

一兩分鐘後，白羅說：「你認為那個遺囑背後的原因是什麼？」

塔尼奧斯夫人兩頰又略泛紅暈，她嘟囔說：「我一點也不知道。」

「夫人，我已經告訴你了，我不是律師，你還沒問我是幹什麼的呢？」

她向他投出詢問的眼光。

「我是個偵探。艾蜜莉．亞倫道小姐死前不久寫了封信給我。」

塔尼奧斯夫人向前傾了傾身子，雙手緊握在一起。

「一封信？」她突然問道，「是關於我丈夫的嗎？」

白羅看了她一兩分鐘，然後慢吞吞地說：「我恐怕不能隨便回答你的問題。」

「準是關於我丈夫的事。」她略微提高嗓音說，「她說什麼了？我向你保證……先生，呃，我還不知道你貴姓大名呢！」

「我叫白羅，赫丘勒．白羅。」

「我可以向你保證，白羅先生，要是信中說了什麼我丈夫的壞話，那都不是真的！我知道是誰鼓動她寫那封信！這也就是我不想和泰瑞莎和查爾斯一起採取行動的原因！泰瑞莎從來不喜歡我丈夫，她還說了一些壞話，這我都知道！艾蜜莉姨媽對我丈夫有偏見，因為他不是英國人，所以她也就信了泰瑞莎說的話。但那些都不是真的，白羅先生，你得相信我！」

「媽媽，我寫完信了。」

塔尼奧斯夫人很快地轉過身。她親切地笑了笑，把女孩遞給她的那封信接過去。

「寶貝，信寫得很好，真的非常好。那個米老鼠也畫得很好。」

「媽媽，我還要做什麼呢？」

「你幫我買張有照片的明信片好嗎？錢給你。你到大廳那個先生那裡去挑一張，然後寄給塞林。」

孩子出去了。我想起查爾斯說的話，塔尼奧斯夫人真是個好妻子、好母親，同時，也正像查爾斯所說的，她就像是隻蠼螋。

「你就這麼一個孩子嗎，夫人？」

「不，我還有一個男孩，他和他爸爸出去了。」

「那麼你們到小綠屋拜訪時，孩子們沒和你們去嗎？」

「噢，有時候會去。你知道的，我姨媽年紀大了，孩子們會使她煩躁。可她老人家是很慈祥的，每年聖誕節都給我的孩子一些精緻禮品。」

「告訴我，你最後見到亞倫道小姐是什麼時候？」

「我想是在她去世前十天。」

「你們夫婦，還有你的表弟、表妹都在那裡，對吧？」

「不，那是在復活節前的一個週末。」

「那你和你丈夫在復活節後的那個週末也到那裡去了？」

「是的。」

「那時亞倫道小姐身體和精神都還好吧？」

「是的，看起來和往常一樣。」

「她沒有臥病不起嗎？」

「她因為跌了一跤而曾臥床休養，但我們到那裡的時候，她已經能下樓了。」

「她跟你說起重新立遺囑的事嗎？」

「沒有，一點也沒有。」

「她的態度和以前一樣沒變嗎？」

這次塔尼奧斯夫人沉默了較長一段時間，然後回答：「沒有。」

我肯定此時白羅和我都同樣確信：塔尼奧斯夫人在說謊！

白羅停了一下，然後說：「或許我應該說明一下，當我問你亞倫道小姐的態度有沒有什麼改變時，我不是指你們，而是指對你本人！」

塔尼奧斯夫人很快地回答：「噢！我明白了。艾蜜莉姨媽對我非常好，她給了我一顆小珍珠和一枚鑽石胸針，還給了每個孩子十先令。」

現在她沒那麼拘謹，一下子把話都傾訴出來了。

「她對你丈夫的態度也沒改變嗎？」

塔尼奧斯夫人又拘謹了起來，她避開白羅的目光，回答：「沒有，當然沒有，為什麼要變呢？」

「但是，你曾提到你的表妹泰瑞莎向你姨媽進讒言，毒化她老人家的心靈……」

「她的確曾這麼做！我肯定！」塔尼奧斯夫人熱切地向前傾身說，「你說得對，我姨媽確實變了，她突然疏遠我丈夫，舉止也變得古怪。他向她推薦了一種特殊的開胃藥，他甚至不辭辛苦地幫她弄到了一些，並到藥房買了藥，親自配好。她表示感激，但仍板著面孔，後來我看見她把我丈夫配的藥都倒到水槽裡去了！」

她極度憤慨。

白羅的眼睛閃了閃。

「事情的經過非常奇特。」白羅說，他刻意使自己的聲音保持冷靜。

「我認為這件事是最不近人情。」塔尼奧斯夫人憤慨地說。

「你不是說，上了年紀的老太太有時不相信外國人嗎？」白羅說，「我可以肯定，她們這些老人家總認為這世上只有英國醫生才稱得上是醫生。這都是偏見造成的。」

「對，我也這麼認為。」塔尼奧斯夫人的態度緩和了些。

「夫人，你什麼時候回士麥拿？」

「再過幾個星期吧。我丈夫……噢！我丈夫和小兒子愛德華回來了！」

# 17 塔尼奧斯醫生

我得這麼說，第一眼看見塔尼奧斯醫生時，我真是嚇了一大跳，因為我一直把他想成是個壞透了的人。我想像中的他是個大黑鬍子的外國人，皮膚黝黑，長著一副陰險的面孔。但完全相反，我看到的是一個圓胖快活、棕色頭髮和棕色眼睛的人。雖然他有鬍子，但那棕色鬍子很優雅，使他看上去更像是個藝術家。

他的英語很流利，音色爽朗，這和他臉上樂觀的表情正好相配。

「我們回來了！」他一邊說，一邊對他妻子笑了笑。「愛德華第一次坐地鐵，相當興奮呢！之前他一直都是坐汽車。」

愛德華不大像他父親，但他和妹妹是十足的外國人長相。我現在可以明白為什麼皮巴迪小姐會把他們說成是黃膚色的孩子了。

塔尼奧斯醫生一出現似乎就使他的夫人很不安。她有點口吃地把白羅介紹給他，卻忘了我的存在。

塔尼奧斯醫生一聽到白羅這個名字，便高聲說：「白羅？您是赫丘勒．白羅先生？久仰久仰！是什麼風把您吹到這兒來的，白羅先生？」

「是為了最近去世的一位婦人。她是艾蜜莉．亞倫道小姐。」白羅回答。

「是我妻子的姨媽嗎？是為了什麼事？」

白羅慢慢地說：「是和她的死有關的一些事……」

塔尼奧斯夫人突然插話。

「是關於我姨媽的遺囑，雅各。白羅先生已經和泰瑞莎、查爾斯交換過意見。」

塔尼奧斯醫生的神態中流露出緊張的情緒，他在一張椅子上坐了下來。

「啊，那個遺囑！那是個不公正的遺囑，但我想那不關我的事。」

白羅概略地敘述他和亞倫道兄妹會面的情況（但若要我說，他講的根本沒有一項是真的），他小心謹慎地暗示，有可能要為推翻這個遺囑而打官司。

「白羅先生，您說的讓我很感興趣，非常感興趣。我同意您的看法，可以再做點努力。實際上為了這事我已請教過律師，但那個律師的意見真教人失望，因此……」他聳聳肩膀。

「我剛才和你妻子說過了，律師都是太過謹慎的人，他們不喜歡碰運氣。可是我就不同了！你呢？」

塔尼奧斯醫生笑了起來，是逢場作戲般的嬉笑。

「噢，那我也來碰碰運氣吧！貝拉，親愛的，我經常這樣，不是嗎？」他向她投之一笑，而她也報以一笑，但我認為這個舉動很做作。

他又把注意力轉向白羅。

「我不是律師，」他說，「但在我看來，一切都很清楚：老太太是在不能自控的狀況下寫下這份遺囑。那個女人勞森既聰明又狡猾。」

塔尼奧斯夫人不安地動了一下。白羅馬上看了看她，說：「你不同意嗎，夫人？」

她用微弱的聲音說：「她總是那麼和善，我一點都不覺得她聰明。」

「她對你是很和善，」塔尼奧斯醫生說，「因為你沒什麼好怕的，我親愛的貝拉，你真容易上別人的當！」

他說話有點詼諧，但他妻子的臉卻讓他給說紅了。

「但對我可就不同了，」他繼續說，「她不喜歡我，她對此毫不掩飾！我舉個例吧：我們住在那裡的時候，老太太從樓梯上跌了下來，我堅持要在週末回來看看她怎麼樣了，可是勞森小姐竭盡全力阻止我們，只是她沒成功，然而我看得出來她心裡很惱火。原因很清楚：她想把老太太占為己有。」

白羅又轉向他的妻子。

「你同意他說的話嗎，夫人？」

她丈夫沒給她回話的時間。

「貝拉太善良了，」他說，「你無法讓她相信別人會有不良動機。但我肯定我的看法是正確的。我再告訴您另外一件事，白羅，勞森博得老亞倫道小姐喜愛的祕密就是神靈論！就是這麼回事，您相信我吧！」

「你這麼認為嗎？」

「這一點我很肯定，我親愛的朋友。我看過太多這類的事，那套妖言能蠱惑人心。你會覺得不可思議，特別是像亞倫道小姐這樣年紀的人竟會信這套！我敢打賭她是這麼向亞倫道小姐暗示的：一個幽靈，可能是她死去的父親，命令她更改遺囑，把錢留給勞森那個女人，而老太太身體不好，容易相信別人的話……」

塔尼奧斯夫人輕輕地動了動。白羅轉向她，說：「你認為有這種可能，是吧？」

「說呀，貝拉，」塔尼奧斯醫生說，「說說你的看法。」

他用鼓勵的眼光看著她，她很快地回了一眼怪異的神色。她猶豫了一下，隨後說：「我不怎麼清楚這些事，但我敢說你說得對，雅各。」

「沒錯，我是對的。您覺得呢，白羅先生？」

白羅點點頭，說：「也許是吧。」然後他又說：「據我所知，在亞倫道小姐死前的那個週末，你到馬基貝辛去了吧？」

「我們是在復活節和那之後的週末去的，就是這樣。」

「不，不，我是指在復活節後第二個週末，是二十六日，所以你是星期日去的吧？」

「噢，雅各，你星期日也去了嗎？」塔尼奧斯夫人瞪大了眼睛看著他。

他很快轉過身來。

「是的，你不記得了嗎？我是那天下午去的，我告訴過你啊。」

白羅和我都注視著她，她不安地把帽子往腦後推了推。

「你肯定記得，貝拉，」她丈夫繼續說，「你的記憶力真差呀！」

「當然記得了！」她表示歉意，同時臉上現出一絲笑容。「真的，我的記憶力差透了。這大約是兩個月前的事了。」

「我想泰瑞莎小姐和查爾斯・亞倫道先生也去了吧？」白羅問。

「可能吧，」塔尼奧斯毫不猶豫地說，「但我沒見著他們。」

「你在那裡待的時間不長囉？」

「噢，不長，我在那兒只待了約半個小時。」

看來白羅詢問的目光使他有點不安。

「承認了也好，」他眨眨眼睛說，「我到那兒是想借點錢，但沒借著。恐怕我妻子的姨媽不那麼喜歡我。這真遺憾，因為我挺喜歡她的，她是個很正派的老婦人。」

「我可以問個很直接的問題嗎，塔尼奧斯醫生？」

霎時間，塔尼奧斯的眼中流露出一絲神態，那是憂慮嗎？

「當然可以了，白羅先生。」

「你對查爾斯和泰瑞莎．亞倫道有什麼看法？」

醫生的表情似乎稍稍放鬆了些。

「您是說查爾斯和泰瑞莎嗎？」他看著自己的妻子，對她深情地笑了一下。「貝拉，我親愛的，我想你不介意我直率地談談對你家人的看法吧？」

她搖搖頭，微微一笑。

「那麼，我的看法是：他們倆都壞到骨子裡了，兩個人都是這樣！可笑的是，我卻最喜歡查爾斯。他是個淘氣鬼，不過是個可愛的淘氣鬼。他沒有道德感，可是他對這點也沒輒，有人生來就是那個樣子。」

「那泰瑞莎呢？」

他猶豫了一下，說：「我不知道。她是個很有吸引力的年輕女子，但她十分無情，只要不對她的胃口，她會去謀殺任何人而連眼都不眨一下，至少我是這麼想的。您或許聽過，她母親因為被控謀殺而受審的事吧？」

「但後來宣判無罪而被釋放了。」白羅說。

「如您所說，她是被判無罪。」塔尼奧斯接口說，「但有時總會使人懷疑。」

「您見過和她訂婚的那個年輕人嗎？」

「是唐納森吧？見過，有一天晚上他來一塊兒吃晚飯。」

「你覺得他怎麼樣？」

「一個很聰明的小夥子，我想若有機會，他會飛黃騰達。但要成為專家，沒錢可不行。」

「你是說他在他的專業方面相當優秀。」

「我正是這個意思，是的。他的頭腦非常好。」他笑了笑，繼續說：「只是現在還不是個名流人士。他的舉止有點刻板、拘謹，和泰瑞莎形成很可笑的一對，不過這種對立性格似乎很能互相吸引。總之，她是個交際圈裡的花蝴蝶，而他是個隱士。」

兩個孩子正在向他們的母親連珠炮地發問：「媽媽，我們還不去吃午飯嗎？我好餓啊，我們要來不及了。」

白羅看了看錶，驚叫了一聲。

「太對不起了，我耽誤你們吃午飯了！」

塔尼奧斯夫人看了丈夫一眼，唯唯諾諾地說：「或許我們有這個榮幸能請你們……」

白羅趕緊說：「你真是太好了，夫人，但我午餐已經有約，現在我已經遲到了。」

我們和塔尼奧斯一家人握了握手。

我們在大廳裡待了一會兒，因為白羅想打個電話，我在大廳服務台旁邊等他。我站在那裡，看到塔尼奧斯夫人從房間來到大廳，向四周看了看，臉上露出一種急於找人又煩惱的神情。她看見我後，便很快走到我面前。

「您的朋友白羅先生已經走了嗎？」

「沒有，他在電話室打電話。」

「噢。」

「你還有話和他說嗎？」

她點點頭，神態愈來愈不安。

就在這時，白羅從電話室走出來，看見我們站在一起，便很快地走過來。

「白羅先生，」她趕緊壓低了聲音，急促地說，「有些事我要說……我想我應該告訴您……」

「好的，夫人。」

「這件事很重要，非常重要。您知道……」

她停了下來。塔尼奧斯醫生和兩個孩子正好從屋子裡走出來。他走過來，站到我們面前說：「你還有什麼話要和白羅先生談嗎，貝拉？」

他語帶幽默，臉上顯現出愉快的笑容。

「是的……」她猶豫了一下才說，「好了，就這樣了，白羅先生。我只是想讓您告訴泰瑞莎，不管她決定怎麼做，我們都支持她，我很樂見家人能團結在一起。」

她愉悅地朝我們點點頭，然後挽著丈夫的手臂朝餐廳方向走去。

我抓住了白羅的肩膀。

「那不是她原本要說的事情，白羅！」

他慢慢地搖搖頭，看著這走遠的一對夫婦。

「她改變了主意。」我繼續說。

「是的，我的朋友，她改變了主意。」

「為什麼呢？」

「我希望我能知道。」他喃喃地說。

「她會另找時機告訴我們。」我滿懷希望地說。

「我不知道，我覺得未必……」

# 18 躲在暗處的凶手

我們在離德哈姆旅館不遠的一家小餐館吃午飯，我急於知道白羅是怎麼看待亞倫道這一家人。

「嘿，怎麼樣啊，白羅？」我不耐煩地問道。

白羅用責備的眼光看了我一下，便把全副心力轉向菜單。他點完菜，就靠著椅背，把一塊麵包撕成兩半，用有點嘲弄的語氣說：「嘿，怎麼樣啊，海斯汀？」

「現在亞倫道家裡的人你都見過了，你是怎樣看待他們的呢？」

白羅慢慢答道：「我的朋友，我想他們是一幫有趣的傢伙！這個案子真讓人著迷！這真像一個充滿驚奇的盒子，你是這麼說的吧？瞧，每回我說『我收到亞倫道小姐死前寫給我的一封信』，就會出一些狀況。從勞森小姐那裡，我知道了丟錢的事；塔尼奧斯夫人聽到我講這句話後立刻說：『是關於我丈夫的事嗎？』這和她丈夫有什麼關聯呢？為什麼亞倫道小姐要在給我赫丘勒・白羅的信裡，談塔尼奧斯醫生的事呢？」

「那女人有心事。」我說。

「是的，她知道一些事。但她知道的是什麼事呢？皮巴迪小姐告訴我們：查爾斯・亞倫道為了兩分錢就會殺死祖母。勞森小姐說：假如她丈夫叫她去殺人，塔尼奧斯夫人就會乖乖去。塔尼奧斯醫生說：查爾斯和泰瑞莎都壞到骨子裡了，他還暗示他們的母親就是個謀殺嫌疑犯。

「他們相互間都說了不少彼此的壞話，這幫傢伙！塔尼奧斯醫生認為，亞倫道小姐是受到威脅才會寫了這個遺囑，他夫人顯然不這麼覺得，只是在他進屋後她才變了，最初她不想對遺囑提出抗議，但後來她就改變了態度。瞧，海斯汀，這好像是一壺燒開的水，不時都會有個很有意義的事實浮出水面讓人看見，而在深處，則是藏著一些重要的事，是的，一定有別的事！以赫丘勒・白羅的信譽發誓，我擔保這當中肯定有隱情！」

我不由得被他的真摯感動了。

過了一會兒，我說：「或許你是對的，可是到目前為止，整個案情還不大清楚，仍然模模糊糊。」

「但是你同意我的看法，這當中有蹊蹺，是嗎？」

「是啊，」我躊躇地說，「我想是的。」

白羅把身子探過餐桌，雙眸緊盯著我的眼睛。

「是啊，你改變了看法，你不再那麼高傲地拿我取樂，說我縱情享受學術上的樂趣了。然而，是什麼使你對我深信不疑呢？我想不是因為我卓越的推理，mon, ce n'est pas ça[22]！而是某件特別的事對你產生了這番影響。告訴我，我的朋友，是什麼導致你突然對這件事認真了起來？」

「我想，」我緩緩地說，「是塔尼奧斯夫人。她看起來……很害怕……」

「是怕我嗎？」

「不，不，不是怕你，是別的事。剛開始她說話時，態度是那麼文靜和明理；談到遺囑，她的憤慨是很自然的，但另一方面，她似乎不想再爭辯，情願接受這既成的事實，這些看起來都像個有教養卻又無所爭的女人抱持的態度。但不久她的態度突然變了，她熱切地附和塔尼奧斯醫生的觀點。後來她尾隨我們來到大廳，當時她的樣子近乎是鬼鬼祟祟……」

白羅點點頭，鼓勵我繼續說下去。

「還有一件小事你大概沒注意到……」

「每件事我都注意到了！」

「我指的是她丈夫在亞倫道小姐死前的星期日去過小綠屋的事。我發誓塔尼奧斯夫人不知道這件事，因為這件事使她大吃一驚，然而她很快明白了丈夫給她的暗示，同意了丈夫說的：他把這事告訴過她，是她忘掉了。我……並不喜歡她這種態度，白羅。」

「你說得很對，海斯汀，這有特別的意義，這件事很有意思。」

「她這麼做給我留下了一個不好的印象……畏首畏尾的。」

白羅慢慢地點點頭。

「你也有同感嗎？」我問道。

「是的，她的神態肯定會讓人留下這種印象。」他停了一下，又繼續說：「你喜歡塔尼奧斯，對吧？你覺得他令人愉快、直率、溫厚，使人感到親切。儘管你對阿根廷人、葡萄牙人和希臘人有保守的偏見，但他還是很有魅力，和你志趣相投，沒錯吧？」

「是的，」我承認，「我是這麼覺得。」

隨後是一陣沉默，我看著白羅。過了一會兒，我說：「你在想什麼，白羅？」

「我在回想著各種各樣的人：年輕英俊的諾曼·蓋爾，坦率、熱誠的伊薇·何汶德，愉快的夏波醫生，穩重且值得信賴的奈頓。」

我一時還不明白他為什麼提起過去一些案件中的人物。

「這是幹什麼？」我問。

「他們都是令人愉快的人……」

「我的天啊，白羅，你真的認為塔尼奧斯……」

22 法語，意思是「不是，不是這個原因」。

「不，不，不要急於下結論，海斯汀。我只是指出：憑著個人看法來看待其他人很不可靠。人不能憑感覺，而是要根據事實來下判斷。」

「哼，」我說，「事實上，識人並不是我的專長啊。啊，白羅，不要從頭一再審視這些事了！」

「別怕，我的朋友，我會簡單扼要地說。首先，我們肯定這是一起企圖謀殺的案子。這點你不否認吧？」

「是的，」我慢慢地說，「我承認。」

到目前為止，白羅一再試圖對復活節星期二晚上所發生的事重建現場，我個人一直是抱持懷疑的態度，然而我不得不承認，他的推論完全符合邏輯。

「很好。可是沒有凶手，就不能說這是一起企圖謀殺的案子。那天晚上在場的某個人就是凶手……或是蓄意謀殺犯，如果這樁謀殺沒有成功的話。」

「我同意。」

「那麼，這就是我們分析這個案子的起點……有個凶手。我們做了幾次查詢，我們……就像你會說的，和稀泥……但我們確實得到了、聽到了幾項很有趣的指控，而這些，都是在談話過程中不經意地說出來。」

「你認為他們是不經意說出來的？」

「目前還不適合這麼說！勞森小姐表面上是傻乎乎地把查爾斯威脅他姑姑的事講了出

來，她可能真的是傻乎乎，但也可能不是。塔尼奧斯醫生談到泰瑞莎．亞倫道時可能完全沒惡意，只是發自醫生的角度。另一方面，皮巴迪小姐也為查爾斯．亞倫道的癖好下了個注解，但這畢竟都是個人之見。我們繼續吧。你們英國人不是有個說法嗎：在白人群中，一個黑人就會很醒目。很好。這正是我在這兒所發現的，現在正有個……不是黑人，而是凶手，已經很明顯地存在在那兒了。」

「我要知道的是，白羅，你自己到底是怎麼想的？」

「海斯汀啊，海斯汀，我不允許自己去『想』，我所謂的想，不是你用的這個字眼的意思，而是我向來深思熟慮。」

「你能舉個例子說明嗎？」

「我考慮了動機的問題：謀殺亞倫道小姐的動機是什麼？很清楚，最明顯的動機就是獲利。若是亞倫道小姐在復活節的星期二就撒手歸西，誰會因此而得利？」

「每個人都能，除了勞森小姐以外。」

「正確。」

「這麼一來，就有一個人被自動排除掉了。」

「是的，」白羅沉思地說，「看來是如此。但有趣的是，如果亞倫道小姐在復活節星期二死了的話，這個什麼也得不到的人竟然在她兩個星期後死去時得到了全部的遺產。」

「你這話是什麼意思？」我有點迷惑地問。

「動機和效果，我的朋友。動機和效果。」

我仍然不解地看著他。

他繼續說：「按邏輯推演下去吧！在那次事故後，又發生了什麼事？」

我最恨白羅用這種語氣說話，好像不管別人說什麼都肯定是錯的！我小心謹慎地說：

「之後亞倫道小姐臥病在床。」

「完全正確，這樣她就有很多時間可以思考了。接下來呢？」

「她寫了信給你。」

白羅點點頭。

「是的，她寫了封信給我，可是信並沒有發出去。這真是太遺憾了。」

「你懷疑信沒有發出去這件事是有人在搞鬼嗎？」

白羅皺著眉頭。

「這個嘛，海斯汀，我得坦白說，我不知道。我想，若是按事物的一般法則，我肯定這封信是放錯了地方。我相信……但我不能肯定，沒有人看見她寫這封信。往下說吧，後來又發生了什麼事？」

我思考著。

「律師來了。」我回答。

「是的，她派人請了律師，他及時趕來了。」

「後來她立了個新遺囑。」我接著說。

「完全正確，她立了個令人意想不到的新遺囑。現在，我們不得不謹慎思考一下艾倫的話。你是否還記得艾倫曾說：勞森小姐特別擔心小寶整夜在外的這件事，傳到亞倫道小姐的耳朵裡。」

「但是……噢，我明白了……不，我不明白。還是可以說，我開始明白你所指的是什麼了……」

「我懷疑你真的明白了！」白羅說，「但是，如果你真明白了，那我希望你能了解艾倫這番話極為重要。」

他用嚴厲的眼光盯著我。

「當然。當然重要。」我趕忙說。

「後來，」白羅繼續說，「又發生了各種各樣的情況。查爾斯和泰瑞莎來度週末，而亞倫道小姐把新遺囑給查爾斯看……他是這麼說的。」

「你不相信他嗎？」

「我只相信經過查證的話。而亞倫道小姐並沒有把那份新遺囑拿給泰瑞莎看。」

「因為她知道查爾斯會告訴她。」

「但查爾斯沒有告訴她，為什麼呢？」

「可是查爾斯說，他確實告訴她了。」

「泰瑞莎很明確地說沒有……這一分歧處很有趣，也很有啟發性。當我們離開她家時，聽見她罵他傻瓜。」

「我愈來愈糊塗了，白羅。」我近似哀嚎地說。

「讓我們按事情發生的先後次序繼續談。後來塔尼奧斯醫生星期日去了小綠屋一趟，而他夫人可能不知道。」

「我肯定她不知道。」

「我們還是說可能吧。我們再往下推！查爾斯和泰瑞莎是星期一離開的，那時亞倫道小姐的身體和精神都很好，她吃了一頓不錯的晚飯，飯後還同崔普姐妹和勞森一起坐在黑暗中進行招魂儀式。儀式快結束時，她病了，之後便回房休息。四天後她死了，勞森小姐繼承了她全部的財產，而海斯汀上尉卻說她是自然死亡！」

「可是，赫丘勒·白羅毫無證據地說是因為晚飯裡被下了毒！」

「我有證據，海斯汀。你好好想想我們和崔普姐妹的談話，再回憶一下勞森小姐斷斷續續的談話中所說到的事情。」

「你指的是她晚飯吃了咖哩的事嗎？咖哩會遮住藥味，這是你的意思嗎？」

白羅慢慢地說：「是的，或許咖哩食品是個關鍵。」

「但是，」我說，「假如你說的是對的（先不管醫生出示的證明），那只有勞森小姐或其中一個女僕能這麼做。」

「我不知道。」

「還是崔普姐妹把她給謀害了？胡說八道，我絕不相信，這些人顯然是無辜的！」

白羅聳聳肩膀。

「海斯汀，你記住，愚蠢甚至癡傻常常可以和高度的狡詐連在一起，而且不要忘了，最初的企圖是謀殺。那不是個特別聰明或者頭腦複雜的人幹的，那是非常簡單的小伎倆，是從小寶常把牠的球留在樓梯頂上的這一習慣聯想起來的。把一條線拉過樓梯的想法既簡單又容易，連小孩子都想得到！」

我緊鎖雙眉說：「你的意思是……」

「我的意思是，我們當前要發掘的只有一件事，即殺人的意圖，就是這麼回事。」

「但下毒藥這件事幹得很漂亮，沒有留下一點痕跡，」我爭論說，「這是最初企圖謀殺的那個人很難辦到的，噢，真他媽的，白羅，現在我真不敢相信，我們什麼線索也沒有，一切都只是假設啊！」

「你錯了，我的朋友。今天早上的談話使我掌握了一些可作為依據的素材。當然，這些跡象很不明顯，但肯定不會錯的。只有一件事使我害怕。」

「害怕？怕什麼？」

他嚴肅地說：「我怕驚動了睡得正香的狗，那是你的一句格言，不是嗎？讓睡著的狗就躺在那兒吧！這是目前那個凶手正在做的事，他正躺在陽光下高興地睡覺……海斯汀，凶手一旦形跡敗露時常會狗急跳牆，因而去殺第二個人，甚至進行第三次謀殺，這都是我們要小心的！」

「你怕發生這種情況？」

他點點頭。

「是的。假如凶手在這些人之中……我想，會有可能……」

# 19 與柏維斯先生會面

白羅要了帳單，付了錢。

「接著我們要做什麼？」我問。

「我們按你今早建議的去做，到哈切斯特去拜訪柏維斯先生。這就是我在德哈姆旅館撥了那通電話的原因。」

「你給柏維斯打電話了？」

「不是，我是打給泰瑞莎·亞倫道，請她替我寫封介紹信。要想成功地和這個律師打交道，我們必須得到亞倫道家人的認可才行。她答應把信直接寄到我的住處，現在信可能已經到了。」

我們回到住處，看到的卻是查爾斯·亞倫道，他親自把信送來了。

「你們住的地方挺不錯的呀，白羅先生。」他一邊說，一邊環視我們公寓的會客室。

這時，我突然看到書桌的一個抽屜沒關緊，是一片紙卡住了，讓它關不上。

白羅竟會這樣粗心，真教人無法想像！我若有所思地看著查爾斯：他單獨一人在房裡等著我們，這段時間他肯定偷偷翻了白羅的文件，好個小惡棍！我真是怒火中燒，氣憤至極。

查爾斯似乎心情很好。

「信在這兒，」他邊說邊把信交給白羅。「該寫的都寫了，一字不差。我希望你們和柏維斯打交道時運氣會比我們好。」

「柏維斯先生認為對遺囑進行爭辯，成功的希望不大吧？」

「簡直是潑人冷水……在他看來，顯然勞森這傢伙是光明正大地帶著所有的錢遠走高飛了。」

「你和你妹妹從來就沒有考慮過懇求那個女人發發慈悲嗎？」

查爾斯咯咯地笑了起來，說：「我想過也那麼做了，但沒用。我滔滔不絕地說了一大堆，一樣沒用。我把自己描繪成一個失去財產繼承權的可憐黑羔羊，但總是裝不像（我已經盡力在裝了），都沒能感動那個女人！你知道，她特別討厭我，而我始終不知道為什麼！」他笑了起來。「大多數的老婦人都吃我這套，她們認為人們對我的看法太不公平了！」

「你這招很管用。」

「噢，以前一直很管用，但我剛才說了，對勞森可起不了作用。我覺得她是反男人的女人，恐怕她像大戰前的婦女那樣，是個拚命鼓吹婦女參政、爭取婦女權利的女人。」

「喔，好吧，」白羅搖了搖頭說，「假如簡單的辦法不能奏效……」
「我們就採取犯罪的手法。」查爾斯快活地說。
「啊哈，」白羅說，「說到犯罪，年輕人，你真的威脅過你姑姑嗎？你說過要殺死她或類似的話嗎？」
查爾斯坐在一張椅子上，雙腳攤開，緊盯著白羅。
「誰告訴你的？」他問。
「這不是重點。真有這回事嗎？」
「差不多是那樣。」
「喂，讓我聽聽你真實的故事，請注意，是真實的故事。」
「噢，我這就說給你聽，先生，不過並沒有什麼像鬧劇般的事。我是想試一試……你明白我的意思嗎？」
「我明白。」
「但事情沒按我原來的計畫進行。艾蜜莉姑姑暗示，想從她那兒分到錢完全是白費勁！我聽了並沒發脾氣，而是把情況講清楚。『那麼好吧，艾蜜莉姑姑，』我說，『您知道您這麼做早晚會讓人暗算！』她輕蔑地問我這話是什麼意思。『就是這個意思。』我說，『您的朋友和親屬全都張著嘴聚在您身旁，全都像教堂裡的老鼠那麼可憐——管他教堂裡的什麼老鼠——大家都在希望能分到些錢。而您做了什麼呢？您死抱著錢不放，死也不分給別人。很多人就是因為這樣做而被謀殺。聽我的勸吧，假如您被謀殺，只能怪您自己了！』

「然後她斜眼看著我，樣子很凶。『噢，』她冷冰冰地說，『這就是你的看法了，對吧？』我說：『對，你鬆鬆手吧，這是我對您的忠告。』她說：『謝謝你好心的忠告，但我相信，你會看到我把自個兒照料得好好的……』『那您請便吧，艾蜜莉姑姑。』我說。我滿是喜樂地咧開嘴笑了，我心想，她不會像她裝出來的那樣冷酷無情。我又說：『別說我沒警告過您。』她回答：『我會記住。』」

他停了下來，又說：「這就是整個經過。」

「所以，」白羅說，「你在抽屜裡發現了那幾英鎊，你就心滿意足了。」

查爾斯凝視著他，然後噗嗤地笑了起來。

「我得向你致敬，」他說，「你真是名不虛傳！你是怎麼知道這件事的？」

「那麼是確有其事囉？」

「噢，千真萬確！那時我他媽的手頭緊得很，無論如何都得弄到一點錢。我發現抽屜裡有好多鈔票，就順手拿了幾張。我很節制，只拿了幾張，想不到還是有人注意到了。而且我想，即使有人發現了，也許會認為是僕人拿的。」

白羅冷冷地說：「假如這種想法成立，那麼對僕人來說問題就大了。」

查爾斯聳聳肩。

「人不為己。」他嘟囔著說。

「天誅地滅。」白羅接口說，「這是你的格言，對吧？」

查爾斯好奇地看著他。

「我知道老太太不會發現我幹了這件事，你是怎麼知道的，還有那次我說要殺死她的話？」

「是勞森小姐告訴我的。」

「這個狡猾的老女人！」他看起來有點不安。「她不喜歡我，也不喜歡泰瑞莎。」他立刻說，「你不覺得她在暗自盤算些什麼嗎？」

「她能有什麼盤算？」

「噢，我不知道，只是總覺得她是個狠毒的老妖婆。」他停了一下，才又加了一句：「她恨泰瑞莎……」

「亞倫道先生，你知道塔尼奧斯醫生在你姑姑死前的星期日去看過她嗎？」

「什麼？是我們在我姑姑那兒的那個星期日嗎？」

「是的，你們沒見著他？」

「沒有。下午我和泰瑞莎出去散步了，我想他一定是那時候來的。艾蜜莉姑姑沒有對我們提起他來過的事情，真怪。是誰告訴你的？」

「勞森小姐。」

「又是勞森嗎？她像是個情報站。」

他停了一會兒，然後說：「你知道，塔尼奧斯是個好人，我喜歡他，他是個快活、總是笑臉迎人的傢伙。」

「他是個很有吸引力的人，對吧？」白羅說。

查爾斯站了起來，說：「我要是他，早在幾年前就把討厭的貝拉給殺了！你不覺得她是那種注定要當受害者的女人嗎？要是在瑪格特[23]或其他什麼地方找到她的屍體，我也不會覺得意外！」

「她那位好醫生丈夫可不會幹這種事。」白羅平靜地說。

「我認為不會。」查爾斯沉思著，「實際上我認為，塔尼奧斯連一隻蒼蠅都不會殺，他太好心了。」

「那你呢？如果你覺得划算的話，你會下手嗎？」

查爾斯笑了，那是響亮的、發自內心的笑聲。

「來個勒索嗎，白羅先生？我從沒幹過這種事。我向你擔保，我沒有放……」他突然停了下來，才又繼續說：「我沒有把馬錢子素放進艾蜜莉姑姑的湯裡。」

他隨便揮了一下手就離開了。

他走後我問道：「白羅，你想嚇唬他嗎？假如你是這樣打算，我認為你沒成功，他一點也沒流露出犯罪的反應。」

「沒有嗎？」

「沒有，他看起來很平靜。」

「他話裡頭那個停頓很怪。」白羅說。

「哪個停頓？」

「他在說『馬錢子素』之前停了一下，好像本來打算說另一個詞，想了一下又改口。」

我聳了聳肩。

「他可能想說個人盡皆知又有效的毒藥。」

「有可能，有這個可能。我們出發吧，我想我們得在馬基貝辛鎮的喬治小旅店過夜了。」

十分鐘後，我們穿過倫敦，再次回到鎮上。

下午四點左右，我們到了哈切斯特，直奔柏維斯辦公室，也就是柏維斯．查爾斯沃斯律師事務所。

柏維斯先生是位身材高大、體格健壯的老先生，他已白髮蒼蒼，但膚色紅潤，樣子有點像鄉村紳士，個性溫文爾雅但拘謹。

他看了看我們帶來的介紹信，然後站在辦公桌的對面看了看我們，樣子看來很機敏，善於觀察。

23 瑪格特（Margate）是位於英格蘭西南方的小鎮。

「當然，我久仰你的大名，白羅先生。」他禮貌地說，「我想泰瑞莎．亞倫道小姐和她哥哥聘了你來幫助處理這件事吧，但我不知道你能幫他們什麼。」

「柏維斯先生，我們可不可以對發生的事進行一次更全面的調查呢？」

律師冷冷地說：「我早就跟亞倫道小姐和她哥哥說過關於合法繼承權的問題了。情況很清楚，沒有任何曲解的部分，所以也不利提出抗告。」

「是的，是這樣，」白羅緊接著說，「但我肯定您不介意把情況再對我們說一遍，這樣我就能清楚估量一下情勢了。」

律師點了點頭。

「就聽你的吩咐了。」

白羅開始問：「艾蜜莉．亞倫道小姐在四月十七日寫了一些指示給您，是吧？」

柏維斯先生查看了放在面前桌子上的文件。

「是的，你說得對。」

「您能告訴我她寫了什麼嗎？」

「她要我替她起草一份遺囑，把一些遺物分贈給僕人和三、四個慈善團體，其他的財產則全部留給懷荷明娜．勞森。」

「抱歉，柏維斯先生，您當時是否感到意外呢？」

「我承認，我相當意外。」

「艾蜜莉．亞倫道小姐之前立過遺囑嗎？」

「她五年前寫過一份。」

「那份遺囑上說，除了一些零星遺物外，她的財產都留給她的侄子、侄女和外甥女，對吧？」

「她主要的遺產都是平分給她哥哥湯瑪斯的兒子、女兒和她妹妹阿拉貝拉．畢格斯的女兒。」

「那份遺囑後來怎麼樣了？」

「根據艾蜜莉．亞倫道小姐的要求，我於四月二十一日到小綠屋去的時候，把那份遺囑帶去了。」

「柏維斯先生，如果您能詳細告訴我那天發生的一切，我將不勝感激。」

律師停了一會兒，然後非常明確地說：「下午三點，我由一名職員陪同到了小綠屋。亞倫道小姐在客廳和我會面。」

「依您看，那時她身體怎麼樣？」

「看來挺好的，儘管走路要拄著拐杖，我知道那是因為不久前她摔了一跤。大致上來看，她的健康狀況挺好，這我剛才說了。不過我當時的印象是，她精神有點緊張，情緒也有些激動。」

「那時勞森小姐和她在一起嗎？」

「我們剛到的時候，她們倆是在一起，但勞森小姐馬上就離開了。」

「後來呢？」

「亞倫道小姐問我是否按照她的吩咐做了，並問我是否也有把新遺囑帶來讓她簽字。我說我都照做了。我……呃……」他猶豫了一會兒，之後有點不自然地繼續說：「應該說我是盡了力，恰如其分地勸告亞倫道小姐。我向她指出，人們會認為這份新遺囑對她的親人很不公平，他們畢竟是她的親骨肉。」

「她怎麼回答？」

「她問我，這筆錢她是不是可以依自己的意思來處理，我說當然。『那就好。』她說。我提醒她，她和勞森小姐相處的時間並不長，同時，她是否已確定要對法定繼承人的親人們做出這麼不合理的事。她回答：『我親愛的朋友，我完全知道自己在幹什麼。』」

「您剛剛說她當時很激動的樣子。」

「我可以肯定真的是那樣。但是，白羅先生，請相信我，雖然她很激動，但神志非常清楚。況且無論怎麼說，她都能全權處置自己的事。我很同情艾蜜莉．亞倫道小姐的親人，但在法庭上，我必須維護這份遺囑。」

「這完全可以理解。請您繼續說下去吧。」

「亞倫道小姐仔細看了一遍原來的遺囑，然後伸手向我要新寫的遺囑。我原想給她看看草稿，但她已告訴我把新遺囑寫好並帶來讓她簽字，當時她把這件事說得好像是備糧一樣那麼簡單。她看完後，點了點頭，說馬上就要簽字，這時我覺得有義務要向她提出最後一次建議。她耐心地聽我說完，便說她心意已決，於是我把職員叫了進來，他和園丁遂成為她簽字的見證人。僕人們當然都不夠格做見證人，只是根據這份遺囑，他們都是受益者。」

「後來，她是否委託您保管這份遺囑呢？」

「沒有，她把遺囑放進書桌的抽屜裡，鎖了起來。」

「原先那份遺囑怎麼樣了？她把它銷毀了嗎？」

「沒有，她把那份舊遺囑鎖在另一個抽屜裡了。」

「她死後，遺囑是在哪裡找到的？」

「就在原來的那個抽屜裡。身為遺囑執行人，我有她的鑰匙，也仔細檢查了她的文件和資料。」

「兩份遺囑都還在抽屜裡嗎？」

「是的，都在她原先放的地方。」

「她這番令人吃驚的做法，您有問過她的動機嗎？」

「我問過，但沒有得到滿意的回答。她只是向我保證『她知道她在幹什麼』。」

「儘管如此，您對這種做法還是感到驚訝，對吧？」

「我非常驚訝。你要知道，亞倫道小姐對親人們一直很有感情。」

白羅沉默了一會兒，然後問道：「我想您從來沒和勞森小姐談過這件事吧？」

「當然沒有，那樣做很不妥。」

律師似乎對這個問題很反感。

「亞倫道小姐有沒有說過什麼話，向勞森小姐暗示她正在寫一份對勞森有利的遺囑？」

「情況正好相反。我問她勞森小姐是否知道她正在做的這件事時，亞倫道小姐厲聲地說勞森一點兒都不知道！

「那時我想，不要讓勞森小姐知道即將發生的這些事比較好，我也竭力地暗示這一點，亞倫道小姐看來也完全同意我的看法。」

「您為什麼要強調這一點呢，柏維斯先生？」

老先生慎重地回敬了白羅一眼。

「我看最好不要再討論這件事，因為只會令人難過。」

「噢，」白羅深吸了一口氣。「我明白了，您當時認為，亞倫道小姐有朝一日有可能會改變主意，對吧？」

律師低下了頭，說：「是的。我想當時亞倫道小姐一定是和家人有過激烈的爭吵，而當她冷靜下來後，可能會對自己這輕率的決定感到懊惱。」

「如果她後悔了，那得怎麼辦呢？」

「那她就得命令我再準備新遺囑。」

「或許她可以採取比較簡單的辦法，也就是只需銷毀新立的那個遺囑，這麼一來原本的遺囑不就生效了嗎？」
「那會引起爭論的。你要知道，所有原先寫的遺囑都由於新立的遺囑而失去效力了。」
「但亞倫道小姐不會有這方面的法律知識，她一定不了解這一點吧？她可能認為銷毀了新近寫的遺囑，原來那份就又生效了。」
「這很有可能。」
「事實上，假如她沒寫這個新遺囑，她的錢是不是就會全留給她的親人呢？」
「是的，一半給塔尼奧斯夫人，另一半給查爾斯和泰瑞莎．亞倫道。然而事實是她沒有改變主意，她一直到死都沒有改變這個決定！」
「但是，」白羅說，「這正是我想查明的地方。」
律師好奇地看著他。
白羅向前傾了傾身子。
「假如，」他說，「亞倫道小姐在臨終前確實想要銷毀新遺囑，而她又認為自己已經把它銷毀了，但事實上，她銷毀的只是舊的那份。」
柏維斯先生搖搖頭，說：「不，那兩份遺囑都完好無缺。」
「那麼，假設她銷毀的是一份假的遺囑，而她誤以為銷毀的是真的。要知道，她當時病得很厲害，要糊弄她很容易。」
「你必須拿出證據來！」律師嚴厲地說。

「噢！那是當然囉，當然……」

「我倒要問問你，你有什麼理由能讓人相信發生了這種事？」

白羅略微抽回身子。

「目前我無法保證……」

「那是當然了，當然了。」柏維斯先生說出常用的這句話。

「我希望您嚴守祕密，這事肯定有蹊蹺！」白羅說。

「真的嗎？不至於吧？」

柏維斯先生搓著手，看來很高興，似乎早有所料。

「以我預期從您這兒得知和已得知的結果看來，」白羅繼續說，「您認為亞倫道小姐遲早會改變主意，會寬待她的家人。」

「當然，這只是我個人的看法。」律師指出。

「親愛的先生，這些我都明白。我想，您不會為勞森小姐服務吧？」

「我勸勞森小姐去請教另一位與這事無關的律師。」柏維斯先生說，他的語調毫無表情。

白羅和他握手告別，並感謝他的好意和他提供給我們的訊息。

# 20 再訪小綠屋

從哈切斯特到馬基貝辛鎮大約有十英里路程，路途中我和白羅把情況討論了一下。

「白羅，你拋出那種見解有什麼根據嗎？」

「你指的是關於亞倫道小姐誤以為把新遺囑銷毀的事嗎？不，我的朋友，坦白告訴你，完全沒有。但是你應該看得出來，提出某些看法是我的責任！柏維斯先生是個機敏的人，我要是不說出一些那樣的看法，他就會認為我在這件事中起不了什麼作用。」

「你知道你這麼說，使我想起什麼嗎，白羅？」我問。

「不知道，我的朋友。」

「我想起了用各種不同顏色的球變戲法的人！一擲，所有的球全都拋到空中去了。」

「不同顏色的球，就是我所說過的不同謊話，是嗎？」

「差不多。」

「你認為有一天這些球全都會掉下來嗎？」

「你不可能讓它們一直都留在空中。」我指出。

「那倒是，但我相信一定會有那麼一刻，我會把球一個個接住，然後向觀眾鞠躬、謝幕，退出舞台。」

「是為了觀眾們如雷的掌聲吧？」

白羅略感疑竇地看著我，說：「可能會是那樣，沒錯。」

「我們從柏維斯先生那裡了解得不太多。」我把話題轉開了地雷區。

「是不太多，只是進一步證實了我們一些看法。」

「也證實了勞森小姐是在老太太死後才知道遺囑內容的說法。」

「這我倒不認為。」

「柏維斯勸了亞倫道小姐不要告訴勞森，而亞倫道小姐回答說她沒打算這麼做的啊。」

「是的，這做法相當周全，也很明智。但是，朋友，愈是神祕的事，就愈會引起別人的好奇心。」

「你真的認為勞森小姐會四處打探消息嗎？」我有點驚奇地問他。

白羅笑了，說：「勞森小姐不是個有良好教養的人，親愛的朋友，我們都知道她曾偷聽過別人的談話，而當事人竟不知情……我指的是，查爾斯和他姑姑談起嗜財如命的親人如何被謀殺的那次談話。」

我承認這是事實。

「所以囉，海斯汀，她也很容易就能偷聽到柏維斯先生和亞倫道小姐之間的談話，尤其柏維斯先生的聲音又那麼洪亮。」

「至於到處打聽的習慣，」白羅繼續說，「你根本想像不到有很多人都這樣。像勞森小姐那種膽小如鼠並喜歡大驚小怪的人，常常會有些不好的習慣，幹那種事對他們可是莫大的安慰和樂趣。」

「真的嗎，白羅？」我表示異議地說。

他頻頻點頭說：「這是真的，是真的。」

我們到了喬治小旅店後，租了兩個房間，然後就漫步到小綠屋去了。

我們一按門鈴，小寶就立刻有了反應。牠狂叫著衝過大廳，撲向前門。

「我要掏出你們的心和肺！」牠咆哮著，「我要扯開你們的肢體，教你們沒膽敢踏進這房子！等著我來咬你們吧！」

夾雜在狗的吠聲中的是一陣安慰的低語。

「好了，乖乖，好了，真是好狗狗，進來吧。」

小寶被扯著項圈，老大不願意地進了客廳。

「每次都要掃我的興，」牠像在發牢騷。「這麼久以來，我第一次有機會能漢人好好幹一架，我真想大口咬他們的褲腿。現在沒有我保護你，你自己要留神了。」

客廳門關上了，艾倫拉開門閂和橫柵，打開了前門。

「噢，是您呀，先生。」她喊了起來。

她把門完全敞開，臉上顯出特別高興、振奮的神情。

「請進吧，先生。」

我們走進大廳。左側的客廳門下縫隙傳來強烈的吸氣聲，偶爾還有幾聲吠叫，小寶正想竭力正確地「判斷」出我們到底是誰。

「你可以把牠放出來。」我建議。

「好，我把牠放出來，先生。沒什麼關係，真的，只是牠會嚎叫，朝人身上撲去，嚇人一大跳。不過，牠是隻非常好的看家狗。」

她打開客廳門，小寶像炮彈一樣射了出來。

「是誰來了？他們在哪兒？噢，在這兒呀！哎呀，我怎麼不記得……」牠使勁聞呀聞地，然後發出一陣拖長的鼻息聲。「我想起來了！我們見過面！」

「喂，老夥計，」我說，「你好不好啊？」

小寶搖了搖尾巴。

「很好，謝謝您。讓我瞧瞧。」牠又重新探查起我來，並且像是在說，「您最近和一隻長毛垂耳狗說過話，我聞出您身上那傻狗的味兒了。這又是什麼味？是貓味嗎？真有趣，我真希望讓那隻貓到我們這兒來，我們很少活絡活絡筋骨了。等等，您身上還有一股狗味，那是隻挺不賴的短毛㹴。」

牠正確地判斷出我最近和哪些狗朋友碰過面，然後牠把注意力轉向白羅，但牠只聞到一鼻子汽油味，便帶著責備的神情走開了。

「小寶。」我喊道。

牠回過頭瞅了我一眼，似乎在說：「嗯，我知道我在幹什麼，我馬上就回來。」

「屋子裡的窗子全都關著，不好意思……」

艾倫趕緊到客廳打開百葉窗。

「好，好極了。」白羅邊說邊跟了進去，並坐了下來。

當我剛要跟著進屋時，小寶從一個神祕的地方鑽了出來，嘴裡銜著球。牠衝上樓梯，伸開四肢，趴在最上層的階梯，用爪子夾著球，慢慢地搖晃尾巴。

「來，」牠好像在對我說，「來，咱們來玩玩。」

我對探案的興趣瞬間消失了，立刻和小寶玩了一會兒。後來我感到內疚，便急忙跑進客廳。

白羅和艾倫好像已經就生病和醫生的事談了好一會兒。

「一些白色的小藥丸，先生，那是她過去常服的藥，每次飯後服兩三顆，那是格蘭傑醫生吩咐的。是的，她都按醫生吩咐服用了。這些藥丸很小。另外她還服用一種勞森小姐很信賴的藥，那是一種膠囊，是洛巴羅醫生發明的治療肝炎的膠囊，您可以在各地方的看板上看到它的廣告。」

「她也服這種藥嗎？」

「是的，是勞森小姐讓她服的，因為她覺得這種藥對女主人挺有效。」

「格蘭傑醫生知道這個情況嗎？」

「哦，先生，他並不介意。『假如你認為這種藥有效，你就服吧。』他對女主人這麼說。她回答：『嗯，你可能會笑話我，不過這種藥確實有效，比任何你開給我的藥都好多了。』格蘭傑醫生聽了之後笑了起來，他說，對藥物的信賴感比任何特效藥都更有效。」

「她還服用其他的藥嗎？」

「沒有了。貝拉小姐的丈夫，就是那個外國醫生給她配了一瓶藥，雖然她很有禮貌地表示謝意，但她後來還是把藥倒掉了，這件事我很清楚！我認為她這麼做是對的，您不能就這麼服用藥性不明的藥。」

「塔尼奧斯夫人看見她把藥倒掉了，對吧？」

「是的，恐怕她對這一點感到痛心，這個可憐的女人。我也感到很遺憾，因為塔尼奧斯醫生肯定是出於好意。」

「當然，這是無庸置疑的。我想亞倫道小姐死後，剩下的藥全給扔掉了吧？」

艾倫好像對這個問題感到有點意外，說：「哦，是的，先生。護士扔掉了一些藥，勞森小姐把盥洗室藥櫥裡那些舊的藥也全都扔了。」

「那……洛巴羅醫生治療肝炎的膠囊……呃，也是保存在那兒嗎？」

「不是的，那些藥是放在餐廳碗碟櫃裡，以便飯後服用。」

「你能告訴我那位看護亞倫道小姐的護士的名字和地址嗎？」

艾倫立刻告訴了白羅。

白羅又問了一些有關亞倫道小姐病榻時的狀況。

艾倫津津有味地說著，她描述了亞倫道小姐的疾病、痛苦、黃疸病突然發作以及最後神智昏迷的情況。我不知道白羅從這番談話中是否得到了一些令他滿意的答案，他很有耐心地聽著，不時提出一些相關的小問題，多半是問勞森小姐在女主人屋內待了多長時間；他對老婦人的飲食特別感興趣，並和他自己幾個死去的親戚（根本就不存在的親戚）的飲食做了番比較。

我看到他們談得如此投機，就又偷溜到大廳去。小寶已在樓梯平台上睡著了，球正放在牠的下巴下面。我對牠吹了聲口哨，牠馬上跳起來，處於警覺狀態。這麼做無疑觸犯了牠的尊嚴，牠便賭氣不再把球傳給我了，好幾次就在要滾下來的一剎那，牠又把球抓了回去。

「您失望了吧？好吧，這一回我會把球扔給您的。」牠彷彿這麼說著。

當我又回到客廳時，白羅正談論著塔尼奧斯醫生在老婦人死前的星期日突然造訪小綠屋這件事。

「是的，先生，當時查爾斯先生和泰瑞莎小姐出去散步了，我們沒有料到塔尼奧斯醫生會來。女主人正躺在床上，我告訴她來人是誰時，她很驚訝，她說：『是塔尼奧斯醫生嗎？塔尼奧斯夫人和他一塊來了嗎？』我告訴她沒有，先生是單獨一人來的。她要我告訴他說，她馬上就下樓來。」

「他待的時間很長嗎？」

「不超過一小時，先生。他離開時看來不太高興。」

「你知道他來的目的嗎？」

「這我就不曉得了，先生。」

「你沒有碰巧聽到些什麼嗎？」

艾倫的臉突然紅了起來，說：「沒有，我不會這麼做，先生，我從來沒貼在門上偷聽過別人談話，儘管有些人會這麼做並深諳此道，但我可不會！」

「噢，你誤會了，」白羅誠懇地表示歉意。「我只是在想，或許你進去送茶時，會不經意地聽到他和你家主人的談話內容。」

艾倫恢復平靜了，她說：「對不起，先生，我誤解您的意思了。沒有，塔尼奧斯醫生沒在這兒喝茶。」

白羅抬起頭看著她，眼睛閃爍著一絲光芒。

「倘若我想知道為什麼他到這裡來，那麼，勞森小姐可能會知道，對吧？」

「她要是不知道，先生，那可就沒人知道了。」艾倫輕蔑地說。

「讓我想想，」白羅皺著眉頭，像在努力思考什麼似地說，「勞森小姐的臥室是在亞倫道小姐隔壁嗎？」

「不是，先生，勞森小姐的房間正在樓梯頂上。我可以帶您去看看，先生。」

白羅接受了這個建議。上樓時，他緊貼著牆邊走，就在抵達樓梯頂時，他發出一聲驚叫，彎腰拉了一下褲腳。

「噢，好像有根線絆著我了……啊，在踏腳板上有一根釘子。」

「是的，確實有根釘子，先生。我想這釘子大概鬆了，有一兩次我的衣服也讓它給勾住了。」

「這釘子釘在這兒有很長時間嗎？」

「嗯，我想有一段時間了，先生。我第一次看到它是在女主人病倒在床上的時候，也就是在她發生那次事故之後，先生。當時我想把釘子拔出來，但我拔不動。」

「我想之前這釘子上曾拉過一條線吧？」

「是的，先生，我記得釘子上面有一小圈線，但我不知道那是做什麼用的。」

從艾倫的聲音中，聽不出對此有絲毫懷疑。對她來說，這僅僅是家裡發生的一件小事，根本不值得費心猜疑。

白羅走進樓梯頂的房間。這房間中等大小，正對著門有兩扇窗戶。牆角放著一個梳妝檯，兩扇窗之間立了一座鑲著長長穿衣鏡的大衣櫃。床放在門的右後方，對著窗戶。貼著左面牆放著一個紅木製的大五斗櫃，以及一個大理石面的盥洗盆。

白羅若有所思地向四周看了看，然後來到樓梯平台。他沿著走廊前進，經過另外兩間臥室，最後來到艾蜜莉．亞倫道的大臥室。

「護士就住在隔壁的小房間。」艾倫解釋道。

白羅深沉地點點頭。

下樓時，他問可不可以到花園裡走一走。

「哦，先生，當然可以了，現在花園正美呢。」

「那位園丁還在嗎？」

「你是說安格斯嗎？哦，是的，安格斯還在這裡。勞森小姐想使這間房子保持完好，因為她想賣個好價錢。」

「她真聰明，要是變得亂七八糟可就不妙了。」

花園寧靜而美麗，寬闊的花壇種滿了白羽扇豆花、飛燕草和鮮紅的罌粟花，還有牡丹含苞待放。我們漫步到一個放置花盆的涼棚，一個身材高大、滿臉皺紋的老人正在那兒忙著。他很有禮貌地向我們問好，白羅和他攀談了起來。白羅提起我們不久前見到了查爾斯先生，這一說使得老頭兒對我們很友善，他變得喋喋不休、嘮叨個沒完。

「他就是那樣的一個人！一直沒變。有一回他到這兒來，手裡拿著半塊醋栗派，而廚師正到處尋找那半塊派，快把屋子給掀了！但他走回屋後，臉上露出若無其事的神情，以至於大夥兒咒罵著詛咒說，一定是貓把醋栗派吃了，儘管我從沒聽說過貓吃醋栗派這種事！哦，查爾斯先生他就是這樣的人！」

「他四月到過這兒，對吧？」

「對，那兩個週末都有來，就是女主人死前。」

「你常見到他嗎？」

「滿常的，因為一個年輕人在這地方真沒啥事可做，所以他常常到喬治小旅店去喝得爛醉，然後就到這兒來閒逛，問問這、問問那。」

「他問過花的事嗎？」

「有……他問過花的事，也問過雜草的事。」老頭兒抿著嘴輕聲笑了。

「雜草？」

白羅的問題問得很突然，語調中帶有一種試探的口吻。他轉過頭，眼睛順著放花的架子搜索著，最後目光停在一個錫盒子上。

「或許他想知道你是怎樣除雜草的吧？」

「是啊！」

「我想這是你的除草劑吧？」

白羅輕輕轉動著盒子，讀著盒子上的商標。

「是的，」安格斯說，「這東西很好用。」

「這東西危險嗎？」

「如果您正確使用就不危險，因為這是砒霜。關於這個，還有過一個笑話呢，是我和查爾斯先生開的玩笑。他說要是他娶了老婆，可又不喜歡她，那他就到我這裡來要一點砒霜，把她毒死！我說，搞不好她會先把你幹掉呢！哦，我這麼一說，逗得他哈哈大笑了好一陣，真的！這玩笑有趣吧！」

我們不得不跟著笑了笑。白羅撬開了盒子。

「差不多空了。」他嘟囔著。

老頭往盒內瞧了一眼，說：「哎呀，都沒啦，我不知道已經用掉這麼多，得再訂些呢。」

「是啊，」白羅笑著說，「恐怕你剩下的這一點兒，分給我去毒死我太太都不夠呢！」

我們又都為了這番妙語而大笑一場。

「我想您沒結婚吧，先生？」

「沒有。」白羅回答。

「哦，總是沒結婚的人才會開這種玩笑，沒結婚的人不會知道什麼是煩惱！」

「我想，你的夫人……」白羅考慮到照顧老人的情緒，所以停住沒往下說。

「她活得很好，非常好。」

安格斯看起來有點沮喪。

我們讚揚了他花園收拾得不錯，便告辭了。

# 21 藥劑師、護士、醫生

除草劑的錫盒在我心裡勾起了一連串新的聯想，這是我至今遇到的第一個非常可疑的狀況。查爾斯對除草劑的興趣，老園丁發現盒子差不多空了時所表現出來的明顯詫異……這一切似乎都向我指出一個應該如何進行思考的正確方向。

就在我興致勃勃之時，白羅一如既往，態度很不明朗。

「即使是有人拿了除草劑，仍然沒有證據證明就是查爾斯拿的，海斯汀。」

「但是，他問了園丁那麼多關於除草劑的事！」

「如果他打算拿去用，那他這麼大談特談的做法就很不明智了。」

然後他繼續說：「假如要你很快地說出一種毒藥的名字，一般你首先想到的會是什麼？」

「我想就是砒霜。」

「是的，那麼查爾斯今天對我們講到馬錢子素這個詞之前，他明顯停頓了一下，你這就明白是為什麼了吧！」

「你的意思是……」

「他當時想說的是『湯裡放了砒霜』，但他沒說出來。」

「唉！」我說，「為什麼呢？」

「就是呀，究竟為什麼呢？海斯汀，我就是為了找出那個『為什麼』的答案，才會到花園去的，我是去搜尋有關除草劑的材料。」

「可終於讓你給找到！」

「我找到了。」

我搖搖頭說：「這麼一來，對年輕的查爾斯可就不太妙。你和艾倫詳細談了老婦人的病情，你覺得她的症狀像是砒霜中毒嗎？」

白羅摸了摸鼻子，說：「很難說。她腹痛、嘔吐……」

「那不就是了！」

「哼，我可不敢那麼肯定。」

「那你說她像中了什麼毒？」

「好吧，我的朋友，我說她的症狀不太像中毒，反倒更像是因肝病而身亡！」

「噢，白羅，」我叫起來。「她不可能是自然死亡，一定是謀殺！」

「噢，得了，得了，看來我們好像位置互換了。」

白羅突然走進一間藥房，和藥劑師談了老半天他肚子不舒服的事，然後還買了一小盒治療消化不良的藥片。藥劑師把藥包好，而白羅正要離開藥店時，一包外盒精緻的洛巴羅醫生肝炎膠囊引起了他的注意。

「是的，先生，這是一種很好的備用藥。」藥劑師是個嘮叨的中年人，他接著說：「您會發現這種藥療效很好。」

「我記得亞倫道小姐之前常買這種藥。我說的是艾蜜莉．亞倫道小姐。」

「她確實買過這種藥，先生。小綠屋的亞倫道小姐是一位很好的老太太，是個守舊派。我以前常供應她這種藥。」

「她服很多成藥嗎？」

「不多，先生。我可以說出很多上了年紀的老婦人名字，她們服的藥要比她多得多了。之前她的隨身侍女勞森小姐就是一個，她是得到她全部遺產的人……」

白羅點了點頭。

「她就是那種會服各樣藥品的人，丸藥、片劑、治消化不良的藥片、助消化的混合劑和補血混合劑等等，她似乎覺得在藥瓶當中生活是一種樂趣。」他苦笑了一下。「我倒是希望有更多像勞森那樣的人，現在人們不像以前會買那麼多的藥了。不過，現在我們也賣些化妝品，彌補一些損失。」

「亞倫道小姐會定期來買這種肝炎藥嗎？」

「是的，我記得她死前已經連續服用三個月了。」

「她有個親戚，叫塔尼奧斯，是個醫生，曾到這兒來配製一帖混合劑，對吧？」

「是的，就是那個娶了亞倫道小姐外甥女的希臘人。那是一帖非常有趣的混合劑，我之前完全不曉得。」

藥劑師談這帖混合劑時，就像談到一種珍貴的植物標本一樣。

「先生，當您配上新的東西，藥就會產生變化。我記得那是一種非常有趣的藥物混合。不過那藥自然沒問題，那位先生是個醫生嘛。他人很好，模樣討人喜歡。」

「他的夫人來這裡買過藥嗎？」

「您說最近嗎？我記不得了。噢，有，她來買安眠藥……那是氯醛，處方箋開的是雙倍劑量。對我們來說，安眠藥的銷量很有限，您知道的，大多數醫生不會一次開太多的量。」

「那個處方是哪個醫生開的？」

「我想是她丈夫開的。唉，當然了，處方沒什麼問題，但您知道，我們不得不小心點。或許您不知道這個情況：若一個醫生開錯了藥方，而我們按藥方配製，要是出了問題，受到責備的是我們，而不是醫生。」

「這似乎很不公平！」

「我承認這件事很教人困擾，唉，不過，我也沒什麼可埋怨的。幸好，我還沒碰過這種麻煩，但願一直這麼幸運。」

他用手指關節輕快地敲著櫃檯。白羅決定買一包洛巴羅的肝炎藥。

「謝謝，先生，您要多少粒包裝的？二十五粒、五十粒還是一百粒？」

「我想，大盒包裝會比較貴，不過還是……」

「買五十粒裝的吧，先生，亞倫道小姐過去就是買這種的。八先令六便士。」

白羅同意了，按數付給他錢，接過藥。之後我們離開了藥房。

一走到街上，我便高興地大聲說：「塔尼奧斯夫人買過安眠藥，服了過量的安眠藥可會致命的，不是嗎？」

「那是最簡單的一種方法了。」

「你認為老亞倫道小姐……」

我記起了勞森小姐的話：「我敢說假如他叫她去殺人，她就會去！」

白羅搖搖頭，說：「氯醛是一種麻醉劑，一種催眠藥，它能減輕疼痛，並作為安眠藥。它會使人上癮而經常要服用它。」

「你認為塔尼奧斯夫人有這種習慣嗎？」

白羅困惑地搖搖頭。

「不，我並不這麼認為，但是這很奇怪。我想了一種解釋，不過那就意謂著……」

他停下來不說了，看了看自己的錶。

「來，讓我們看看能不能找到卡拉瑟護士，她在亞倫道小姐患病後期一直在她身邊。」

卡拉瑟護士是個明理的中年婦女。

現在白羅又以另一個角色出現，他虛構了一個親屬患病的故事。他說他有一位上了年紀的母親，他急著要為她找個富有同情心的護士。

「您能理解的……我就坦白跟您說吧：我母親這個人很難應付，我們曾經請過一些很好的、年輕的女護士，都相當稱職，但年輕這一點對她們很不利。我母親不喜歡年輕女人，她瞧不起她們。她對她們的態度粗魯、暴躁；她反對開窗、反對現代衛生學。很難搞定啊。」

他嘆了口氣，顯得有些沮喪。

「我知道，」卡拉瑟護士同情地說，「這種事有時真讓人難受。可是人必須用點智謀，把病人惹毛了可是一點用也沒有，最好是盡可能地向他們讓步。一旦他們覺得你不是在企圖強迫他們，他們的態度就會緩和下來，像小羔羊一樣任你擺布了。」

「噢，我看您真是一個理想的人，您很了解老年婦女。」

「我和幾個這樣的老婦人打過交道，」卡拉瑟笑著說，「只要有耐心、有幽默感，就能應付得很好。」

「您說的方法很明智。我聽說您照料過亞倫道小姐，她不是個容易對付的老太太吧？」

「噢，我不知道。她性格倔強，但我覺得她並不難對付。當然，我在她那兒的時間不長，在我到她那裡的第四天她就去世了。」

「我昨天和她的侄女泰瑞莎·亞倫道談過這件事。」

「真的嗎？真沒想到！我常跟人說，世界真是小啊！」
「我想您認得她吧？」
「當然認得她了，她在她姑姑死後來這兒參加葬禮。當然，以前她到這裡來的時候我也見過她。她是位漂亮的小姐。」
「是的，她確實很漂亮，但是太瘦了，實在太瘦了。」
卡拉瑟護士意識到她自己豐滿的身材，有點誇耀似地說：「當然了，人不該太瘦。」
「可憐的小姐，」白羅繼續說，「我真為她難過。Entre nous[24]，」他向前探著身子，表示這件事很神祕。「她姑姑的遺囑對她是個很大的打擊。」
「我想一定會的。」卡拉瑟護士說，「我知道，那份遺囑鬧得眾說紛紜。」
「我實在想不透，是什麼樣的理由使亞倫道小姐要剝奪親人的財產繼承權，這種做法太古怪了。」
「我同意您的看法，太古怪了。所以，我們都說這當中一定暗藏玄機。」
「您知道是什麼原因嗎？亞倫道小姐沒有說過什麼嗎？」
「沒有。我是說她沒對我說過。」

24 法語，意思是「咱們倆這麼說」。

「那她是對別人說囉？」

「這個嘛，我依稀記得她對勞森小姐提過什麼事，因為我聽到勞森小姐說：『是的，親愛的夫人，您知道它在律師那裡。』而亞倫道小姐說：『我肯定是在樓下的抽屜裡。』勞森小姐說：『不，您寄給柏維斯先生了，您不記得了嗎？』之後我的病人又噁心又嘔吐了，我去護理她時，勞森小姐便離開了，但我一直懷疑她們是不是在談遺囑的事。」

「看來很有可能。」

卡拉瑟護士繼續說：「假如是這樣，我想亞倫道小姐那時很焦慮，或許她想要更改遺囑。但是您瞧，她病得實在太厲害，真可憐。後來她就想到別的事情去了！」

「勞森小姐有參與亞倫道小姐的看護工作嗎？」白羅問。

「噢，親愛的先生，沒有。她態度不行！您知道，她有點神經質，只會把病人惹惱。」

「那麼，您一個人負責全部的護理工作嗎？C'est formidable ça[25]。」

「那個女僕……她的名字叫什麼來著……艾倫，她有幫我。艾倫人很好，她照料過病人，之前也經常看護老太太，我們倆相處得很好。其實格蘭傑醫生打算在星期五派一名夜班護士過來，但是亞倫道小姐在夜班護士來之前就去世了。」

「勞森小姐也有幫忙準備一些病人的食物吧？」

「不，她什麼都不幹，實際上也沒有什麼要準備的東西，只需要些營養的食物、白蘭地、白蘭氏雞精和葡萄糖等諸如此類的東西，也就夠了。勞森小姐只是在屋裡走來走去、大聲嚷嚷，只會礙著別人幹活兒。」

護士此時說話的語調異常尖刻。

「我看得出來，」白羅微笑著說，「您認為勞森小姐沒什麼用。」

「我認為服侍人的人通常都是窮人，都沒受過訓練，一點都不專業，一般都是些幹不了什麼事的女人。」

「您認為勞森小姐很喜歡亞倫道小姐嗎？」

「她好像挺喜歡。老太太死時，她很不平靜、異常激動，我看她真是比亞倫道小姐的家人還悲慟呢。」卡拉瑟護士說完這句話，十分不以為然地哼了一聲。

「那麼，」白羅一本正經地點了點頭說，「或許亞倫道小姐要把錢留給勞森小姐的時候，她是很清楚自己的所作所為。」

「她是個非常精明的老太太，」護士說，「我敢說，她一直很清楚自己在做什麼。」

「她提到小狗小寶了嗎？」

「您問這問題可真有意思！她昏迷的時候談了很多關於小狗的事，有時談牠的球，有時談她摔的那一跤。小寶是隻好狗，我也很喜歡狗……女主人死時，這可憐的傢伙很悲哀。狗

25 法語，意思是「真是不可思議」。

非常可愛，不是嗎？牠們很有靈性。」

談完狗兒的靈性後，我們和護士辭別。

「很明顯，這個人沒什麼嫌疑。」我們離開後白羅說。

他說這句話時顯得有點沮喪。

我們在喬治小旅店吃了頓糟透了的晚飯，白羅大大埋怨了一番，特別是湯。他說：「海斯汀，做好湯是多麼容易啊！Le pot au feu[26]……」

我好不容易才把話題岔開，免得又要探討烹調術了。

晚飯後發生了一件事，把我們嚇了一跳。

當時我們懶洋洋地坐在休息室，還有另一位男士在場，他也跟我們一樣在餐廳用過餐，看來是位業務員，不久他就離開了。我閒著沒事，翻閱著過期的《牲畜飼養人雜誌》及之類的期刊。突然，我聽到有人提到白羅的名字。聲音是從屋外某個地方傳來的。

「他在哪兒？在這裡嗎？好，我要找他。」

門猛地被撞開，格蘭傑醫生大步跨進來，由於太激動了，他滿臉通紅，眉毛都豎起來了。之後他停了下來，關上門，邁著穩健的步子向我們走來。

「噢，你在這兒啊，赫丘勒．白羅先生！你那天來看我，對我講了一大堆謊話，到底是在搞什麼鬼啊？」

「那是雜耍師的一顆球吧？」我譏諷地嘟囔著。

白羅用圓滑的腔調說：「我親愛的醫生，您一定得允許我解釋解釋……」

「允許你解釋？允許你？他媽的，我要強迫你解釋！你是個偵探，這就是你的真面目！你是個愛嗅嗅這兒、聞聞那兒的探子！你到我家去，說了一大堆什麼要寫老亞倫道將軍傳記的屁話來糊弄我！而我這個傻瓜，竟他媽的輕信你那番愚弄人的故事！」

「是誰告訴你我的身分？」白羅問。

「是誰告訴我的？是皮巴迪小姐告訴我的，她看穿你啦！」

「皮巴迪小姐嗎……好吧，」白羅反射性地說著，「我想……」

格蘭傑醫生氣憤地插話，說：「喂，先生，我等著你的解釋呢！」

「當然了。我的解釋很簡單，這是蓄意謀殺。」

「什麼？你說什麼？」

白羅輕聲說：「亞倫道小姐摔了一跤，不是嗎？她不是在死前從樓梯上摔下來了嗎？」

「是啊，那又怎麼了？她是讓那該死小狗的球給滑倒的。」

白羅搖搖頭說：「不，醫生，她不是讓小狗的球給滑倒的。樓梯頂上橫拉著一條線，目的是要把她絆倒。」

26 法語，意思是「把砂鍋放在爐子上」。

格蘭傑醫生目不轉睛地望著白羅。

「那麼她為什麼不告訴我呢？」他盤問，「關於這一點，她從未對我吐露過一個字。」

「那是可以理解，在那兒拉線的若是她家裡的某個成員，她是不願意讓外人知道的。」

「嗯，我明白了。」格蘭傑向白羅投去一個敏銳的目光，然後砰地一聲坐在一把椅子上。「喂，」他說，「那你又是怎麼捲入這件事的？」

「亞倫道小姐寫了一封信給我，還強調這是件最隱祕的事。不幸，信給耽擱了。」

白羅簡要地告訴他一些情況，並向他解釋是怎麼發現踏腳板上那枚釘子的事。

醫生聽著，面色愈來愈陰沉，怒氣也消失了。

「您應該可以理解我的處境何等為難。」白羅最後說，「瞧，我是被雇用的，是被一位往生的老太太雇用的。雖然如此，我同樣有責任辦好這件事。」

格蘭傑醫生緊鎖雙眉，沉思著。

「你知道是誰在樓梯頂上拉那條線嗎？」他問。

「我目前還沒有掌握足夠的證據，但這不等於我不知道。」

「這是件卑鄙的事。」格蘭傑醫生說，他的面色嚴峻。

「是的。現在您能理解了嗎？剛開始，我因為不能肯定接下來還會發生什麼事，就得撒點謊。」

「嗯？此話怎講？」

「無論從哪方面看，亞倫道小姐都像是自然死亡，但是，我們能就此肯定了嗎？曾經發生過一次事故，顯然是有人企圖謀害她，那麼，我怎麼能肯定就不會有第二次呢？而這第二次就成功地把她殺了！」

格蘭傑醫生心有所感地點點頭。

「格蘭傑醫生，請別生氣……您真的肯定亞倫道小姐是自然死亡的嗎？因為今天我無意中發現了一些證據……」

他詳細地敘述他和老安格斯的談話，以及查爾斯．亞倫道對除草劑的興趣，最後他又提到老人在發現罐子空了時的驚愕。

格蘭傑醫生專心地聽著。當白羅講完時，他輕聲說：「我明白你的意思了。許多砒霜中毒的症狀會被診斷為急性腸胃炎，尤其在沒有什麼可疑的情況下診斷書就這麼確立了。總之，砒霜中毒的症狀很難判定，舉凡急性的、次急性的、神經性的或慢性的，都有可能會嘔吐和腹痛，也可能完全沒有這些症狀，病人就這麼突然癱在地上，不久就斷了氣，但也可能不省人事和癱瘓，症狀不盡相同。」

白羅說：「好極了。綜合這些因素，您的意見是什麼呢？」

格蘭傑醫生沉默了一會兒，才慢慢地說：「綜合這一切而不帶任何偏見，我的看法是，亞倫道小姐的病症和任何一種砒霜中毒的病症都不同，我想她是死於黃疸性肝萎縮。你知道，我治療她好多年了，她以前就得過這種讓她差點喪命的病。白羅先生，這就是我經過深思熟慮後的看法。」

至此，原先的假設看來都得往旁邊擱了。這時，白羅拿出從藥劑師那裡買來的一包肝炎藥，這樣一來真有點反高潮、還帶點遺憾了。

「我想亞倫道小姐服過這些藥，對吧？」他說，「這種藥無論如何不會對她有害吧？」

「那個藥嗎？是不會造成傷害，藥中含蘆薈和黃色樹脂合劑，全都很溫和，沒有害處，」格蘭傑說，「她愛服這種藥，我覺得無所謂。」

他站了起來。

「您也配些藥給她吃嗎？」白羅問。

「是的，我給她配了一種飯後服用的溫和肝炎藥丸。」他的眼睛閃爍著。「這種藥她就算吞下一整包也不會有害，我不會讓我的病人因服藥而中毒，白羅先生。」

隨後，他微笑著和我們倆握手告別。

白羅打開他從藥房買來的那包藥。這種藥裝在透明的膠囊裡，其中四分之三全是棕黑色的粉末。

「看起來像我曾經服用的一種暈船藥。」我說。

白羅打開一個膠囊，仔細檢查它的成分，用舌頭謹慎地品嘗著。他皺了皺眉頭。

「這下可好了，」我一邊說，一邊坐在一把椅子上，打了個大哈欠，「每樣東西看上去都無害。洛巴羅醫生的特製藥、格蘭傑醫生的藥全都無害！格蘭傑醫生還完全否定了砒霜中毒的理論。你總該服了吧，我固執的白羅？」

「我真是固執……我想這是你對我的評價吧？是的，我肯定是長了個石頭腦袋。」我的朋友在沉思著。

「那麼，儘管藥劑師、護士和醫生都不同意你的看法，你還是認為亞倫道小姐是被謀殺的嗎？」

白羅輕聲說：「我相信她是被謀殺的。不，不只是相信，我肯定是謀殺，海斯汀。」

「我想有一種辦法可以證實是不是謀殺，」我緩緩地說，「那就是掘墓開棺。」

白羅點點頭。

「這是我們下一步要做的囉？」

「我的朋友，我必須小心行事。」

「為什麼？」

「因為，」他壓低了聲音說，「我怕會出現第二起慘案。」

「你的意思是……」

「我很擔心，海斯汀，我真的很擔心。我們就此打住吧。」

# 22 樓梯上的女人

第二天早上，我們收到一張手寫的便條，筆跡很輕，字體歪歪扭扭地向上斜。

親愛的白羅先生：

我從艾倫那兒得知，您昨天到小綠屋來了。如果您今天能抽空來見我，將不勝感激。

懷荷明娜．勞森謹啟

「她到這兒來了。」我說。

「是的。」

「我不明白她為什麼要到這兒來。」

白羅笑了笑說：「我認為這沒什麼好擔心的，畢竟那間房子已歸她所有。」

「這倒是。不過你知道，白羅，這就是我們這場遊戲中最麻煩的地方了：任何人幹的每件小事都可能有不良動機。」

「我很欣賞你這句話：『懷疑每個人』。」

「你是不是還在懷疑每個人呢？」

「不，對我來說，事情已經歸結到某一點上了，目前我只鎖定某個特定的人。」

「哪一個？」

「既然目前還只是在懷疑階段，沒有確鑿證據，我想我應該讓你自己去推敲，海斯汀。千萬不要忽略了心理學，那很重要，因為謀殺的性質能暗示出凶手的某種特質，這是犯罪的必要因素。」

「若我不知道凶手是誰，我當然也就不會知道他的特質！」

「不，不，你沒留心我剛剛講的。倘若你充分掌握了這個人的性格、這個凶手必備的性格，你就會認清誰是凶手了！」

「你真的知道誰是凶手了嗎，白羅？」我好奇地問。

「我還不能這麼說，因為我沒有證據，這就是目前我不能多談的原因。但我可以肯定地告訴你，我的朋友，我心裡已經清楚到底誰是凶手了。」

「好吧，」我邊說邊笑。「那你得當心凶手是不是也知道這點，否則就真會有下一場悲劇了！」

白羅有點吃驚，他沒把我說的當成笑話，相反地，他喃喃自語：「你說得對。我必須小心，必須特別小心。」

「你需要的是件鎧甲，」我繼續打趣地說，「再雇個幫你試吃的人，以防中毒！事實上，你最需要的是雇一幫訓練有素的槍手來保護你！」

「Merci[27]，海斯汀，我最需要的是我的智謀。」

隨後他給勞森小姐寫了張便條，說他將於十一點抵達小綠屋。

吃完早飯後，我們漫步到廣場，這時大約是十點一刻，那是一個熱得令人昏昏欲睡的早晨。

我正向一個古玩店的櫥窗望進去，欣賞著一對非常漂亮的海普懷特式椅子，這時我的肋骨被猛地戳了一下，同時耳邊響起了一聲高興的尖叫：「嗨！」

我有些惱怒地轉過身來，發現自己和皮巴迪小姐正好面對面。她手裡拿著一把很大的尖頭雨傘，那正是剛剛戳我的工具。

顯然她毫不同情對我造成的疼痛，反而得意洋洋地對我說：「哈！我就知道是你，我是不會認錯人的。」

我冷淡地回答：「呃，你早啊。有什麼事嗎？」

「告訴我，你朋友的那本書寫得怎麼樣了，就是那本關於亞倫道將軍生平的書啊？」

「事實上，他還沒動筆呢。」我說。

皮巴迪小姐縱情地笑了起來，聲音雖低，但很明顯地讓人覺得她很心滿意足，而且還像塊果凍一樣晃啊晃。恢復常態後，她說：「可不是嗎，我認為他根本不會動筆了。」

我笑著說：「這麼說，您看穿了我們這個小小的謊言了？」

「你們把我當成什麼人了？傻瓜嗎？」皮巴迪小姐問，「我很快就看出你那狡猾的朋友要幹什麼了！想要套我的話！不過我不在乎，我喜歡說話，現在聽眾很難找了。那天下午我挺愉快的。」

她用機敏的目光斜視著我，說：「這是怎麼回事？這到底是怎麼回事？」

我正在猶豫，不知道該怎麼辦才好，這時正好白羅過來了，他熱誠地向皮巴迪小姐鞠了個躬。

「早安，小姐，見到您甚感榮幸。」

「早安，」皮巴迪小姐說，「你今天早上的身分是什麼，是帕羅帝還是白羅呢？」

「您這麼快就看穿了我的偽裝，真聰明啊。」白羅笑著說。

「實際上也沒有什麼好揭穿的！像你這樣的人在我們這兒並不多，不是嗎？我不知道這是好是壞，很難說。」

27　法語，意思是「謝謝」。

「我喜歡與眾不同，小姐。」

「我要說的是，你已經如願以償了，」皮巴迪小姐冷冷地說，「白羅先生，既然那天跟你說了你想打聽的一切，現在輪到我來問問題了。這是怎麼回事？到底是怎麼回事？」

「您不是在問個您早已知道答案的問題吧？」

「我不知道，」她投來一個敏銳的目光。「那個遺囑有問題嗎？到底還有什麼其他問題？現在你們是要掘墓開棺嗎？是不是？」

白羅沒有回答。

皮巴迪小姐慢慢地、若有所思地點了點頭，好像得到回答似的。

「我常在想，」她語意不連貫地說，「到底是怎麼回事……你知道，我看報紙的時候，我懷疑馬基貝辛會不會有一個墳墓要被掘開……我沒想到竟會是艾蜜莉·亞倫道的……」

她突然又用敏銳的目光掃了他一眼，並說：「她是不願意你們這樣做的，你考慮過這一點了嗎？」

「是的，我考慮過了。」

「我想你會的，你不是傻瓜！而且我覺得，你不會袖手旁觀。」

白羅鞠了一躬，說：「謝謝您，小姐。」

「絕大多數的人都會這麼說……喂！瞧瞧那抹鬍子，為什麼你要留這樣的鬍子呢？你喜歡這樣的鬍子嗎？」

我轉過身去捧腹大笑。

「在英國，人們已不再崇拜鬍子了，這真可惜啊。」白羅說著，偷偷地摸了一下鬍子。

「噢，我明白了！真滑稽，」皮巴迪小姐說，「我曾認得一個女人，她罹患甲狀腺腫大，但她為此感到驕傲！很難相信吧，但真的確有其事！嗯，我說，要是你對上帝所賜予的一切感到高興，這是挺好的，但世事往往不如所願。」

她搖搖頭，嘆了口氣。

「我從沒想到在這個世外桃源會出現謀殺。」她再度很快地向白羅投來一個敏銳的目光。「是誰幹的？」

「您要我在大街上高聲告訴您嗎？」

「所以，你不知道囉，還是知道？嗯，沒錯，這件事很可恨，令人髮指。我想知道，那個叫瓦利的女人是不是真的毒死了她丈夫？這或許會有些關係。」

「您相信遺傳嗎？」

皮巴迪小姐突然說：「我倒希望這是塔尼奧斯幹的，因為他是個外人！但是願望很難實現，結果說不定還更糟。嗯，我得走了，我看得出來你們什麼也不打算告訴我……順便問一下，你們是受誰的委託？」

白羅嚴肅地回答：「是受死者的委託，小姐。」

很遺憾地，我必須說，皮巴迪小姐聽到這番話後，突然發出尖銳的笑聲，但她很快就抑制住了，說道：「對不起，這聽起來真像伊莎貝爾．崔普會說的話！她是個多麼令人厭惡的女人啊！而朱莉亞更糟糕。她們太幼稚了，現今很少有年紀大的婦人會打扮成那個樣子。好了，再見吧。你們見到格蘭傑醫生了嗎？」

「小姐，說到這我就要埋怨您了，您出賣了我。」

皮巴迪小姐沉醉在自己豐潤的笑聲裡，她說：「男人的頭腦真簡單！當我告訴他你們說的那套全是謊話時，他氣得都要發瘋了，離開時鼻子還不斷地噴著怒氣，他正要找你呢！」

「他昨晚找到我了。」

「噢，真希望能親眼目睹。」

「我也希望，小姐。」白羅殷勤地說。

皮巴迪小姐大笑起來，搖搖晃晃地走開了，但她隨即又回過頭來對我說：「再見了，年輕人。別買那些椅子，那是假貨。」

她一邊咯咯咯地笑，一邊走了。

白羅說：「她是位非常機靈的老太太。」

「儘管她不欣賞你的鬍子？」

「品味是一回事，」白羅冷冷地說，「頭腦是另一回事。」

我們走進商店，在店裡興致勃勃地逛了二十分鐘，出來時沒花半文錢。然後我們就往小綠屋的方向走了。

艾倫的臉比平常還紅。她請我們進去，把我們帶進客廳。剛進客廳，就聽到有人下樓的聲音，勞森小姐進來了。她有點上氣不接下氣、慌慌張張地，頭髮用絲質手帕紮了起來。

「請原諒我這個樣子就下來了，白羅先生，我在查看幾個鎖著的小櫥櫃……東西真是不少哪……我想老人家都喜歡收藏東西，親愛的亞倫道小姐也不例外……瞧，我頭髮上弄了這麼多灰塵……您知道，人們竟會收集這麼多東西，真教人驚訝……您相信嗎，她有兩打書形針線盒，整整兩打！」

「你說亞倫道小姐買了兩打針線盒？」

「是啊，她把這些針線盒放在那兒，然後就忘了……當然，現在針都生鏽了，多可惜啊。她之前總是把它們當作聖誕禮物分送給僕人。」

「她很健忘，是嗎？」

「哦，她是很健忘，特別容易忘了把東西放在什麼地方。您知道，就像一隻銜著骨頭的狗一樣，我們私底下常這麼說她。我也常對她說：『別像小狗那樣，銜著骨頭到處跑，總忘了把骨頭放在什麼地方。』」

她說著便笑了起來，接著突然從口袋裡拿出一塊小手絹，捂著鼻子抽噎了起來。

「哦，天哪，」她眼淚汪汪地說，「我在這兒嘻笑實在太不應該了。」

「你太敏感，」白羅說，「太容易動感情了。」

「我母親之前也總是這麼說，白羅先生。她總是說：『你看待事情太認真了，明妮。』

敏感是個大缺點，白羅先生，特別是，日子總得過下去啊。」

「噢，是的，確實如此。但這是過去的事了，現在你是女主人，你可以盡情地享受……到處去旅行，完全用不著憂慮和擔心。」

「我想您說得對。」勞森小姐這麼說，但還是顯得很疑惑。

「我想會有這麼一天。現在說起了亞倫道小姐的健忘，我才明白為什麼我在過了這麼久之後才收到她寫給我的信了。」

他向勞森小姐解釋那封信被發現的經過。勞森小姐的面頰發紅了，她高聲說：「艾倫應該告訴我的！她把信寄給您卻沒告訴我，這很不禮貌！她應該先和我商量一下，這樣做太無禮了！這件事我一無所知，太不像話了！」

「噢，親愛的小姐，我相信艾倫這麼做完全沒有惡意。」

「嗯，我覺得她這麼做很怪！很奇怪！僕人淨會做些怪事。艾倫應該記得我現在是這間房子的女主人吧！」

她挺直了身子，顯出很了不起的樣子。

「艾倫對他的女主人很忠誠，對吧？」白羅問。

「哦，我同意你的說法，事情發生後大驚小怪沒什麼用處，但我還是認為艾倫應該告訴我，而且不該不先問一下就自作主張地行事！」她停了下來，兩頰仍然通紅。

白羅沉默了一會兒，然後問：「你今天不是要見我嗎？我能幫你什麼忙呢？」

勞森小姐剛才那種惱怒的神態很快地消失了，她又開始莽莽撞撞、語無倫次地說：「這個……您看，我不知道是不是該……說實話，白羅先生。我昨天到這兒來之後，艾倫告訴我你們來過了，事前我並不知道……哦，因為你們之前沒這麼說……哦，這事也挺怪的，我不明白……」

「你不明白我們到這兒來幹什麼？」白羅代她說完這句話。

「哦，我是不明白，就是這樣。」

她注視著他，臉脹得通紅，但很好奇的樣子。

「我應該向你承認，」白羅說，「恐怕我讓你產生了一種誤解：你認為亞倫道小姐給我的信是關於被偷的那筆小錢的事，而你認為根本就是查爾斯．亞倫道偷的。」

勞森小姐點點頭。

「不過你要知道，實際上並不是那麼回事……其實，我是頭一次從你這兒得知偷錢的事……亞倫道小姐給我的信，談的是關於發生在她身上的那起事故。」

「那起事故？」

「是的，據我所知，她從樓梯上摔下去了。」

「啊，是啊，是啊……」勞森小姐好像有點茫然，她呆呆地看著白羅。過了一會兒，她繼續說：「對不起，我實在太傻了……可是她為什麼要寫信給您？據我所知……我想，正如您說過的，您是個偵探，同時，您還是個醫生，或是個信仰治療師吧？」

「不，我不是醫生，也不是信仰治療師。但是就像醫生一樣，我有時會關心所謂的意外死亡。」

「意外死亡？」

「就是所謂的偶發性死亡。那次意外亞倫道小姐並沒有死，但她其實很可能會死！」

「哦，天哪，是啊，醫生也這麼說，但我不明白……」

勞森小姐好像還是不知所措。

「你認為那起事故是由於小寶的球所造成的，對吧？」

「是啊，就是那個原因，就是小寶的球搞出來的。」

「不對，不是小寶的球造成的。」

「但是，對不起，白羅先生，我親眼看到小寶的球，就在我們跑下樓的時候。」

「你看到了球，是的，或許吧，但那不是事故的起因。勞森小姐，起因是有一條拉在樓梯頂上離地面一英尺的黑線！」

「可是……狗不會……」

「當然了！」白羅立刻說，「狗不會幹那事，牠沒那麼聰明，可以說，牠也不會有那麼邪惡的念頭……是某個人在那兒拉了線……」

勞森小姐的臉變得像死人一般蒼白。她用一隻顫抖的手捂著臉，說：「哦，白羅先生，我不相信……您的意思是……但那太可怕了，真的太可怕了。您的意思是，有人蓄意這麼做嗎？」

「是的，是有人蓄意做的。」

「但那太可怕了，那差不多像……像殺人一樣。」

「假如成功的話，就能把人給殺了！換句話說，就是謀殺！」

勞森小姐尖叫一聲。

白羅用同樣嚴峻的語調繼續說：「有人把一根釘子釘到踏腳板上，這樣就可以繫上那根線，釘子上還塗了漆，根本看不出來。告訴我，你是否記得曾聞到不知打哪兒來的氣味？」

勞森小姐又叫了一聲。

「哦，多離奇啊！讓我想一想吧！哎呀，這就難怪了！可我作夢也沒想到……那時，我怎麼想得到呢？然而，那時我確實覺得奇怪。」

白羅往前傾了傾。

「所以，你能幫我們，小姐，你又一次可以幫我們了，C'est épatant[28]！」

「我想起來了，原來是這麼回事！哦，這麼一來就說得通了。」

「拜託，告訴我，你聞過油漆味嗎？」

28 法語，意思是「這太好了」。

「是的，但我當時不知道是怎麼回事。我那時想：天哪，是油漆味嗎？不，更像地板蠟的味道，後來我想，一定是自己的幻想吧。」

「那是什麼時候的事？」

「讓我想想……是什麼時候呢……」

「是在復活節週末，屋裡住滿客人的時候嗎？」

「對，就是那時候……我在想到底是哪一天……噢，不是星期日，也不是星期二，那是唐納森醫生來吃晚飯的日子。星期三他們全都離開了，所以也不是星期三，那就是星期一，是公定假日。那天夜裡，我躺在床上，還沒睡著，不瞞您說，我當時很憂慮。我總認為公休日是個令人煩惱的日子！因為晚飯只有冷牛肉還夠吃，我怕亞倫道小姐會生氣。我星期六是訂了帶骨肉，我應該訂七磅的，但我想五磅就夠了。如果東西不夠吃，亞倫道小姐總是會很生氣，她是那樣待客至上……」

勞森小姐停了下來，深深吸了口氣，再繼續說下去。

「所以我睡不著，我不知道她第二天會因為東西不夠吃而說些什麼。我一會兒想著這件事，一會兒又想著那件事，過了很久才入睡。接著，一種敲打的聲音，或說是輕輕敲東西的聲音吵醒了我，我便從床上坐起來，嗅了一下……當然，我總是擔心失火，因為有時我總覺得在夜裡聞到了兩三回著火的味兒（人陷入困境的樣子是很糟糕的吧？）……那股味兒總是不散，我使勁地聞了聞，發現那並非著火的菸味兒，也不是類似著火的味兒，我對自己說，這像是油漆或地板蠟的味兒。可是，深夜時是不會有這種味道的。但那氣味很強，我坐了起來，聞呀聞地，然後，我從鏡子裡看到了她……」

「看到了她？那是誰？」

「您知道，我從鏡子裡看東西最方便不過了。我總是讓我的房門稍稍開一點，這樣要是亞倫道小姐叫我，我就能聽得見；假如她上下樓，我也能看到她。走廊裡有一盞通宵開著的燈，這就讓我能看到她蹲在樓梯上……我說的是，看到了泰瑞莎。她蹲在大約是樓梯的第三級階梯上，低頭做著某件事。我心想：『怪了，她是不是病了？』然後她站起來，走開了，所以我想她可能是滑倒了或是彎下腰撿什麼東西。後來，我就再也沒想起這件事。」

「把你驚醒的那個敲東西的聲音，可能是用錘子敲釘子的聲音。」白羅深沉地說。

「是的，我想可能是。但是，哦，白羅先生，這多可怕呀……真的，多可怕呀！我總覺得泰瑞莎也許有點野蠻，才會去做那樣的事。」

「你肯定是泰瑞莎嗎？」

「對，就是她。」

「有沒有可能是塔尼奧斯夫人或某位女僕呢？」

「哦，不是別人，就是泰瑞莎。」

勞森小姐一邊搖頭，一邊自言自語地說：「哦，天哪！哦，天哪！」她一連說了好幾遍。

白羅用一種很難讓人理解的目光凝視著她。他突然說：「請允許我做個實驗。我們到樓上去，盡可能把當時的情況重新表演一下。」

「要表演當時的情況嗎？哦，說真的，我不知道……我的意思是，我不明白……」

白羅說：「我會讓你明白。」他以權威的語氣打斷了她的懷疑。

勞森小姐有點慌張，她率先上了樓。

「我也希望房間能弄得整整齊齊……不過因為有這麼多事情要做……由於各式各樣的原因……」她語無倫次、吞吞吐吐地說。

房間的確被五花八門的東西搞得亂七八糟，顯然這是勞森小姐把小櫥櫃裡的東西翻出來的結果。勞森小姐像往常一樣，語無倫次地說出自己當時的位置，白羅同時進行驗證，讓樓梯的一隅映在她臥室的鏡子裡。

「現在，小姐，」他提議，「請你到屋外把你看到的情況表演一下。」

「哦，天哪……」勞森小姐嘟囔著匆忙出去扮演自己的角色，白羅在旁仔細看著。

表演結束了，他走出來，到了樓梯平台上。問夜裡開著的燈是哪一盞。

「那一盞，前面的那一盞，就在亞倫道小姐房門口的那一盞。」

白羅伸手把燈泡摘了下來，查看一番。

「這只是四十瓦的燈泡，不會太亮。」

「是不太亮，只是為了讓走廊不要太黑。」

白羅又回到樓梯頂上。

「請原諒我這麼說，小姐。由於燈光很暗，你實在不太可能看得清楚投射出來的影子。你能肯定就是泰瑞莎．亞倫道小姐，而不是另一個穿著睡衣的女人嗎？」

勞森小姐生氣了。

「絕對不是別人，白羅先生，這一點我敢肯定！我很清楚泰瑞莎的樣子！哦，沒錯，就是她。她穿著黑色睡衣，胸前掛著那枚有縮寫字母的閃亮大胸針，我看得很清楚。」

「所以你肯定是她囉？你看見那縮寫字母了？」

「是的，我看見了，是TA兩個字母[29]，我知道她有那枚胸針，她常常戴著它。哦，是的，我可以發誓，那就是泰瑞莎……如果需要，我可以發誓！」

她最後兩句話說得很堅定、很果斷，和她平常的樣子很不同。

白羅看著她，他的目光又出現了那種奇怪的神態，是一種非常冷漠、像在進行估價的眼神，也像是下最後結論的樣子。

「你願意發誓，是嗎？」他說。

「假如……假如需要的話，但我想……這……這有必要嗎？」

白羅又打量了她一眼，說：「這要看掘墓開棺的結果了。」

29 泰瑞莎的全名為 Theresa Arundell，縮寫為 TA。

「掘……掘墓開棺？」

白羅伸手拉住了勞森小姐，因為她太激動了，差點栽下樓去。

「這個問題，可能非得要靠開棺掘墓來解決不可了。」他說。

「哦，但是……那肯定會使人非常不愉快！我的意思是，家裡的人肯定會強烈反對這種想法，肯定會的。」

「可能吧。」

「我肯定他們不會想看到這樣的事！」

「噢，但假設這是內政部的命令呢？」

「但是，白羅先生，為什麼要那樣做呢？我的意思是，不像……不像……」

「不像什麼？」

「不像是有什麼事不對了。」

「你認為沒有什麼事不對勁嗎？」

「是的，當然不會有什麼不對勁，不會的！我的意思是，醫生、護士全都……」

「不要心煩意亂。」白羅鎮靜地安慰她。

「哦，可是我沒辦法呀！可憐而親愛的亞倫道小姐！她死的時候，泰瑞莎好像也不在這兒。」

「是不在，她是在她姑姑病倒之前的星期一走的，對吧？」

「她一大早就走了。依您看，她和這件事不會有什麼關係吧！」

「希望不會囉。」白羅說。

「哦，天哪。」勞森小姐把兩隻手握在一起。「我從來不知道會有這麼可怕的事！我實在不知道該怎麼辦才好！」

白羅看了看錶。

「我們該走了，我們得回倫敦去。小姐，你還要在這裡待上一陣子吧？」

「不，不……我還沒有待在這裡的計畫。實際上，我今天也會回去……我到這裡來只打算待到晚上，處理些事情。」

「我明白了。好吧，再見了，小姐，如果我使你感到不安，還請你原諒。」

「哦，白羅先生。使我不安？我確實覺得很不舒服！哦，天哪，這個世界充滿邪惡！多麼可怕的邪惡世界！」

白羅堅定地握住她的手，減輕了她的悲傷。

「是啊。你仍然打算發誓，你在復活節公休日那天晚上看見泰瑞莎·亞倫道跪在樓梯上嗎？」

「是的，我敢發誓。」

「你能發誓在你們晚上進行招魂儀式時，曾看到一輪光環繞著亞倫道小姐的頭嗎？」

勞森小姐驚訝地張著嘴。

「哦，白羅先生，不……不要開這種玩笑。」

「我沒有開玩笑，我很認真。」

勞森小姐莊重地說：「確切地說，那不是光環，它更像是顯靈的開始，先是顯示一條發光的帶狀物，我想它之後會慢慢形成一張臉。」

「太有趣了。Au revoir[30]。小姐，請你務必保密。」

「哦，當然了……當然。我作夢也不會想到要去洩密……」

最後我們看到勞森小姐站在前門的台階上盯著我們，臉色疲憊不堪。

30 法語，意思是「再見」。

# 23 塔尼奧斯醫生來訪

我們剛離開小綠屋，白羅的臉色就變得嚴峻、堅定。

「Dépêchons nous[31]，海斯汀，」他說，「我們必須盡快返回倫敦。」

「樂意之至。」我加快了腳步和他並排走著。我偷瞄了一眼他那陰沉的臉。

「你懷疑誰，白羅？」我問，「我希望你告訴我。你認為真的是泰瑞莎・亞倫道蹲在樓梯上嗎？」

白羅沒有回答我的問題，而是反問了我一個問題：「你有沒有這種感覺——你想好了再回答——勞森小姐話中有不對的地方？」

31　法語，意思是「我們得趕快」。

「你這是什麼意思？什麼地方不對了？」

「我要知道就不會問你了！」

「是啊，但你怎麼會如此認為呢？」

「這就是問題所在，我也說不上來。但在她談話時，我不知怎麼地，總覺得她說的話不大真實……好像有些小地方說得不大對勁……就是這種感覺，我覺得有些事不大可能……」

「她似乎很肯定那個人就是泰瑞莎！」

「是啊，是啊。」

「那電燈的光線並不強，我不明白她怎麼能夠這麼肯定。」

「不，不是的，海斯汀，你沒有幫上我的忙。是個小小的地方……我肯定和臥室有關。」

「和臥室有關？」我重複了一遍，努力回想臥室的狀況。「不行，」最後我說，「我幫不了你。」

白羅苦惱地搖了搖頭。

「你為什麼又提了招魂儀式的事？」我問。

「因為它很重要。」

「重要在哪裡？是勞森小姐說的那發光帶狀物嗎？」

「你還記得崔普姐妹對於那場儀式的描述嗎？」

「我記得她們說看到老太太頭頂周圍有一輪光環，」我情不自禁地笑起來。「無論如何，我認為亞倫道小姐不是聖徒！看來勞森小姐是讓她給嚇壞了。她描述自己躺在床上睡不著覺直發愁，因為她可能會為了訂的牛肉太少而被責備。她說起這件事時，我真為她感到難過。」

「是的，她講得滿有意思，很動人。」

我們走進喬治小旅店，白羅要了帳單準備付錢。我問白羅：「我們回倫敦後要做什麼？」

「我們必須馬上去見泰瑞莎・亞倫道。」

「去查明真相嗎？但是她會不會矢口否認這一切呢？」

「我親愛的，在樓梯上蹲著並不是什麼罪該萬死的事，也許她當時是去撿一枚帶給她幸運的胸針或之類的東西。」

「那麼油漆味兒要怎麼解釋呢？」

這時侍者把帳單拿來，我們便沒再說下去。

在返回倫敦的路上我們話很少。我不喜歡開車交談，而白羅正在忙著用圍巾保護他的鬍子，不讓風和塵土弄亂了它，所以也根本不能說話。大約一點四十分，我們回到了住所。

喬治為我們打開門，他是白羅的英國籍男僕，行事俐落得近乎完美。

「先生，有位塔尼奧斯醫生要見您，他已經等了半小時。」他說。

「塔尼奧斯醫生？他在哪兒？」

「他在會客室，先生。另外有個女人也曾來過表示要見您，她得知您不在家時感到很沮喪。先生，那是在我接到您的電話之前，所以我無法告訴她您什麼時候回來。」

「你說說那個女人的樣子。」

「她大約有五呎七吋高，先生，黑頭髮，淡藍色的眼睛，穿著灰色外套和裙子，帽子礙眼地戴在後腦勺上。」

「是塔尼奧斯夫人。」我急忙低聲說出。

「當時她很緊張、很激動。她說她必須趕快找到您，她說這事重要極了。」

「那是什麼時候的事？」

「大約十點半，先生。」

白羅一邊往會客室走，一邊搖了搖頭。

「這是我們第二次失去聆聽塔尼奧斯夫人講話的機會。你怎麼看呢，海斯汀，這是不是命中注定？」

「好運總是第三次降臨。」我安慰地說。

白羅懷疑地搖搖頭。

「會有第三次嗎？我很懷疑。來吧，我們來聽聽她丈夫要說些什麼吧！」

塔尼奧斯醫生正坐在一張有扶手的椅子上，翻著白羅的一本心理學書，他跳了起來迎接我們。

「你們一定要原諒我的貿然來訪，我希望你們不會介意我執意要進來這兒等你們。」

「Du tout, du tout[32]。請坐，我給你倒杯雪莉酒喝吧。」

「謝謝。其實我這麼做是有原因的，白羅先生，我很擔心，我為我妻子擔心。」

「你妻子？我很遺憾。是怎麼回事？」

塔尼奧斯說：「你剛剛是不是見到她了？」

這是個很自然的問題，但是伴隨這個問題的敏捷目光卻不那麼自然。

白羅據實以答：「沒有，打從昨天我在旅館裡和兩位見面之後，就沒再見到她了。」

「噢，我以為她會來拜訪你。」

白羅正忙著給我們三人倒雪莉酒。他有點心不在焉地說：「沒有。有什麼原因使得她非要見我不可嗎？」

「沒有，沒有。」塔尼奧斯醫生接過雪莉酒。「謝謝，非常感謝。沒有，沒有什麼特別的原因，但是坦白說，我非常擔心我妻子的健康狀況。」

「啊，她身體不好嗎？」

「她的身體很好，」塔尼奧斯慢慢地說，「但我希望她的精神狀況也一樣好。」

「噢？」

「白羅先生，我怕她已經快要接近精神崩潰了。」

32　法語，意思是「一點也不，一點也不」。

「親愛的塔尼奧斯醫生，聽你這麼說我非常難過。」

「她這個樣子已經有一段時間了。最近這兩個月，她對我的態度完全變了，她很不安，很容易受到驚嚇，還會有些奇怪的幻想……實際上不只是幻想，而是妄想。」

「真的？」

「是的。她得了一種通常被稱為被害妄想症的病，這是一種很有名的病。」

「嘖，嘖……」白羅用舌頭發出一種同情的聲響。

「這下你可以理解我的憂慮了！」

「自然，自然。但我不太了解的是你。到我這裡來是為了什麼，我能幫什麼忙嗎？」

塔尼奧斯醫生看起來有點窘，他說：「我想我的妻子或許……或許會到你這裡來講些什麼離奇的事吧。我想，她可能會說，她處於一種我為她帶來的危險之中等這類的話。」

「但是她為什麼得來找我呢？」

塔尼奧斯醫生笑了……真是迷人的微笑，親切但若有所思似的。

「你是個名偵探，白羅先生，我看得出來，我一眼就看出來了……我妻子昨天對你印象相當深刻。她在目前的狀況下能見到一個偵探，會給她留下強烈的印象。所以我想她很可能會來找你，而且她相信你。這些精神有問題的人都會這麼做！她會向你吐露最接近、最親密之人的壞話。」

「這真令人苦惱。」

「是的，確實是。我很愛我的妻子。」他的聲音中帶著豐富、溫柔的感情。「我總覺得她嫁給我需要很大的勇氣……嫁給另一種族的人，到一個很遠的國家，離開她所有的朋友和她已習慣的環境。最近幾天我一直心神不安，我看只有一個辦法……」

「什麼辦法？」

「讓她好好靜養，這是對她相當合適的心理療法。我知道一個很好的地方，一個由一流人士經營的住所，我想帶她到那裡去，那是在諾福克郡[33]，我們要立刻動身。完全休息並與外界影響隔絕，這些對她是必要的，我相信一旦她能在那兒住上一兩個月，加上精神治療，一定會好轉的。」

「我明白了。」白羅說。

他平平淡淡地說出這幾個字，竟絲毫沒有流露出心中湧起的激動之情。

塔尼奧斯又敏銳地看了他一眼，說：「所以，假如她到你這裡來，而你能及時告訴我的話，我將不勝感激。」

「當然，我會這麼做，我會打電話給你。你還住在德哈姆旅館嗎？」

「是的，我現在就回去了。」

33 諾福克郡（Norfolk），英格蘭東部臨海一郡。

「你妻子不在那兒嗎？」
「她早飯後就出去了。」
「她沒告訴你要到哪兒去嗎？」
「她什麼也沒說，這一點都不像她。」
「孩子們呢？」
「她帶走了。」
「我明白了。」
塔尼奧斯站起來說：「非常感謝你，白羅先生。如果她向你說了什麼她受到威脅和迫害等等的無稽之談，請別理會她，這是她的一種症狀，真不幸。」
「太讓人苦惱了。」白羅同情地說。
「確實。雖然從醫學的角度來說，人們知道這是一種公認的精神病，但是當你最親密的人突然與你反目成仇、所有的愛也都變成了厭惡時，你怎能不感到痛心呢！」
「我謹對你表示最深切的同情。」白羅和他的客人握手時說。
「順便問一下……」就在塔尼奧斯剛走出門口時，白羅的聲音讓他停了下來。
「什麼事？」
「你曾為你的妻子開過安眠藥嗎？」
塔尼奧斯大吃一驚。

「我……沒有，可能以前有過，但最近沒有，現在她好像對各種安眠藥都很抗拒。」
「噢！我想，這是因為她不信任你吧？」
「白羅先生！」
塔尼奧斯氣憤地大步向前走。
「那是她的病造成的。」白羅溫和地說。
塔尼奧斯停了下來，說：「是啊，是啊，當然了。」
「她可能對你給她吃的、喝的東西都會很懷疑。她是不是懷疑你想毒死她？」
「天哪，白羅先生，你說得真對。這麼說你很了解這種病了？」
「從事這種行業難免會遇到這種病例。可別讓我耽誤你了，說不定你會發現她正在旅館等著你呢！」
「我真希望如此。我實在太擔心了。」
他趕忙走出屋去。
白羅很快地走到電話旁，急速地翻著電話簿，撥了個電話。
「喂，喂，是德哈姆旅館嗎？能告訴我塔尼奧斯夫人還在旅館嗎？什麼？TANIOS[34]，

34 塔尼奧斯的拼法。

是的，沒錯。嗯，嗯，噢，我知道了。」他放下話筒，說：「塔尼奧斯夫人今天一早就離開旅館，十一點返回，但坐在計程車裡等服務生幫她把行李搬下樓，然後就坐車走了。」

「塔尼奧斯先生知道她把行李都帶走了嗎？」

「我想他還不知道。」

「她到哪兒去了呢？」

「我們不可能知道了。」

「你認為她還會到這兒來嗎？」

「可能，我不敢肯定。」

「或許她會寫信來。」

「可能吧。」

「我們能做些什麼呢？」

白羅搖搖頭。他看起來很憂慮、很沮喪。

「現在我們什麼也做不了。趕快吃完午飯，去見泰瑞莎．亞倫道吧。」

「你相信是她在樓梯上搞鬼嗎？」

「無可奉告，但我肯定一點……勞森小姐當時並沒看到她的臉，她看到的只是一個穿著黑色睡衣的高個子身影，就這麼多。」

「她還看到了胸針啊。」

「我親愛的朋友，胸針不是人體的一部分！它是可以拿下來的、可以弄丟、借來，甚至是偷來的。」

「換句話說，你不相信泰瑞莎・亞倫道有罪。」

「我想聽聽她對這件事怎麼說。」

「假如塔尼奧斯夫人又來這兒呢？」

「這我會安排。」

喬治端來煎蛋捲。

「喬治，你聽著，」白羅說，「假如那個女人回到這兒來，你就叫她在這兒等著；假如塔尼奧斯醫生也來了，也讓他在這裡候著，但別讓他進來；假如他問他妻子在不在這裡，你得說不在。明白了嗎？」

「完全明白，先生。」

白羅吃著煎蛋捲。

「這事很複雜，」他說，「我們每一步都要加倍小心，稍有疏忽，凶手還會再次犯案。」

「若是這樣，你就得抓住他。」

「可能吧。但是和讓罪犯伏首認罪相比，我寧可先保護無辜者的生命。所以，我們要非常、非常小心。」

# 24 泰瑞莎的否認

我們到了泰瑞莎．亞倫道那兒時，她正準備外出。

她的樣子太迷人了。一頂時髦得出奇的小帽子斜戴在一隻眼睛上方的前額，看起來真漂亮。一時之間，我想起貝拉．塔尼奧斯昨天也戴著一頂仿造這種樣式的便宜帽子，而她帽子的位置正像喬治描述的那樣，是吊在後腦勺上，而不是戴在前面上方；我清楚記得她是怎樣把帽子往後推到她那頭亂髮的後面。

白羅彬彬有禮地說：「小姐，我能占用你一點時間嗎？這不會太耽誤你的事吧？」

泰瑞莎笑了笑說：「噢，沒關係。不管去做什麼事，我總要遲到個四、五十分鐘，所以晚到一個小時也沒什麼大不了。」

她把他帶到會客室。讓我驚訝的是，唐納森醫生也在那兒，他正從靠窗的一把椅子上站了起來。

「雷克斯，你早見過白羅先生了，對吧？」

「我們在馬基貝辛鎮見過面。」唐納森拘謹地說。

「你假裝是要撰寫我那酗酒祖父的生平，我能夠了解。」泰瑞莎說，「雷克斯，我的愛人，你能離開一會兒嗎？」

「謝謝你，泰瑞莎，但無論如何，我想這次會面我在場比較合適。」

他們倆很快地相互使了眼色：泰瑞莎目光威嚴逼人；唐納森無動於衷。她生氣了，說：「好吧，那你待在這兒吧，真該死！」

唐納森醫生看上去泰然自若。

他又回到靠窗的那張椅子上坐了下來，把書放在椅子扶手上。我注意到那是本關於腦下腺的書。

泰瑞莎坐在她特別喜歡的那張矮凳子上，不耐煩地看著白羅。

「嗯，你們見到柏維斯先生了嗎？那件事怎麼樣了？」

白羅很圓滑地回答：「有……這個可能性，小姐。」

她若有所思地看著白羅，然後非常膽怯地朝醫生的方向瞥了一眼。這一瞥是警告白羅，要他別多說。

白羅接著說：「我想，等我的計畫更完善些，再向你報告比較好。」

泰瑞莎的臉上瞬間出現了一絲笑容。

白羅又說：「今天我從馬基貝辛鎮回來，和勞森小姐談了些話。請告訴我，小姐，四月十三日夜裡，即復活節公休日的夜晚，在大家都就寢後，你是否曾經跪在樓梯上？」

「我親愛的赫丘勒．白羅，這是個多麼怪的問題呀！我為什麼要跪在樓梯上呢？」

「小姐，問題不是你為什麼要跪在樓梯上，而是你有沒有跪在樓梯上。」

「肯定沒有，我認為這是絕對不可能的事。」

「你要知道，小姐，勞森小姐說你有。」

泰瑞莎聳了聳她那迷人的肩膀，說：「這有關係嗎？」

「大有關係。」

她凝視著他，樣子非常親切。白羅回敬了她一眼。

「瘋了！」泰瑞莎說。

「對不起，你說什麼？」

「肯定是瘋了！」泰瑞莎說，「雷克斯，你是不是也這麼認為？」

唐納森咳了一聲。

「對不起，白羅先生，請告訴我你為什麼要問這個問題？」

我的朋友攤開雙手，說：「這最簡單不過了！有人把釘子釘到樓梯頂上一個好位置，釘子上還塗著棕色的油漆，和踏腳板的顏色一樣。」

「這是一種新的巫術嗎？」泰瑞莎問。

「不，小姐，比那要簡單平凡多了。這天晚上，也就是星期二，有人把一條線或繩子，從釘子上拉到樓梯扶手的欄杆上，結果當亞倫道小姐走出臥室時就被絆住了腳，使得她頭下腳上地從樓梯上滾了下去。」

泰瑞莎突然吸了口氣，說：「她是讓小寶的球給絆倒的！」

「對不起，不是小寶的球。」

屋內瞬間一片沉靜。唐納森打破了這個僵局，他那平靜而清晰的聲音說：「對不起，你這麼說可有什麼證據？」

白羅平靜地說：「有釘子為證，有亞倫道小姐自己寫的信為證，最後還有勞森小姐的眼睛為證！」

泰瑞莎接著說：「她說我跪在樓梯上，是嗎？」

白羅沒回答，只是略略低下了頭。

「這……這是說謊！我什麼都沒做！」

「你是不是曾經因為某種原因而跪在樓梯上？」

「我根本沒那麼做過！」

「再仔細想想，小姐。」

「我沒有！我在小綠屋住的那幾個晚上，從沒有在就寢後又走出臥室。」

「可是勞森小姐認出你了。」

「那可能是貝拉．塔尼奧斯，或是某個女僕。」

「但她堅持說是你。」

「她真是他媽的騙子！」

「她認出你的睡衣和你戴的胸針。」

「胸針？什麼胸針？」

「鑲有你名字縮寫的胸針。」

「噢，我知道是哪個胸針了！她扯謊的招數可真是高桿啊！」

「你還否認是你嗎？」

「假如我說了反駁她的話……」

「那你就比她還會說謊，對吧？」

泰瑞莎冷靜地說：「或許吧，但針對這件事，我可是沒說過半句假話。我才沒在樓梯上設什麼蠢陷阱、跪在那兒禱告或撿啥首飾呢！」

「你手上有什麼類似我們剛提過的胸針嗎？」

「當然，你想看嗎？」

「如果方便的話，小姐。」

泰瑞莎站起來，走出了屋子，室內又陷入一陣使人尷尬的寂靜。唐納森醫生的眼睛盯著白羅，那眼神就像在看一具剖開來的標本。

泰瑞莎回來了。

「就是這個。」

她幾乎是把那裝飾品扔給了白羅。這是個挺大的、引人注目的圓形胸針，若不是鍍鉻的就是不繡鋼材料做的，上面有TA兩個字母。我不得不承認這枚胸針真夠大、夠顯眼，從勞森小姐的鏡子是很容易看得清楚。

「現在我都不再別這枚胸針了，我對它厭煩了，」泰瑞莎說，「倫敦到處都充斥著這種胸針，每個小女傭都別著一個。」

「可是你買它的時候可不便宜吧？」

「噢，是的，當時這種胸針很時髦。」

「那是什麼時候？」

「我想那是去年聖誕的時候。沒錯，就是那時候。」

「你曾把它借給別人嗎？」

「沒有。」

「你住在小綠屋的時候，有別著它嗎？」

「我想有吧。是的，我別著它，我記起來了。」

「你曾經把它放在什麼地方嗎？你在小綠屋的時候，這胸針有沒有離開過你？」

「沒有，沒有。我記得我把它別在一件無袖罩衫上，我每天都穿著那件罩衫。」

「晚上呢？」

「它還在罩衫上。」

「罩衫放在哪兒呢？」

「喔，罩衫他媽的就放在椅子上！」

「你肯定沒有人把胸針取走過，第二天又把它放回來嗎？」

「如果這能讓你高興的話，我會在法庭上這麼說……假如你認為我說的都是瞞天大謊！我十分肯定沒發生過這種事！這是有人要陷害我而想出來的妙計，但我認為這不可能。」

白羅皺了皺眉，然後站起來，小心翼翼地把胸針別在他的外衣翻領上，他走到屋子另一端，站在桌上的一面鏡子前。他面對鏡子站好，接著慢慢後退，從遠處往鏡子裡的影像望。然後他哼了一聲。「我真笨！當然是這樣了！」

他回過身來，向泰瑞莎鞠了一個躬，把胸針遞給了她。

「你說得對，小姐，胸針沒有離開過你！我真是蠢得可憐。」

「我喜歡謙虛的人。」泰瑞莎說。她漫不經心地把胸針扣好。

她抬頭看了看白羅，說：「還有什麼事嗎？我該走了。」

「以後再談吧。」

泰瑞莎朝門口走去，這時候，白羅用平靜的語調繼續說：「有掘墓開棺的問題，這是真的……」

泰瑞莎站住了，她呆若木雞，胸針掉了下來。

「你說什麼？」

白羅一字一句地說：「可能要從墳墓裡掘出艾蜜莉．亞倫道小姐的屍體。」

泰瑞莎站在那兒一動也不動，雙手擰在一起。她用低沉、憤怒的聲音說：「你有權這麼做嗎？沒有家族的申請是不行的！」

「你錯了，小姐，只要有內政部的命令就可以。」

「我的天啊！」

她轉過身來，來回踱步。

唐納森平靜地說：「我看你沒必要這麼不安，泰瑞莎。我敢說，對於我這個旁觀者來說，這種想法也令人很不愉快，但是……」

她打斷他的話。

「別傻了，雷克斯！」

白羅問：「這種想法使你不安嗎，小姐？」

「當然！真不像話！可憐的老艾蜜莉姑姑，究竟是為了什麼要掘出她的屍體呢？」

「我想，」唐納森說，「是對死因有所懷疑吧？」他用試探的目光看著白羅。他繼續說：「我承認這消息使我感到震驚。我以為亞倫道小姐是由於長期患病，最後自然而死。」

「有一次，你告訴我兔子和肝病的故事。」泰瑞莎說，「詳細內容我忘了，但我記得你把患黃疸性肝萎縮病人的血注射到兔子身上，使這隻兔子患了肝病。你又把這隻病兔的血注射到另一隻兔子身上，再把這第二隻兔子的血注射到一個人身上，那個人就得了肝病。大概就是這樣。」

「那是個比喻，藉以說明什麼是血清療法。」唐納森耐心地解釋說。

「遺憾的是，故事中有這麼多兔子！」泰瑞莎一面說，一面哈哈大笑，「而我們誰都沒養兔子。」然後她轉向白羅，改變了聲調。

「白羅先生，確實要掘墓開棺嗎？」她問。

「是真的，但是有辦法避免這樣做，小姐。」

「那麼就避免吧！」音量低到差不多是耳語，但聲音顯得很急迫，非逼人同意不可似的。「請你不惜一切代價避免它！」她又說。

白羅站了起來。

「這是你的指示嗎？」他莊重地問。

「是我的指示。」

「但是，泰瑞莎……」唐納森打斷她的話。

她急轉過身面對她的未婚夫，說：「住嘴！她是我的姑姑，不是嗎？為什麼要把我姑姑的屍體掘出來呢？你不知道這會上報，還會招惹許多閒話，弄得大家都不愉快嗎？」她又轉過身來對著白羅說：「你應該阻止它！我全權委託你。你愛怎麼做就怎麼做，但要阻止它。」

白羅規規矩矩地鞠了個躬。

「我將盡力去做。再見，小姐；再見，醫生。」

「噢，走吧！」泰瑞莎叫了起來。「請把你的聖・李奧納斯[35]帶走吧，我希望再也不要見到你們倆了。」

我們離開了屋子。白羅這次沒有故意把耳朵貼在門縫上，但是他停下來聽了一會兒……是的，他停下來聽了一會兒。

這麼做並沒有白費工夫，我們聽到了泰瑞莎清楚而帶蔑視的話語：「別那樣看著我，雷克斯。」

話突然中斷了，只聽見她說了一聲：「親愛的。」

唐納森醫生用清晰的聲音回應她。他非常清楚地說：「那個人不懷好意。」

白羅突然咧開嘴笑了，他拉著我走出前門。

「來，聖・李奧納斯，」他說，「這傢伙真有趣！」

我個人認為這個玩笑真不上道。

35　聖・李奧納斯（St Leonards），十八世紀英國著名法理學家，以修改有關遺囑和託管財產的法律而聞名。泰瑞莎在此是諷刺海斯汀。

# 25 我的思考與推論

當我緊跟在白羅身後時，我想：現在終於確認無疑了，亞倫道小姐是被謀殺的，而且泰瑞莎心知肚明。但她就是凶手呢，還是另有原因？

是的，她很害怕。但她是為了自己還是為另一個人害怕呢？那個人會是那位沉默寡言、鎮靜自若的年輕醫生嗎？

那老婦人是不是由人為造成的疾病而致死的呢？

有一點肯定解釋得通……唐納森的野心。他相信泰瑞莎的姑姑一死，她就會順理成章地繼承一筆遺產。在出事的那天晚上，他也來小綠屋吃了晚飯，那天晚上他可以很輕易地故意弄開一扇窗，等到夜深人靜時藉此潛入屋內，把殺人的線拉過樓梯。但是，把釘子釘到踏腳板上的這件事要怎麼解釋呢？

不，那是泰瑞莎幹的，泰瑞莎是他的未婚妻兼共謀。他們倆狼狽為奸，這麼一來整個事件就很清楚了。若真是那樣的話，也很可能是泰瑞莎把線拉到那個位置上的。第一次做案並沒有成功……如果那真是她的大作；第二次做案成功了，這次是唐納森更高超的科學傑作。

是的，這下全都解釋得通了。

然而，還有漏洞。為什麼泰瑞莎脫口說出以人為方式使人體感染肝病的事呢？似乎她沒意識到這樣說會……這麼一來，我是愈來愈糊塗了。我中斷了思索，問道：「白羅，我們要到哪兒去？」

「回到我住的地方。塔尼奧斯夫人可能在家等著我們。」

我的思緒又轉向另一個不同的方向。

塔尼奧斯夫人！那又是個謎了！假如唐納森和泰瑞莎犯了罪，塔尼奧斯夫人與她那笑容可掬的丈夫和這起案件有什麼關係呢？那女人要告訴白羅什麼事？為什麼塔尼奧斯急於阻止她來找我們呢？

「白羅，」我謙恭地說，「我是愈來愈糊塗了，他們不會全都和這起案件有牽連吧？」

「你說這是一起犯罪集團或家族企業所犯下的謀殺嗎？不是，這次不是，種種跡象歸結起來都看得出是一個人想出來、做出來的。從心理學的角度來看也非常清楚。」

「你的意思是，如果不是泰瑞莎幹的，就是唐納森幹的，而不是兩人共謀的嗎？那麼會不會是他以某種完全無關的藉口，要她釘上那枚釘子呢？」

「我親愛的朋友，打從我聽勞森小姐的敘述開始，我就意識到三種可能性：一、勞森小姐說的完全屬實。二、勞森小姐因為自己的緣故而編造了謊話。三、勞森小姐確實相信她自己所講的，但她的指認是根據那枚胸針——這我早已對你指出過了——胸針是很容易從主人身上拿下來的。」

「但是泰瑞莎一口咬定胸針沒離開過她。」

「她那話的確不假，是我忽略了一個極小但極為重要的事實。」

「這不像你，白羅。」我莊重地說。

「不像嗎？但人都有疏忽的時候。」

「歲月不饒人喲！」

「年紀和疏忽無關。」白羅冷冷地說。

「好啦，那你忽略的重要事實是什麼呢？」當我們走進大樓入口時，我問道。

「我一會兒就讓你瞧瞧。」

我們走到白羅的公寓門口。

喬治為我們開門。他搖搖頭，回答了白羅那急切的問題。

「沒有，先生。塔尼奧斯夫人沒有來，也沒有打電話。」白羅走進會客室。他在屋裡踱來踱去，過了一會兒，他拿起電話，和德哈姆旅館聯絡。

「是的，是的，請。啊，塔尼奧斯醫生，我是赫丘勒．白羅。你夫人回來了嗎？噢，沒有回來。天哪……你說她把行李都搬走了……還有孩子也帶走了……你不知道她去哪了……

是的，沒錯……噢，好極了……以我的專業經驗能幫得上你什麼忙嗎？這些事我是有點經驗啦……這種事要謹慎處理……不，當然不會……是的，當然是這樣……一定，一定。我會尊重你的要求。」

他掛上話筒，沉思了一會兒。

「他竟然不知道她人在哪兒，」他想了想，然後說：「我想這是真的，他的聲音確實很焦慮。他不想報警，這是可以理解的，是的，我可以理解。不過他也不要我幫忙，這就令人不解了……他想找到她，但不想讓我找到她……是啊，他不想要我找到她……他似乎有信心，認為自己能處理好這件事。他認為她躲不了多久，因為她身上沒帶多少錢，此外，她還帶著孩子。是的，我想不久後他就會找到她。但是，海斯汀，我想我們的行動要比他快才行，這很重要，我認為我們得快點行動。」

「你認為她真的有點瘋了嗎？」我問。

「我想她處於過度緊張的狀態。」

「但是，還沒到該進瘋人院的程度吧？」

「肯定還沒到那程度。」

「你知道嗎，白羅，我實在不太理解所發生的這一切。」

「海斯汀，請原諒我這麼說：你根本是一點都不理解！」

「看起來有這麼多……嗯，枝節問題。」

「有枝節問題很自然。條理清楚的人的首要任務，就是把主要問題和枝節問題分開來。」

「告訴我，白羅，你是否一開始就認為有八個嫌疑犯，而不是七個呢？」

白羅冷冷地回答：「泰瑞莎．亞倫道提到她最後一次見到唐納森是四月十四日在小綠屋吃晚飯，從那時候起，我就在考慮這個可能性了。」

「我搞不懂……」我打斷了他的話。

「你不懂的是什麼？」

「嗯，假如唐納森打算用科學的辦法……用注射的方式殺掉亞倫道小姐，那麼我實在搞不懂他為什麼要採用在樓梯上拉線的這個笨方法。」

「En verité[36]，海斯汀，有時我真對你不耐煩啊！其中的一項高度科學性的手法，絕對需要專業方面的知識。沒錯吧？」

「是的。」

「而另一個手法則是個很簡單的辦法……『婦人想出的辦法』，就像廣告詞所說的，對吧？」

「是的，沒錯。」

「那麼，你好好想想。海斯汀，請仰坐在椅子上，閉上眼睛，好好地用一下那灰色小細胞。」

我照辦了。也就是說，我仰坐在椅子上，閉著眼睛，尤其努力貫徹白羅的第三點指示，然而結果並沒有澄清多少事情。

我睜開眼睛，看到白羅正注視著我，他善意的目光，像一位護士看待所照料的孩子那樣親切。

「好了嗎？」

我竭力仿效白羅的樣子。

「好吧，」我說，「在我看來，最初設下陷阱的人，不是那個用科學方法來謀殺的人。」

「一點都沒錯。」

「一個受過科學訓練、思維複雜的人，會想利用這種幼稚的陷阱製造那次事故，對這點我相當懷疑，這種可能性太小了。」

「你的推論很清楚。」

我受到鼓勵，膽子大了點，繼續說道：「因此，這個案件唯一合乎邏輯的解釋是：兩起謀殺是兩個不同的人策畫的，我們要破解的是由兩個完全不同的人所策畫的謀殺。」

「你認為這未免也太巧了嗎？」

「你有一回就這麼說過，謀殺案中幾乎總會有巧合的嘛。」

36 法語，意思是「老實說」。

「是啊，這我不得不承認。」

「所以嘛。」

「那你說誰是凶手？」白羅問。

「唐納森和泰瑞莎．亞倫道，因為最後能謀殺成功，很明顯需要個醫生。另一方面，我們知道泰瑞莎．亞倫道和第一次謀殺未遂有關，我想，有可能他們是單獨行動互不相關。」

「你真喜歡說『我們知道』，海斯汀。我向你擔保，不管你怎麼看，我知道泰瑞莎和這個案子無關。」

「但是勞森小姐不是那麼說了嗎？」

「她說的就只是她說的，僅此而已。」

「但是她說……」

「她說……她說……你總是把人們說的當成經過證明、可以接受的事實。現在你聽著，我親愛的朋友，我那時不就告訴過你了，勞森小姐說的有錯，不是嗎？」

「沒錯，我記得你這麼說過，但你不知道錯在哪兒。」

「我現在知道了。我這個人多愚蠢啊！再過一會兒我就讓你知道，唉！我應該當時立刻就明白。」

他走到書桌旁，打開抽屜，拿出一張硬紙板，用剪刀剪著這張硬紙板，並向我示意先不要看他在幹什麼。

「耐心點，海斯汀，我們等會兒就來做個實驗。」

我有禮貌地把眼睛轉到別處去。

過了幾分鐘，白羅發出滿意的呼聲。他把剪刀放在一邊，把碎紙片扔進字紙簍，然後穿過屋子走到我面前。

「現在還不要看，我要把一樣東西別在你的外衣翻領上，請你再把頭轉過去。」

我照他說的做了。白羅滿意地結束這段工作，然後輕輕地拉著我穿過房間，把我帶到隔壁的那間臥室裡。

「現在，海斯汀，你對著鏡子看看自己。你是不是別著一枚鑲有你名字縮寫的時髦胸針？只不過，bien entendu[37]，這胸針不是鍍鉻製品，也不是不鏽鋼的，更不是黃金或白金製的，而是用不值錢的硬紙片做的！」

我對著鏡子看自己，然後笑了。白羅的手真是罕見的靈巧。我別著一枚和泰瑞莎．亞倫道的那枚非常相似的胸針……是用硬紙板做的一個圓盤，上面是我的名字縮寫字母ＡＨ。

「好啦，」白羅說，「你滿意嗎？你是不是有了一枚鑲有你姓名縮寫的漂亮胸針啊？」

「可不是嗎，真漂亮呢。」我表示同意。

37　法語，意思是「當然了」。

「雖然它不閃亮，也不反光，但你承認從遠處也可以清楚看到鏡子裡的這枚胸針吧？」
「無庸置疑。」
「說得對，懷疑不是你的特點，輕易信任才是。現在，海斯汀，請脫下你的外衣。」
我感到有點奇怪，但還是照做了。白羅也脫去自己的上衣，穿上了我的，他一邊這樣做，一邊轉身走遠了一點。
「現在，」他說，「你看著這胸針，別再看鏡子了……仔細瞧瞧有著你姓名縮寫字母的胸針，在我身上變成什麼了？」
他突然向四周晃動了幾下，我盯著他看，一時還不大理解。終於我恍然大悟！
「我真是個蠢蛋！你看，胸針上的字母是HA，根本不是AH嘛。」
白羅重新穿上他的衣服，把我的外衣遞給我。這時他微笑著說：「你現在知道勞森小姐說的錯誤在什麼地方了吧？她說她清楚看到泰瑞莎別的胸針上有泰瑞莎名字的縮寫字母，但她是從鏡子裡看到泰瑞莎的，所以，假如她真的從鏡子裡看到了名字的縮寫，那兩個字母其實應該要左右倒過來。」
「呃，」我爭辯說，「或許她知道是倒過來的。」
「我親愛的朋友，你是現在才想到這一點吧？要是你早想到，你就會叫道：『哈！白羅，你弄錯了，胸針上的字母其實是HA，不是AH。』可是你當時沒有說。而我得說，你比勞森小姐聰明多了，你想，勞森那樣一個笨拙的女人，半夜突然醒來，睡意未消，迷迷糊糊，她能夠辨認出鏡子裡的字母TA實際是AT嗎？不，不可能的，那和勞森小姐的智力根本不符。」

「但她一口咬定是泰瑞莎。」我慢慢地說。

「你愈來愈接近答案了，我的朋友。你記不記得我向她暗示，說她沒看清楚樓梯上那人的面孔，她立刻說什麼了？」

「她硬扯到泰瑞莎的胸針，她忘了她提供的線索是從鏡子裡看到的，這讓她所說的事情成了錯誤的資訊。」

電話響起來，白羅走過去接電話。

「哪位呀？是的……當然。可以，我有空。我想下午吧，好，兩點，好極了。」

他把話筒放回原處，微笑著把頭轉向我，說：「唐納森醫生急於要和我談談，他明天下午兩點會來。我們的探案工作又有了進展，我的朋友，我們又有進展了！」

# 26 塔尼奧斯夫人保持緘默

第二天早上吃完早飯後，我來到白羅這兒，他正在寫字檯上埋頭忙著寫些什麼。

他舉起一隻手向我打了個招呼，又繼續工作。他很快地把寫好的一張張紙收攏，裝進一個信封裡，細心地封好。

「嗨，老朋友，你在幹嘛？」我開玩笑地問，「是在寫這起案件的報告，然後封藏起來，以防有人在大白天把你滅口嗎？」

「你知道嗎，海斯汀，這回你算是對了。」

他的表情非常嚴肅。

「我們這位凶手真的很危險嗎？」

「凶手總是危險的，」白羅慎重地說，「奇怪的是，人們經常會忽略這個事實。」

「有什麼消息嗎？」

「塔尼奧斯醫生打電話來了。」

「他還沒有他妻子的線索嗎？」

「沒有。」

「那就無所謂了。」

「這很難說。」

「他媽的，白羅，你該不會認為她被人謀殺了吧？」

白羅懷疑地搖搖頭。

「我承認，」他低聲說，「我也想知道她在哪兒。」

「噢，好啦，」我說，「她會出現的啦！」

「你這種令人愉快的樂觀主義一向使我很欣喜，海斯汀！」

「我的天哪，白羅，你該不會認為她會被塞在一個大包裹裡，或者被肢解後裝在一個大皮箱裡送過來吧？」

白羅慢慢地說：「我覺得塔尼奧斯醫生的焦慮有點過分，但也只是過分而已。現在我們首先要做的就是去見勞森小姐。」

「你是要去指出關於胸針的錯誤嗎？」

「當然不是。這件小事的時機未到，還要暫且保密。」

「那麼你要對她說什麼呢？」

「我的朋友，到時候你就在一旁聽著吧。」

「你又打算要說謊了吧？」

「你有時真的很討厭，海斯汀，你這麼說，別人會認為我很喜歡說謊呢。」

「你本來就是，而且事實上，這已是鐵的事實。」

「是的，我有時就得靠我的足智多謀來彌補不足。」白羅頑皮地承認。

我情不自禁地大笑起來，白羅用責備的眼光看著我。之後，我們便出發前往克蘭羅伊登公寓。

我們被帶進上次去過的那間擁擠的客廳，勞森小姐絮絮叨叨地走進來，她說起話來比以往更加語無倫次了。

「哦，天啊，白羅先生，早安。你看，有這麼多事要做……我想屋子裡太不整潔了，所以早上六、七點就開始工作。但貝拉到這裡時……」

「你說什麼？貝拉？」

「是的，貝拉·塔尼奧斯來了，她半小時之前來的，還帶著孩子，全都給累壞了，可憐呀！我真的不知道怎麼辦才好。你知道嗎，她離開她丈夫了。」

「離開他了？」

「她是這麼說的。當然，我想她這麼做完全正當，真可憐呀！」

「她信任你嗎？」

「呃……也不能這麼說。事實上，她根本什麼也沒說，只是反覆地說她離開了他，說什麼也不會回去了！」

「她是非常認真地採取這種手段嗎？」

「當然是了！事實上，假如他是個英國人，我就會勸她……但他不是英國人……她看起來這麼奇怪，真可憐呀……呃，她嚇壞了。他對她做了什麼呢？我相信土耳其人發起狠來會是很絕的。」

「但塔尼奧斯醫生是希臘人呢。」

「是的，他是希臘人，我是說另一種情況……我的意思是，他們經常受土耳其人或亞美尼亞人的殘殺吧？反正都一樣啦，我不願再想這些事了。我認為她不該再回到他那裡去，你說呢，白羅先生？我的意思是，不管怎樣，她說她不願意回去了……她甚至不想讓他知道她在哪裡。」

「有這麼糟糕嗎？」

「是的，她是考慮到孩子們，她非常害怕他會把他們帶回士麥拿。可憐哪，她的處境真是糟糕透了。你瞧，她身無分文，不知道該往哪兒去，也不知道要怎麼辦。她想試試自力更生，但說真的，你應該知道，白羅先生，那可不像說的那麼容易，我知道不是那麼容易，如果她曾受過什麼專門訓練還會好一些。」

「她是什麼時候離開丈夫的？」

「昨天。她昨晚在帕丁頓附近的一個小旅館過夜。她想不出還能到誰家去，就到我這裡來了。真可憐哪！」

「你打算幫助她嗎？你真的太好了。」

「哦，白羅先生，我真的覺得我有責任幫助她。但是，當然了，這可困難了，因為這間公寓很小，沒有客房……問題一個接著一個來。」

「你可以讓她住到小綠屋去嗎？」

「我想可以的，但她丈夫也會想到那個地方，我在皇后路威靈頓旅館幫她暫時租了房間，她化名彼得斯夫人住在那裡。」

「我知道了。」白羅說。停了一會兒，他又說：「我想見見塔尼奧斯夫人，因為她昨天到我住的地方去找我，但我正好出去了。」

「哦，她去找你了嗎？她沒告訴我。我這就去告訴她，好嗎？」

「那就謝謝你了。」

勞森小姐趕忙走出屋子。我們聽見她說話的聲音。

「貝拉、貝拉，我親愛的，你來見見白羅先生好嗎？」

我們沒聽見塔尼奧斯夫人的回應，但過了一會兒就看見她進來了。

她的樣子真教我驚訝。她雙眼下邊出現黑眼圈，兩頰完全沒有血色，而最令我印象深刻的是她那相當恐懼的神態，連一個小動作都會嚇著她，簡直是草木皆兵了。

白羅用最能使人平和的態度向她打招呼。他走向前和她握了握手，替她拉了張椅子，並遞給她靠墊。他對待這面色蒼白、嚇壞了的女人就像皇后一樣。

「現在，夫人，讓我們談一談吧。昨天你有去找過我吧？」

她點了點頭。

「非常遺憾，我不在家。」

「是啊，你是不在，我很希望你在的。」

「你找我，是因為想要告訴我什麼事嗎？」

「是的，我……我打算……」

「那麼好吧，現在我在這兒，聽你吩咐。」

塔尼奧斯夫人沒有回答，她一聲不響地坐在那裡，把手指上的戒指轉來轉去。

「夫人，怎麼樣啊？」

她慢慢地、幾乎是勉強地搖了搖頭。

「不，」她說，「我不敢。」

「你不敢，夫人？」

「不敢。我……假如他知道了，他會……哦，我會遭殃的！」

「得了得了，夫人，你這麼說有點荒唐了。」

「荒唐？不，根本不荒唐，你不了解他……」

「他，你指的是你丈夫嗎，夫人？」

「是的，當然是他。」

白羅停了一會兒，然後說：「你丈夫昨天也來找我了，夫人。」

她臉上突然露出一種驚恐的表情。

「哦，不！你沒告訴他吧？你沒有吧？啊！你不可能告訴他的，因為你不知道我在哪裡！他說我瘋了嗎？」

白羅小心謹慎地回答：「他說你是高度緊張。」

但她搖搖頭，沒接受這個答案。

「不，他肯定說我瘋了，或者說我快要瘋了！他想把我關起來，這樣我就不能再告訴別人了。」

「告訴別人什麼？」

她搖了搖頭，緊張不安地擰著手指，嘟囔著：「我怕……」

「夫人，一旦你告訴了我，你就安全了！把那個祕密說出來吧！這麼一來，事實上是在保護你自己。」

但她沒回答，繼續擰動著戒指。

「你自己應該也意識到了。」白羅低聲說。

她吐了一口氣，說：「我怎麼知道……哦，天哪，太可怕了。他舌粲蓮花，又是個醫生，人們會相信他，而不會相信我！我知道他們會相信他。我是該說出來，但沒人會相信，他們怎麼會相信我呢？」

「你甚至也不打算給我個機會嗎？」

她不安地看了白羅一眼。

「我怎麼知道呢？或許你是站在他那一邊。」

「我誰都不偏袒，夫人，我總是站在真理的這一邊。」

「我不知道，」塔尼奧斯夫人絕望地說，「哦，我真的不知道。」

她反反覆覆地說個沒完。

「多可怕呀……這麼多年了，事情一再發生，但我什麼也不能說，什麼也不能做，我得考慮孩子。這像一場冗長的噩夢。現在……我絕不回到他那裡去，我不會讓孩子們跟著他！我要到一個他找不到的地方。明妮．勞森願意幫助我，她人真好，真是太好了，沒有人比她更好了。」她沒再往下說，並很快地看了白羅一眼，問道：「他說我什麼了？他說我在胡思亂想嗎？」

「他說……夫人，他說你對他的態度完全變了。」

她點點頭，說：「而且他說我胡思亂想，對吧？」

「夫人，我就坦白告訴你吧，他是這麼說了。」

「你看吧，就是那麼回事，聽起來就是這樣，只是我一點證據也沒有。」

白羅靠在椅背上，當他再度開口時，他的樣子完全不一樣了。

白羅一本正經地說話，不帶感情、公事公辦，就像討論著什麼枯燥乏味的事似的。

「你懷疑是你丈夫害死艾蜜莉．亞倫道小姐嗎？」

她很快地回答，猶如閃電。

「我不是懷疑，我是確定。」

「那麼，夫人，你有責任把一切說出來。」

「哦，沒那麼容易，可沒那麼容易呀！」

「他是怎麼殺死她的？」

「確切情況我不知道，但他確實把她害死了。」

「你不知道他用的是什麼辦法嗎？」

「不知道，但是用了某個東西……他是在最後那個星期日下手的。」

「就是他去看她的那個星期日嗎？」

「是的。」

「你不知道是什麼東西嗎？」

「不知道。」

「那麼，請容我這麼說，夫人，你怎麼能如此肯定呢？」

「因為他……」她停了一下，然後慢慢地說：「我就是肯定！」

「對不起，夫人，看來你隱瞞了一些事，你還有什麼事沒告訴我吧？」

「是的。」

「說出來吧。」

貝拉．塔尼奧斯突然站了起來。

「不，不，我不能那樣。我得為孩子們想想，他終究是他們的父親啊！我不能說，我不能……」

「但是夫人……」

「我告訴你我不能說了！」

她提高了嗓門，幾乎是尖叫。門開了，勞森小姐走了進來，她歪著頭，一副很興奮的樣子。

「我可以進來嗎？你們談完了嗎？貝拉，我親愛的，你是不是想要來杯茶，或者喝點湯還是白蘭地之類的？」

塔尼奧斯夫人搖搖頭。

「我很好。」她勉強一笑。「我該回到孩子們那邊了，我還沒打開行李呢！」

「那兩個可愛的小傢伙，」勞森小姐說，「我最喜歡小孩子了。」

塔尼奧斯夫人突然轉過身對著她。

「沒有你，我不知道我能怎麼辦。你……你太好了。」

「好啦，好啦，親愛的，別哭，會沒事的。你來見見我的律師吧，他是個好人，非常有同情心，他會建議你最好的離婚辦法，而且大家不都說現在離婚很簡單嗎……噢，天哪，門鈴響了，不知道是誰來了。」

她趕忙離開屋子。大廳裡傳來了低語聲，過了一會兒，她又回來了。她踮著腳走進來，小心地把身後的門關上，然後興奮地、誇大地壓低聲音說：「噢，天啊，貝拉，你丈夫來了，我不知道……」

塔尼奧斯夫人朝屋子另一端的門奔了過去，勞森小姐使勁地點了點頭。

「對，親愛的，你先進到裡邊去，當我把他帶進來時，你就溜出去吧。」

塔尼奧斯夫人低聲說：「別告訴他我在這兒，也別說你見過我了。」

「不，不，我當然不會說。」

塔尼奧斯夫人從門口溜了出去，白羅和我趕忙也跟上前去。我們發現自己進了一間小餐室。

白羅穿過房間，走到通往大廳的一扇門，推開點門縫仔細聽著。然後他招了招手，輕輕說：「好了，勞森小姐把他帶到另一個房間去了。」

我們躡手躡腳地穿過客廳，從前門走出去，白羅盡量不發出半點響聲地關上了門。

塔尼奧斯夫人開始跑上台階，但絆了一下，總算抓住了扶手而沒摔倒。白羅用一隻手托住她的胳膊，穩住了她。

「Du calme-du calme[38]，沒事了。」

我們到了前廳。

「跟我走吧。」塔尼奧斯夫人哀憐地說，她看起來像是快要暈倒了。

「當然，我跟你走。」白羅向她保證。

我們穿過馬路轉了個彎，來到皇后路。威靈頓是間不引人注意的公寓式旅館。

我們一進旅館，塔尼奧斯夫人就往豪華沙發坐下，她的手按著狂跳不已的心口。

白羅用手拍拍她的肩膀，讓她安心，說：「真是好險啊！夫人，現在你好好聽我說。」

「我無法再告訴你更多的事情了，白羅先生，我不能再多說了。你……你知道我在想什麼、我相信什麼，你應該對此感到滿意了。」

「請你聽清楚了，夫人。假設……這僅僅是假設，我早已知道事件的真相了，但如果你能告訴我那些我早已猜到的情況，意義可就不同了，對吧？」

她用懷疑的目光看著他，神色極度痛苦。

「噢，相信我，夫人，我不是在套你說出不願意說的事，但那樣的話，情況就完全不同了，對吧？」

38　法語，意思是「鎮定點、鎮定點」。

「我……我想是的。」

「好，讓我這麼說吧：我，赫丘勒．白羅已經了解事實真相了，但我不打算現在就要你承認這個事實。請拿著這個。」他把早上封好的那個大信封塞給了她。「真相都在這兒了。你看完後若是覺得滿意，就打電話給我，我的電話就在便條紙上。」

她極其勉強地接過了信封。

白羅繼續輕快地說：「現在，還有一點，你得立刻離開這家旅館。」

「為什麼？」

「你到靠近尤斯頓的科尼斯頓旅館去，而且千萬不要告訴任何人你要去哪兒。」

「但是……明妮．勞森不會告訴我丈夫我在這裡的。」

「你這麼認為嗎？」

「噢，不會的，她是站在我這一邊的。」

「是的，但是，小姐，你丈夫是個非常聰明的人，他可以很輕易地把一個中年婦女心裡的事套出來。你要曉得，最根本的做法就是不讓你丈夫知道你在哪兒。」

她點點頭，沒有說話。

白羅拿出一張紙條。

「這是地址，盡快收拾一下東西，帶著孩子們一起坐車到那裡去。明白嗎？」

她點點頭。

「我明白。」

「你應當為孩子們著想，夫人，而不只是為你自己。你愛他們。」

他一語說到了她心坎裡了。

她的兩頰微現紅暈，揚起了頭，看起來不再是那個驚恐、受苦的女人，而是個驕傲挺拔的女性。

「那就這麼說定了。」白羅說。

他和她握了握手。我和白羅就這樣離開了，但並沒走遠，而是坐在一個便於觀察的咖啡館亭子裡，一邊啜飲咖啡，一邊看著旅館的入口。約莫五分鐘後，塔尼奧斯醫生沿街走來，甚至沒看一眼威靈頓。他低著頭沉思，走過了旅館，然後轉進地鐵車站。

又過了十分鐘，塔尼奧斯夫人和孩子們帶著行李坐進一輛計程車，走了。

「好！」白羅站起來，還在思考似的。「我們已竭盡所能，接下來的就不在我們能控制的範圍內了。」

# 27 唐納森醫生來訪

唐納森醫生於兩點整準時抵達。他像以往那樣鎮靜、拘泥，這種個性開始引起我的興趣。我剛認得他時，把他看作是一個很難形容的年輕人，我不明白，像泰瑞莎那樣一個活潑、讓人愛慕的女子怎麼會看上他。但現在我開始覺得他不是個無足輕重的人，他那學究式的神態裡蘊藏著力量。

我們相互打過招呼之後，唐納森說：「我來拜訪的原因是這樣：我不大清楚您在這一事件中的角色，白羅先生。」

白羅小心謹慎地回答：「我想你知道我是做什麼的吧？」

「當然。我可以坦白告訴您，我花了不少氣力打聽您的消息。」

「你是個細心的人，醫生。」

唐納森醫生冷冰冰地說：「我喜歡對事實加以求證。」

「你有個科學的頭腦！」

「結果顯示，所有有關您的報導都一樣，顯然您的專業能力相當卓越，您也享有嚴格謹慎和誠實的聲譽。」

「你太誇獎了。」白羅低聲說。

「這就是為什麼我想不透您為何會和這件事有所牽連。」

「這很簡單！」

「沒那麼簡單吧，」唐納森說，「您最初是以傳記作者的身分出現的。」

「你認為這個騙術不可原諒嗎？人是不能以偵探的身分公開活動的，雖然有時說出身分是派得上用場。」

「我想起來了。」唐納森的語調又變得冷漠。「之後您去找了泰瑞莎・亞倫道小姐，向她指出可能有辦法使她姑姑的遺囑失效。」

白羅只是點了一下頭，表示同意。

「那太荒謬了。」唐納森的聲音很尖。「您應該知道，那個遺囑是有法律效力的，根本沒辦法推翻。」

「你是這麼認為的嗎？」

「我不是傻瓜，白羅先生……」

「是啊，唐納森醫生，你當然不是傻瓜。」

「我了解一些有關法律的事，不敢說了解很多，但也夠了。那個遺囑是不能推翻的，但為什麼您要謊稱可以讓它無效呢？很明顯地，是因為泰瑞莎．亞倫道小姐暫時還沒有領會這些原因。」

「看來你確信她會有所反應。」

一絲微笑掠過這年輕人的面頰。

他出人意料地說：「我對泰瑞莎的了解要比她所認為的來得多。不容否認地，她和查爾斯都認為，一些可疑的事能在您的協助下得到解答。查爾斯沒有什麼道德感，泰瑞莎也沒遺傳到好的品德，她的成長過程很不幸。」

「你這麼說你的未婚妻，好像她是天竺鼠似的。」

唐納森透過夾鼻眼鏡凝視著白羅。

「不瞞您說，我愛的是泰瑞莎．亞倫道這個人，而沒有某些旁人臆測的理由。」他說。

「你可知道泰瑞莎．亞倫道對你一片赤誠，而她對於錢的欲望則主要是為了滿足你的雄心？」

「這我當然知道，我說了，我不是傻瓜。但我不打算讓泰瑞莎為了我去冒這個險。泰瑞莎在很多方面還像個孩子，而我完全可以靠自己來拓展事業。我不是說不用去接受那一大筆遺產，那是絕對可以接受的，但那只能塞塞牙縫，長遠來說並沒什麼幫助。」

「所以，你對自己的能力充滿信心囉？」

「你們可能覺得我有點自負，但是我有這個信心。」唐納森鎮靜地說。

「我們繼續吧。我承認我要了個花招，博得了泰瑞莎小姐的信任，我讓她認為我為了能幫她弄到錢而做些不法的勾當，而她也信了，並覺得這事一點也不難。」

「泰瑞莎相信為了錢，人可是什麼事都幹得出來的。」年輕的醫生以平靜的語調，說了這句人們常引用的真理。

「確實如此，她是那種態度，她哥哥也是。」

「查爾斯確實會為了錢做任何事！」

「看來你對未來的大舅子不抱任何幻想。」

「是的。我覺得他是個很有趣的研究對象，我想他患了一種嚴重的精神官能症……我們別談這個，還是回到我們的問題上吧。我納悶著為什麼你要採取這樣的行動，我發現答案只有一個：顯然，你是懷疑泰瑞莎或查爾斯一手造成亞倫道小姐之死。不，請不要反駁我！我想你提出掘墓開棺僅是一種策略，你是要看會引起什麼反應，但你究竟是怎麼取得內政部的准許令呢？」

「我就直說了吧，目前，我還沒有採取什麼行動。」

唐納森點了點頭，說：「我就知道。我想，你認為亞倫道小姐有可能是自然死亡的吧？」

「我是考慮過這個可能性……是的。」

「但您心裡已經有譜了嗎？」

「是的，血液也呈陽性反應……那麼，好吧，你會認為這一定是肺結核，對吧？」

「你是這麼看的嗎？我明白了。那麼你現在究竟還在等什麼呢？」

「我在等最後一項證據。」

電話鈴響了，白羅打了個手勢，我趕忙站起來接了電話。我聽出是誰的聲音了。

「你是海斯汀上尉嗎？我是塔尼奧斯太太。請你告訴白羅先生，他一點兒都沒錯。假如他明天上午十點能到我這裡來，我就把他想要的東西給他。」

「明天早上十點嗎？」

「對。」

「好，我會告訴他。」

白羅用眼神向我徵詢著，我點點頭。

白羅轉向唐納森，這時他的神情變了，變得很輕快、有把握。

「讓我把話說清楚。」他說，「據我判斷，這是一起謀殺案。整個事件像謀殺，而且具有所有謀殺案的特性……事實上，這就是一起謀殺案！就這一點而言沒有什麼好懷疑。」

「但我看得出來您還在擔心什麼，那是什麼呢？」唐納森說。

「我是在擔心要怎麼把凶手揪出來……但現在不用擔心了。」

「真的嗎？您知道誰是凶手了？」

「明天我就會掌握確鑿的證據。」

唐納森的眉毛向上一揚，有點諷刺的樣子。

「噢，」他說，「明天！白羅先生，有時明天可是有得等呢。」

「正好相反，」白羅說，「我總是發現，明天之前就會成功，這是一成不變的定律。」

唐納森醫生笑了。他站起來。

「恐怕我耽誤了您的時間，白羅先生。」

「沒關係，相互了解一下總是好的嘛！」

唐納森醫生微微鞠了個躬後，就離開了。

## 28 又一名犧牲者

「他是個聰明人。」白羅若有所思地說。

「你很難知道他心裡在盤算著什麼。」

「是的。他有點不通人情，可是確實很精明。」

「剛才的電話是塔尼奧斯夫人打來的。」

「我猜就是她。」

我把通話內容重複了一遍，白羅點點頭表示同意。

「好，一切進行得很順利。我想，海斯汀，二十四小時之內就能見真章了。」

「我現在還有點迷惑不解，凶手到底是誰？」

「我可不知道你懷疑的是誰，海斯汀！每個人可都在我懷疑的範圍之內！」

「有時候我覺得，你就是喜歡出我洋相。」

「不，絕不是，我不會這樣取樂於人。」

「你就是讓我不得不這麼想。」

白羅有點心不在焉地搖搖頭，我仔細地觀察他。

「有什麼不對勁嗎？」我問。

「我的朋友，每當要結案時，我總有些緊張。萬一有什麼差錯的話……」

「會出什麼事嗎？」

「希望不會。」他停了一下，皺著眉頭，接著又說：「我已做了防範措施了。」

「那麼，是不是我們暫時忘掉這起案件，去看場戲呢？」

「Ma foi[39]，海斯汀，這是個好主意！」

雖然我犯了個小錯誤，帶白羅去看了一場偵探話劇，但我們還是度過了愉快的夜晚。在這裡，我想向讀者提個建議：不要帶軍人去看打仗的戲；不要帶水手去看航海的戲；不要帶蘇格蘭人去看蘇格蘭戲；不要帶偵探去看驚悚戲，更不要帶演員去看任何戲！上面任何一種情況出現時，他們那傾盆大雨式的破壞性批評，對觀賞演出都會造成大災難。白羅不斷埋怨劇中有缺陷的心理學，以及劇中的偵探英雄是多麼缺乏規律和方法，這幾乎使他發瘋。那天

39　法語，意思是「我的朋友」。

晚上從我們看完戲一直到互道晚安之前，白羅都在抱怨，說是整個劇情在第一幕前半部就可以全都說清楚了。

「但若是那樣，白羅，戲就不用演了。」我向他指出。

白羅也不得不承認確實如此。

第二天早晨九點剛過，我進到客廳裡，白羅已坐在早餐桌前，像往常一樣，正用刀子整整齊齊地把信拆開。

電話鈴響了，我去接電話。

是一個大聲喘氣的女人聲音。

「您是白羅先生嗎？哦，是您呀，海斯汀上尉。」

接著是一陣哭泣、喘氣的聲音。

「你是勞森小姐嗎？」我問道。

「對，對。發生一件可怕的事了！」

我緊緊抓著話筒問：「什麼事？」

「她離開了威靈頓旅館，您知道我說的是貝拉。昨天下午，我去晚了，旅館的人告訴我她離開了，也沒留下隻字片語！這太離奇了！這一切使我覺得，或許塔尼奧斯醫生是對的，他是那麼和藹地談到她，他好像很沮喪。從現在的情況看來，他說的似乎是真的。」

「現在到底出了什麼事，勞森小姐？莫非是塔尼奧斯夫人離開旅館後沒通報你一聲？」

「哦，不，不是那樣，哎呀我的天哪，不是，要真是那樣就好了。當然，我也覺得事情有些不對勁，這你是知道的。塔尼奧斯醫生曾說過，他怕她不太……不太……你知道我指的是什麼？他把這種病稱為『被害妄想症』。」

「是啊。」（真他媽的囉嗦女人！）我著急了。「到底出了什麼事？」

「哦，天呀，太可怕了，她在睡夢中走了，她服了過量的安眠藥，留下了可憐的孩子！這一切真是太悲慘了！從我聽到這消息後，我什麼事也做不了了，只是一味地哭。」

「你怎麼知道的？把詳細情況告訴我。」

我用眼角的餘光看到白羅停止拆信的動作，他正聽我和她談話。我不願意把位置讓給他，假如我讓他接了電話，很可能勞森小姐又會開始悲傷和痛哭。

「是旅館裡的人打電話給我，旅館的名字是科尼斯頓，好像是他們在她的包包裡發現了我的名字和地址。哦，天呀，白羅先生……不，海斯汀上尉，這不是很可怕嗎？這些可憐的孩子沒娘了。」

「你聽著，」我說，「你肯定這是一件意外事故嗎？他們不認為是自殺嗎？」

「哦，海斯汀上尉，這是多麼可怕的想法啊！哦，天呀，這我可不知道。您認為會是自殺嗎？那實在太可怕了！當然，之前她看起來確實很沮喪，但她沒必要自殺嘛！我的意思是，有關錢的事她不用太費心，我正打算要和她分享這筆錢，真的，我就要這樣做了，這也是親愛的亞倫道小姐生前的願望，我可以肯定！想到她自己就這樣結束了生命，真是太可怕了，也許她並不是……旅館裡的人似乎認為這是意外，真是這樣嗎？」

「她吞下的是什麼？」

「一種催眠用的東西，我想是佛羅那……不，是催眠靈，對，就是催眠靈。哦，天呀，海斯汀上尉，您認為……」

我也顧不得客氣了，把電話掛上，隨即轉向白羅說：「塔尼奧斯夫人她……」

他舉起手，說：「是，是，我知道你要說什麼。她死了，對吧？」

「是的，服了過量的安眠藥催眠靈。」

白羅站起來。

「海斯汀，我們必須馬上趕到那裡。」

「這就是你所害怕的……我是指昨天夜裡你所說的：每當案件快結束的時候，你總感到緊張？」

「是的，我就是怕又有犧牲者。」

白羅繃著臉，面色嚴峻。在驅車前往尤斯頓的路上，我們很少說話，白羅只是搖了一兩次頭。

我小心翼翼地問：「你認為不……會是意外嗎？」

「不是的，海斯汀，不是，這絕不是意外。」

「他怎麼會發現她到那裡去了呢？」

白羅只是搖搖頭，不作答。

科尼斯頓旅館離尤斯頓火車站很近，外觀不是挺美。白羅突然變得氣沖沖，拿著身分證迅速地衝進經理辦公室。

事情的經過很簡單：

她自稱為彼得斯夫人，昨日帶著兩個孩子於十二點半到了這裡，一點時吃了午飯。下午四點來了一個男人，他到這裡給彼得斯夫人送了一張便條，便條是由旅館的人送到她手上。過了幾分鐘，她帶著兩個孩子、提著一個箱子走下樓來，之後兩個孩子和客人走了。彼得斯夫人到經理辦公室解釋，她只要一間房就可以了，當時看不出她有什麼異狀，顯得非常鎮靜自若。大約七點三十分她吃了晚飯，飯後便很快回房。

早晨女服務生叫她起床時，就發現她死了。

請來了一位醫生，醫生認為她已經死了幾個鐘頭。床旁邊的桌上有一個空杯子，顯然她服了安眠藥，可能是服用過量造成死亡，因為催眠靈是一種烈性麻醉劑。沒有跡象說明她是自殺的，她沒有留下遺書。在尋找通知她親眷的辦法時，找到了勞森小姐的名字和地址，遂用電話通知了她。

白羅問有沒有找到其他書信之類的東西，例如到這裡來把孩子領走的那位客人的便條。

那位經理回答沒有，但在壁爐裡發現一堆紙的灰燼。

白羅若有所思地點了點頭。

就每個人所言，沒有人拜訪過彼得斯夫人，也沒有人到過她房間，除了來領走兩個孩子的那個人之外。

我問了一下旅館搬運行李的服務生，那個人長什麼樣，但他記不清了，只記得是一個中等身材的人，金黃色頭髮，體格健壯。很難描繪出那個人的外貌，但可以肯定的是，那個人沒鬍子。

我低聲對白羅說：「這個人不是塔尼奧斯。」

「我親愛的海斯汀！你真的相信，塔尼奧斯夫人費了九牛二虎之力帶著孩子離開他們的父親，竟會溫順地把孩子交還給他而不吭一聲、也不反抗嗎？哦，這絕不可能！」

「但那個男人到底是誰？」

「很清楚，一定是塔尼奧斯夫人信賴的人，或者是第三者派來的人，而塔尼奧斯夫人對這第三者充分信賴。」

「一個中等身材的人……」我沉思地說。

「你不必費神想那個人的外貌了，海斯汀。我可以肯定，到這裡要孩子的那個人不是重點，真正的主使者藏在幕後！」

「那張便條就是第三者寫的嗎？」

「沒錯。」

「這個人是塔尼奧斯夫人相當信賴的人嗎？」

「當然。」

「但那張便條紙被燒掉了？」

「是的，是第三者叫她燒掉的。」

「那你給她的關於此案梗概的信呢？」

白羅的面孔顯得異常嚴峻。

「那也被燒掉了，但沒關係！」

「沒關係？」

「是的，沒關係。瞧，它們都在我白羅的腦子裡。」

他抓著我的胳臂說：「走吧！海斯汀，我們離開這裡。現在我們得擔心的不是死人，而是活著的人。這是當務之急。」

# 29 小綠屋的審問

這是第二天早上十一點。

七個人聚集在小綠屋裡。

赫丘勒．白羅站在壁爐旁邊，查爾斯和泰瑞莎．亞倫道坐在沙發上，塔尼奧斯坐在沙發扶手上，一隻繫著黑紗的手搭在泰瑞莎的肩上。

坐在圓桌旁邊直背椅子上的是房子的主人——勞森小姐，她的眼睛發紅，頭髮比以前更蓬亂。唐納森醫生坐在白羅對面，臉上毫無表情。

我依次看了每個人的臉，頓時興趣大增。

在和白羅合作的日子裡，作為他的助手，我經歷了許多這樣的場合：面對一小群戴著一副道貌岸然面具的人。我曾看到白羅當場撕掉當中某人臉上的假面具，使其現出原本的殺人嘴臉！

是的，這次也毫無疑問是這樣。這群人之中有一個是凶手！可究竟是誰呢？即便是當下，我仍無法判定。

白羅清了清嗓子……這是他一個小小的習慣性誇張動作。然後，他開始說了。

「各位女士、先生們，我們今天聚在這裡，調查艾蜜莉．亞倫道於五月一日去世的事件。關於她的死有四種可能性……她可能是自然死亡，可能死於意外事故，可能自尋短見，最後，她也可能死於我們知道的或不知道的某個人之手。

「她死的時候並沒有人對這案子進行調查，因為人們認為她是自然死亡，而格蘭傑醫生也提供了自然死亡的醫學證明。

「在這種情況下，如果死者下葬後人們產生了懷疑，就得掘墓開棺，重新驗屍。對此案，我有充分的理由說明為什麼我不主張這麼做，最主要的原因之一是，我的委託人不喜歡這麼做。」

唐納森首先打斷他的話。

「您的委託人？」

白羅轉向他說：「我的委託人是艾蜜莉．亞倫道小姐，我是為她工作，她的最大願望是家醜千萬不可外揚。」

我省略了白羅下面十分鐘的講話，以免不必要的重複。白羅講述了他收到的那封信，並拿出來大聲宣讀了一遍。他又說明他到馬基貝辛鎮的過程，和發現把老太太絆倒的手段。

然後他停了停，又清了清嗓子說：「現在我將帶領你們，到我為了探求真相而走過的路上走一遭，我要向你們說明這起案件的真相。

「首先，有必要確切描繪一下亞倫道小姐的心理狀況。很簡單，她跌了一跤，大家都認為是小狗的球把她絆倒的，但是這事只有她自己最清楚。她在病榻上，用那善於活動和機敏的腦子回顧了跌倒的情況，自己做出了肯定的結論：有個人存心要傷害她，或許想害死她。

「基於這一點，她又進一步思考那個人是誰。這間房子裡共有七個人，四個是新到的客人，一個是她的隨身女侍，另外兩個是傭人。這七個人中，只有一個可以完全排除嫌疑，因為對這個人來說，她無法從中得到任何好處。老小姐也不太懷疑那兩個傭人，這兩人跟著她很多年了。但另一方面，她也不是會乖乖屈服於凶手的人。

「於是她下決心寫了信給我，也採取了進一步的防範措施，我相信，她的防範措施可能是由兩個動機所驅使：第一，對她全家人都懷恨在心！她無一例外地懷疑所有的人，並下決心不惜一切清算他們！第二個動機就更有些道理了，那就是她希望保護自己，並想辦法實現這個願望。正如你們所知，她給律師柏維斯寫了信，指示他起草一份只對這房子裡某個人有利的遺囑，她深信這個人和這起事件毫無關係。

「我進一步要說的是，從她給我信中所談的條件和她之後的行動看來，我完全可以肯定，亞倫道小姐從對四人的心存懷疑轉向只懷疑四人中的某一個；她信中堅持這件事要嚴格保密，因為這牽涉到整個家族的聲譽。

「從維多利亞時代的觀點來看問題，我想這意謂著，她指出一個和她同姓的人，而且這人肯定是個男人。如果她懷疑是塔尼奧斯夫人幹的，她會更急於保障自己的生命安全，而不必過於擔心家族的名譽，因為她現在是外姓、是嫁出去的人了；對泰瑞莎．亞倫道，她也會有同樣的感覺，而不像對查爾斯感覺那樣強烈。

「查爾斯是亞倫道家的繼承人，他永遠背著這個家族的姓！她懷疑他的理由非常清楚：首先，她對查爾斯早已不抱幻想，她過去就曾使這個家名聲掃地，也就是說，她了解他不但是個潛在的、而且是個真正的罪犯，他曾在支票上偽造過一次她的名字！偽造、作假的進一步，就是謀殺！

「而就在她出事的前兩天，她和他有過一次耐人尋味的談話。他向她要錢，她不給，而他藉機說……哦，他說得夠輕鬆了，說她不久就會被人暗殺。她則回答說，她自己會照顧自己！據說她的侄子又回話說：『可別太自信了。』而兩天後，這件可憎的事故發生了。

「毫無疑問，亞倫道小姐臥床深思發生的事件後，她得出了肯定的結論：就是查爾斯．亞倫道企圖害死她。

「事情發展的次序非常清楚：和查爾斯的談話；出事；她心情極度沮喪時寫了信給我；給律師寫信；在出事後的一星期，即四月二十一日，柏維斯先生帶來了新遺囑，她簽了字。

「週末，查爾斯和泰瑞莎來訪時，亞倫道小姐馬上採取了必要的措施來保衛自己。她告訴查爾斯她寫了個新遺囑，她不但對他說，還把信拿給他看！這真是絕計啊！她向一個可能的凶手清楚表明：謀殺了她，就再不會給他帶來什麼好處了！

「她想，查爾斯會把這消息告訴他的妹妹泰瑞莎，但是查爾斯沒這樣做。為什麼呢？我猜他有他的道理：他覺得自己有罪！他相信就是因為他惡劣的行為才會產生這份新遺囑。為什麼他會有罪惡感呢？是因為他真有過謀殺的念頭嗎？還是由於他偷了一小筆錢呢？他硬著頭皮接受了這個事實，可能是意識到自己嚴重的罪行，也可能是為了那件小事。他遂閉口不再談此事，而希望他姑姑發發慈悲，回心轉意。

「就亞倫道小姐的心理狀況而言，我覺得我已經把事件重建得夠正確的了。接下來，我得判斷一下她的懷疑是否合理。

「和她的做法一樣，我的懷疑也侷限在一個小圈子裡……更精確地說，我是懷疑七個人：查爾斯和泰瑞莎．亞倫道、塔尼奧斯夫婦、兩個傭人、勞森小姐。但還有第八個人也必須考慮進去，就是唐納森，他那天晚上在這裡吃了晚飯，直到最近我才知道這件事。

「我所考慮的這七個人可以分成兩類。七人當中有六個會從亞倫道小姐之死多少得些好處，如果六個當中的任何一個犯下了謀殺罪，理由很簡單，就是為了得利。第二類只有一個人……勞森小姐。勞森小姐不會由亞倫道小姐摔死而得利，但是由於那起事故的結果，她後來確實得了大大的利益！

「我的意思就是，如果是勞森小姐導演了這場所謂的事故……」

「我什麼都沒做！」勞森小姐打斷他的話，「不要臉！淨站在那裡瞎說！」

「耐心一點，小姐，請你不要打斷我的話。」白羅說。

勞森小姐憤怒地把頭向後一仰。

「我堅持我的抗議！不要臉，就是這樣！不要臉！」

白羅不理會她，繼續說：「我是說如果勞森小姐導演了這場事故，那是出於完全不同的目的，也就是說，她這麼做，為的是使亞倫道小姐很自然地懷疑她的家人並和他們疏遠，這是可能的！於是我查尋是否有事實可以證實這一點，也確實讓我發現了一件事：如果勞森小姐希望亞倫道小姐對她的家人產生懷疑，她就應該一再強調狗的事情，即小寶那天晚上都在外面的事實，但恰恰相反，勞森小姐想盡了辦法不讓亞倫道小姐聽到這件事。所以，我要替勞森小姐爭辯：她肯定是無罪的！」

勞森小姐厲聲地說：「本來就是嘛！」

「我下一步則是考慮亞倫道小姐之死。通常殺人凶手在犯下一起案件後，都會毫不留情地再犯第二次，因為第一次的謀殺並未使亞倫道小姐身亡。這讓我心生疑竇，展開了一次次的察訪。

「格蘭傑醫生似乎認為他的病人之死沒什麼異狀，這對我的理論造成了小小挫折。但是在我調查她得病的前一天晚上發生的事時，我發現了一件具有重大意義的事：伊莎貝爾．崔普小姐提到亞倫道的頭上出現過一輪光環，她的妹妹也證實了這個說法。當然，這有可能是她們自己想像的虛幻畫面，但我認為這件事的發生不是無緣無故的。我也就此事問了勞森小姐，她也說了些有趣的情況，她提到有一條閃閃發光的絲帶從亞倫道小姐嘴裡噴出，並形成一輪發光的煙霧圍繞著她的頭。

「雖然兩方觀察者敘述得略有不同，但具體事實是一樣的。為什麼會有這種事呢？讓我們剝去招魂迷信的色彩：這是因為出事的那天晚上，亞倫道小姐呼吸時吐出了磷光體！」

唐納森在椅子上動了一下。

白羅向他點了點頭。

「是的，這下子你明白了。世上磷光體物質並不多，最常見的一種就是我找到的那種。我給你們讀一段從一篇關於磷中毒的文章上節選下來的話：『在他感覺到不舒服之前，此人呼吸會吐出磷光。』這就是勞森小姐和崔普小姐在黑暗中看到亞倫道小姐呼出的磷光體，即『閃閃發光的霧』。

「我繼續往下讀：

「黃疸已傳遍全身的病人，全身症狀不僅會受磷中毒作用的影響，還會受到伴隨血液中膽汁分泌停滯的併發症所影響。從這點看來，人們會分辨不出究竟是磷中毒還是肝病的因素，就像黃疸性肝萎縮那樣。

「你們看，這件事做得多麼巧妙啊！亞倫道小姐罹患肝病多年了，磷中毒的症狀看起來只不過是肝病復發而已。這沒什麼新鮮、沒什麼讓人吃驚的。

「啊！真是妙招啊！外國火柴上有磷，殺蟲劑也有磷吧？所以得到磷並不困難，而且很小劑量就能殺死人，用於醫療的劑量一般從百分之一至三十分之一喱[40]。

「就這樣，整個事情是何等清楚呀！但連醫生也被蒙蔽了。不過我得說明，他聞到一個味道，即從口中呼出的大蒜味，這是磷中毒的一種明顯徵兆。他並沒懷疑這一點，為什麼他要懷疑呢？因為這裡頭沒什麼好懷疑的，即使讓他知道了光環之事，他也會把它歸納為迷信的神靈論胡言亂語。

「根據勞森小姐和兩位崔普小姐提供的敘述，我肯定這就是謀殺。但問題仍然是：誰是凶手？我排除了傭人，從她們的心理狀態看來，很難做得出這種事。我排除了勞森小姐的可能性，因為如果她和謀殺有關，她就不會天真地談論起招魂儀式上閃閃發光的東西。我排除了查爾斯．亞倫道謀殺的可能性，因為他看到了遺囑，他知道他姑姑的死不會讓他得到任何東西。

「現在就剩下他的妹妹泰瑞莎、塔尼奧斯醫生和塔尼奧斯夫人，還有我後來發現在事故當晚也在小綠屋吃晚飯的唐納森醫生。

「至此，沒有更多證據能幫我了，我不得不依賴犯罪心理學對凶手的個性做分析！兩次犯罪幾乎是同樣的手法，做法都很簡單。罪犯狡猾，辦事俐落，幹這事需要一定的知識，但

40　喱（grain），最小的計量單位，約〇．〇六五克，為醫學常用重量單位。

不用太多，因為磷中毒的事很容易聽到，正如我說過的，磷很容易弄到手，特別是在國外。

「我首先想到的是兩個男人，他們兩人都是醫生，都很聰明。他們兩人都會想到磷，想到在這種特殊情況下用磷是合適的。但狗的皮球事件似乎不是男人想出來的，這是個女人的主意。

「兩個女人中，我首先想到的是泰瑞莎．亞倫道，她具有潛在的可能性，她大膽、潑辣，不是思緒周密的人。她過著自私、貪婪的生活，總是想得到她想要的一切東西，所以她拚命地想得到錢，這已經使她到了瘋狂的地步，但這錢是為了她自己和她所愛的男人。從她的舉止看得出來，她知道她姑姑是被謀害的。

「她和她哥哥之間發生過一小段有趣的事，我的想法是，他們兩人相互懷疑對方有罪：查爾斯想盡辦法使她說出她知道有新遺囑的存在，為什麼？因為如果她知道有這份新遺囑，就不會被懷疑是凶手了；但另一方面，她也不相信查爾斯的說法，即是亞倫道小姐竟給他看了那份新遺囑！她認為這純粹是他企圖轉移人們懷疑他的笨拙伎倆。

「還有一點具有重要意義。查爾斯忌諱用『砒霜』這個名詞，我後來發現他曾長時間盤問老園丁關於除草劑的效力。他心裡到底想要幹什麼，也是不證自明。」

查爾斯．亞倫道稍稍動了動。

「我想過要殺人，」他說，「但是……嗯，我覺得我會受不了。」

白羅對他點點頭，說：「完全正確，你還沒到要殺人的心理狀態。你的犯罪行為總是一種懦夫式的犯罪，你去偷、去作假，這是最容易的辦法，但是殺人，你不敢！殺人需要一種迷了心竅的膽量來驅使。」

他還擺出一副講學的姿態說：「泰瑞莎．亞倫道的心底有足夠的膽量來幹這件事，但我們得考慮其他一些事實：她沒受過什麼挫折，生活過得挺不錯，完全為了自己而活，這種類型的人不是殺人的類型，只是突然發怒時除外。然而，我肯定是泰瑞莎從小錫罐中取出了除草劑。」

泰瑞莎馬上接話說：「說實話，我想過要殺人，是我從小綠屋裡的一個小錫罐中取出了除草劑。但是我下不了手，我不能這樣去結束別人的生命……或許我很壞，自私自利，但也有我幹不了的事！我不能殺死一個還在呼吸的活人！」

白羅點點頭，說：「是的，這是事實，小姐，你不像你自己描繪得那樣壞，你只是很年輕、有些放縱自己。」他繼續說：「剩下的就是塔尼奧斯夫人了。我一見到她就感覺到她有點害怕，她也看出了這一點，而她很快地利用了這一點，把自己描繪成一個懼怕丈夫的女人，所以談了沒多久，她就改變了戰術。這麼做很聰明，但她騙不了我，一個女人可能因為她丈夫而感到害怕或者是怕她丈夫，但她兩者皆非。塔尼奧斯夫人決定扮演後者，她扮演得很好，甚至跟著我來到旅館大廳，佯裝要告訴我什麼事。當她丈夫跟過來時——她知道他會過來的——便假裝她不能在他面前談。

「我當時立刻意識到：她並不怕她丈夫，而是討厭他。我馬上把事情歸納起來，我深信這就是我要找的人……這不是一個放縱自己的女人，而是一個受過挫折、相貌平平的女人。她的人生單調乏味，吸引不了她想吸引的男人，最後只得接受一個她不喜歡的男人，以避免終生成為一個老處女。我可以察覺出她對生活相當不滿，士麥拿的生活簡直像是放逐，使她不能享受生活中所喜歡的一切。但不久，她生了孩子，她的所有情感都給了他們。

「她的丈夫對她一片忠心，可是她愈來愈討厭他。他曾用她的錢搞投資，結果都虧了本，這使她更加討厭他。

「只有一件事會使她單調的生活增添光彩，即是姨媽艾蜜莉的去世，只要姨媽一死，她就會有錢、會有自由，並能夠讓她的孩子接受好的教育，這都是她的期望……請記住，受教育對她意義重大，因為她是個教授的女兒！

「可能在她到英國來之前就策畫了這次犯罪，或早已在心中盤算好了。她在實驗室做過父親的助手，因此有些化學知識。她知道亞倫道小姐的病症，因此她完全清楚，磷是她達到殺人目的的理想物質。

「她到小綠屋後，發現有一種簡單的方法：狗的皮球，或用一根線或繩子橫拉過樓梯頂。這是女人簡單、天真的想法。

「她試了，但失敗了。我想，她認為亞倫道小姐不會知道事實的真相，因為亞倫道小姐的懷疑全都會對準查爾斯。這個有想法、生活不幸、但野心十足的女人，悄悄地下定決心讓原計畫付諸實施。她發現了一個極好的下毒媒介，即亞倫道小姐常常在飯後服用的成藥，她把膠囊打開，把磷放到裡面，再合上，像孩子們玩的遊戲一樣。

「這個膠囊混在其他藥之中，早晚亞倫道小姐會服下這一顆，但人們不可能會懷疑裡面有毒。即使很偶然地被發現了，那時她也已不在馬基貝辛這個地方了。

「她也採取一個預防萬一的措施：她以丈夫的名義假造了一個處方，用這處方從藥店買了雙倍的水合氯醛，即安眠靈。我完全清楚為什麼她要這麼做，她是要將它保存起來，以備出差錯時之用。

「正如我說的，從我第一次見到她開始，我深信她就是我要找的人，但我沒有證據可以證明，所以不得不小心行事。如果塔尼奧斯夫人知道我懷疑她，她就會繼續去害別人，進一步說，我相信她已經想過要再害別人，因為她生活中的希望就是擺脫她丈夫，重獲自由。

「首次謀殺的結果使她大失所望：那些錢，那些令人陶醉的美好金錢竟都歸勞森小姐所有。這是個打擊，但她極精明地進行下一步工作：她開始對勞森小姐下工夫，觸動她的良心，而我想勞森小姐的良心也已經感到不安了。」

突然爆發了一陣哭泣聲。勞森小姐掏出手帕，捂著嘴大哭。

「這太可怕了，」她嗚咽著說，「我真缺德，我太缺德了！你們知道，我對那遺囑非常好奇，我的意思是，為什麼亞倫道小姐要重新寫個新遺囑。有一天，在亞倫道小姐休息時，我想法子打開了桌子的抽屜，我發現她在遺囑中寫著要把一切東西都留給我！當然，我作夢也沒想到會有那麼多錢，我想，只不過會是幾千英鎊吧。但難道我沒有資格得到這筆錢嗎？

要知道，她自己的親眷從未真正照顧過她！但後來她病情加重時，她曾經要拿出這份遺囑，我看出來了，我可以肯定她要毀掉這份遺囑……這就是我缺德的地方，我告訴她，她已經把遺囑送還柏維斯先生。可憐的老太太，她太健忘了，總是記不住她做的事。她相信我的話了！但她說我必須寫封信把遺囑要回來，我說我這就去辦。

「哦，天呀……天呀……她病得愈來愈重，到後來什麼事也不能想了，就走了！當眾宣讀遺囑時，這筆錢簡直使我感到戰慄，一共是三十七萬五千英鎊！我從沒想到事情會是這樣，早知如此，我就絕不會這麼做。

「我覺得似乎是我侵吞了這筆錢，我不知怎麼辦好。有一天，貝拉來看我，我對她說她應該得到一半的錢。我覺得從說了那番話之後，我又感到愉快了。」

「你們看到了嗎？」白羅說，「塔尼奧斯夫人正成功地達到她的目的，這就是為什麼她反對對遺囑提出質疑。她有自己的計畫，最終希望的就是激起勞森小姐對其他人的不滿。當然，她曾假裝自己和丈夫的意願完全一致，但這很清楚地讓人看出她真正的想法是什麼。

「她當時有兩個目的，第一，她和孩子能盡快和塔尼奧斯醫生分開；第二，得到她那份錢。那樣的話，她將得到她希望的一切……和她的孩子們一起在倫敦過著富有、令人陶醉的生活。

「隨著時間流逝，她不能再隱瞞對自己丈夫的反感了，事實上，她也不想再隱瞞，所以她的行為使他實在無法理解，事實上，這完全合乎邏輯，她正在扮演一個受驚嚇的女人角色。如果我有什麼懷疑——她知道我肯定會有所懷疑——她希望我相信她丈夫是凶手。而她心中早已計畫好的再次謀殺隨時都可能發生，對這一點我是深信不疑的，因為我知道她手裡還有一帖可致命的安眠靈，我害怕她再製造一起她丈夫畏罪自殺的事件。

「但是我還沒有確鑿的證據證明她有罪！就在我幾乎處於絕望時，我終於找到了證據！勞森小姐告訴我，復活節後的星期一那天夜裡，她看見泰瑞莎・亞倫道跪在樓梯上。但不久，我發現勞森小姐根本不可能十分清楚地看到泰瑞莎小姐，因為她根本沒能清楚認出她的面孔，她卻肯定說沒認錯，在緊緊追問之下，她說泰瑞莎別著一枚胸針，上面的兩個大寫英文字母是TA。在我的要求之下，泰瑞莎小姐給我看了這枚胸針，同時，她否認曾在所說的那個時間到樓梯上去過。最初我想，可能有人向她借了胸針，但是當我從鏡子裡看那枚胸針時，我馬上明白了事實的真相：剛剛醒來的勞森模模糊糊地看到一個人戴著胸針，上面的兩個字母TA閃閃發光，她立刻得出這是泰瑞莎的結論。

「但是，假如她在鏡子裡看到的字母是TA，那麼原來的字母就應是AT，因為鏡子裡的影像會把原物顛倒。

「塔尼奧斯夫人的母親叫阿拉貝拉・亞倫道，貝拉只是阿拉貝拉的簡稱。AT兩字母中，A代表阿拉貝拉，T代表塔尼奧斯，AT就是指塔尼奧斯夫人。塔尼奧斯夫人有一個幾乎和泰瑞莎完全一樣的胸針，這也毫不奇怪，去年聖誕節時，戴這種胸針的人極少，但今年春天這種胸針就非常盛行了，而塔尼奧斯夫人只要經濟許可，就一個勁兒地學她表妹泰瑞莎的穿著打扮。

「現在看來，無論如何，我對本案的想法已得到了印證。

「下一步要做什麼呢？得到內政部的允許，掘墓開棺驗屍。我無疑可以這麼做。這麼一來，我或許就能證明亞倫道小姐是死於磷中毒。雖然也會有些困難，因為屍體已經掩埋兩個多月了，而且有些磷中毒案件是找不到病症的，因此驗屍更起不了決定性的作用。那麼，我能否找到證據，證明塔尼奧斯夫人買過或者保存著磷呢？由於她可能是在國外買的，所以找到證據的可能性讓人質疑。

「就在這關鍵時刻，塔尼奧斯夫人自己採取了一個決定性的步驟：她離開了丈夫，以使勞森小姐對她同情，同時她毫不含糊地指控她丈夫就是凶手。

「這時我深信，除非我先動手，否則她丈夫將是下一個受害者。我採取了一些步驟，藉口為了她的安全，所以要他們隔離開來，她自然不會反對。我當時心裡真正惦記的是他的安全。而然後，然後……」

白羅停下來不說了，一陣長時間的停頓，他的臉色變得蒼白。

「那只不過是暫時性的措施，因為我必須設法讓凶手不再殺人，我必須保障無辜者的生命安全。

「所以我寫了一封對此案真相看法的信，並且拿給塔尼奧斯夫人。」

一陣長時間的沉默。

塔尼奧斯醫生哭著說：「噢，天啊，這就是為什麼她會自殺了。」

白羅輕聲說：「這不是最好的解決辦法嗎？她自己也會認為應該是這樣的：要為孩子著想啊。」

塔尼奧斯醫生雙手捂住臉。

白羅向前走了幾步，將一隻手搭在他肩上。

「我們不得不這麼做，請相信我，必須這麼做，否則還會有人喪命，你是第一個，下一個說不定是勞森，而且還會繼續下去。」

他停了一下。

塔尼奧斯醫生泣不成聲地說：「有一天晚上，她要我吃一種安眠藥……我看她臉色不對，便把藥扔了。從那時起，我就開始覺得她的心智不對勁……」

「這麼想吧，她的心智的確是有些不對勁，但從法律觀點來看則不盡然，因為她明白自己行動的意義……」

塔尼奧斯醫生憂愁地說：「她對我是那樣好……總是那樣好。」

這番話對一位自首的女凶手而言，真是一段怪異的墓誌銘啊！

## 30／最後一語

沒有更多的話要說了。

不久後，泰瑞莎就和那位醫生結了婚，現在我和他們很熟，而且我學會了正確評估唐納森……他有清晰的洞察力，內心深藏著一股巨大的力量，是個有人情味的男子，但他的舉止仍像以前那樣冷冰冰，而且很刻板，泰瑞莎常常當著他的面模仿他的動作，我想她現在感到無比幸福，正全神貫注於她丈夫的事業中。他早已成名，是內分泌方面的權威。

勞森小姐受到良心的嚴厲譴責，經大力勸阻後，才沒有把她所得的財產全部都交出來。柏維斯先生制定了一個各方都同意的解決辦法，根據這個辦法，亞倫道小姐的遺產平分給勞森小姐、亞倫道兄妹以及塔尼奧斯的孩子們。

查爾斯在一年多一點的時間裡，就把得到的錢全花光了。我想他現在是住在英屬哥倫比亞省[41]。

不過有件事還得說說。

某天，當我們從小綠屋門口出來的時候，皮巴迪小姐攔住我們說：「你這個狡猾的傢伙，不是嗎？你隻手遮天，讓一切就這麼結束了！也沒有什麼掘墓開棺。事情辦得挺不錯的嘛！」

「看來，亞倫道小姐肯定是死於黃疸性肝炎。」白羅有禮貌地說。

「非常令人滿意。」皮巴迪小姐說，「我聽說貝拉．塔尼奧斯是服了過量的安眠藥而死。」

「是的，非常令人痛心。」

「她是個可憐的女人，總想得到她沒有的東西，有時會有點古怪。之前我有個廚師就和貝拉一樣，是個非常純樸的姑娘，我很能體諒她，但那姑娘後來竟開始寫匿名信，變成怪人一個！噢，好了，我敢說，全都是利欲薰心所致！」

「人總是希望得到最好的東西，小姐，總是這樣。」

「呃，」皮巴迪小姐在打算散步前說，「我得再說幾句，你們把事情掩飾得非常好，太漂亮了！」說完她繼續去散步。

41 英屬哥倫比亞省（British Columbia），又稱卑詩省，是加拿大西部的省。

我身後響起「汪」的一聲哀吠。

我轉過身，打開大門。

「來吧，老夥計。」

小寶跳出來，嘴裡銜著球。

「你可不能帶著球去散步。」

小寶嘆了口氣，轉過身，慢慢地把球推進門裡。牠焦急地望著球滾進去，然後走出門來。

牠抬起頭看著我，似乎在對我說：「假如您這麼說，主人，我想您說得對。」

我深深吸了口氣，說：「哎呀，白羅，我又有了一隻狗，真是太好了。」

「這是戰利品。」白羅說，「但是我提醒你，我的朋友，勞森小姐是把小寶送給我，而不是送給你。」

「或許吧。」我說，「但是你和狗不對盤，白羅，你不懂狗的心理！現在我和小寶可是完全意念相通，對吧？」

「汪！」小寶精神飽滿地叫了一聲，表示完全同意。

專文推薦

# 藏在日常細節中的冒險

楊照（作家）

一開始，就都在那裡了。

一九二〇年，阿嘉莎．克莉絲蒂出版了《史岱爾莊謀殺案》，神探白羅就已經退休了。而且在這個案子裡，藉由敘述者海斯汀的轉述，就鋪陳出克莉絲蒂小說最基本的偵探原則：

「那些看來或許無關緊要的小細節……它們才是重要的關鍵，它們才是偉大的線索！」

「豐富的想像力就像洪水一樣，既能載舟亦能覆舟，而且，最簡單直接的解釋，往往就是最可能的答案。」

「沒有任何謀殺行為是沒有動機的。」

還有，一個不討人喜歡的死者，一群各有理由不喜歡死者、因而也就都有殺人動機的人，這些人彼此之間構成複雜的關係，有的互相仇視，有的互相愛戀，麻煩的是，有些愛人其實貌合神離，有些仇人其實私下愛慕；更麻煩的是，不論是愛或是仇，都有可能是扮演出來的。

一個外來的偵探必須周旋在這些嫌疑者之間，從他們口中獲取對於案情的了解，換句話說，他必須在很短的時間內，搞清楚誰是誰、誰跟誰吵架、誰跟誰偷情，然後判斷誰說的哪一句是實話、哪一句是謊言。常常謊言比實話對於破案更有幫助。

再偷偷透露一下，如果要和小說裡的凶手及小說背後的作者鬥智，就像克莉絲蒂對英國社會的了解，祕訣就在於要去追究小說裡的人物背景，尤其是他們的階級地位。基本上，階級地位愈高、權力愈大、愈有錢者，說的話就愈不要相信。例如在《史岱爾莊謀殺案》中，僕人、園丁說的話遠比有頭有臉的人說的要可信多了。就算要說謊，他們的謊言也比較天真，而且往往出於善良動機。當你歸納線索時，就會知道他們並非故意說謊，那是因為他們的認知受到蒙蔽或誤導，而你慢慢就從這蒙蔽或誤導中被引導到真相。

《史岱爾莊謀殺案》出版那年，克莉絲蒂三十歲，但書稿其實早在五年前就寫好了，畢竟要找到有人願意出版一個看來再平凡不過的家庭主婦寫的小說，並不是那麼容易。

所有和克莉絲蒂接觸過的人，都對於她的「正常」留下深刻印象。她看起來就和她那個年紀的典型英國家庭主婦一樣，害羞、靦腆，只能在社交場合勉強跟人聊些瑣事話題，完全無法演講，甚至連只是站起來對眾賓客說幾句客套話，請大家一起舉杯，她都做不到。她不演講，也很少答應接受採訪，就算採訪到她也很難從她口中得到有趣的內容。她會講的，幾乎都是記者本來就知道、或者自己就可以想得出來的。

例如說白羅這個神探的來歷。克莉絲蒂回答：他應該是個外國人，這樣就能在英國日常生活中看出英國人自己看不出的線索。她自己碰過的外國人，只有第一次大戰剛爆發時到英國避難的比利時人。比利時警察怎麼能跑到英國來？那一定是因為他已經退休了。他有潔癖，所以對於現場會有特殊的直覺，馬上感受到不對勁的地方。一個有潔癖的人，好像應該長得矮小些才相稱，一個矮小有潔癖的人最適當的名字，就是希臘神話裡的大力士「赫丘勒斯（Hercules）」，製造出荒唐的對比趣味。那白羅這個姓是怎麼來的呢？克莉絲蒂很誠實地說：「我不記得了。」

一切都如此順理成章，一切都如此合邏輯，不是嗎？有記者問她怎麼看自己的舞台劇〈捕鼠器〉，創下了英國劇場、甚至全世界劇場連演最多場紀錄的名劇？克莉絲蒂的回答也還是中規中矩，合理合節：那是一齣小戲，在一個小劇院演出，成本很低，任何人想到了都可以帶家人或朋友去看，老少咸宜，並不恐怖，也不特別荒謬打鬧，可是又什麼都有一點，包括恐怖和荒謬打鬧的成分。

她的身上找不出一點傳奇、怪誕色彩，那她為什麼能在五十年間持續寫偵探小說，創造了那麼多謀殺，還創造了那麼多詭計？

首先因為她是女性，以及她的身世，包括她的階級身分，使得她在描寫故事場景時比一般男性作者來得敏感。因為在她之前的偵探推理小說男性作家的階級身分都是高高在上，基本上他們會從較高的角度看社會，比較看不到底層的感受。

而她的婚變以及婚變中遭逢的痛苦，都使她更能體會與觀察，將英國社會的複雜細節融入小說的核心情節，讓探案與線索分析結合在一起。

克莉絲蒂一生結過兩次婚，第一次在一九一四年，婚後不久，丈夫就參加了歐戰，是英國皇家空軍最早一批飛行員。一九二六年，這個丈夫有了外遇，直率地向克莉絲蒂要求離婚，在那之前，克莉絲蒂的媽媽才剛過世，雙重打擊之下，又遇到車子無法發動，克莉絲蒂崩潰了，她棄車而走，忘記了自己究竟是誰，躲進一家鄉間旅館，登記時寫了她心裡唯一有印象的名字——她丈夫情婦的名字。

離婚後，一次在晚宴中，有人提起近東烏爾考古的最新收穫，克莉絲蒂就取消了原定要去西印度群島的計畫，改訂了跨越歐洲到君士坦丁堡的「東方快車」，是的，就是這趟旅程給了她寫《東方快車謀殺案》的靈感。不過更重要的是，在烏爾，她認識了一位年輕的考古學家，比她小十四歲，這個人後來成了她的第二任丈夫。

這位考古學家陪她去參觀在沙漠中的烏克海迪爾城，卻在沙漠中迷路困陷了。幾小時中克莉絲蒂卻沒有一點驚慌不安，當下考古學家就決定要向她求婚。

原來，克莉絲蒂的內心是有這種冒險成分的。要不然她不會兩次選到的，都是喜愛冒險的丈夫，而她本身大概也不會吸引一個在各種危險情境下挖掘古代寶藏的人，讓他願意向一個大他十四歲的女人求婚。

這樣說吧，維多利亞時代後期的英國環境，壓抑限制了克莉絲蒂冒險、追求傳奇的內在衝動，她只好將這樣的衝動寄託在丈夫和寫作上。她一邊陪著第二任丈夫在近東漫走，一邊在小說中寫各式各樣的謀殺與探案。謀殺和探案都是冒險，還有，偵探偵查中做的事——蒐集線索，還原命案過程——其實和考古學家的考掘，如此相似！

克莉絲蒂寫得最好的，正是「藏在日常中的冒險」。她個性中的雙面成分，造就了特殊的偵探魅力。既嚮往非常傳奇，卻又有根深柢固的日常邏輯信念，兩者都在克莉絲蒂的小說中扮演了重要角色。她的謀殺案幾乎都和日常習慣緊密編織在一起，日常環境成了凶手最重要的掩護。有些日常規律明顯地被破壞了，讓我們很自然以為那會是謀殺的線索，沿著這些線索形成了閱讀中的推理猜測，然而白羅早就提醒了，真正重要的反而是那些「細節」，也就是看來像是依隨日常邏輯進行的事，或說藏在日常邏輯中因而不被看重的事，那裡要嘛藏著凶手的核心詭計、煙幕，要嘛藏著凶手致命的破綻。

凶案的構想，就是如何讓異常蓋上日常、正常的面貌，又如何故意將日常、正常予以扭曲，製造假象；那麼偵探要做的，就是如何準確地在日常中分辨出真正的異常，將假的、明顯的異常撥開來，找出細節堆疊起來的異常真相。

此外，克莉絲蒂的小說裡隱藏著極其曖昧的情感價值觀，最典型、最有名的就是《東方快車謀殺案》。透過追查過程，讓讀者知道為什麼凶手要訴諸於這種手段，其動機具有可同情之處，再加上克莉絲蒂對身分階級的觀察，她比較相信或讓讀者相信那些沒有權力、地位的人，隨著偵查節奏去認識可能或必須懷疑的人。克莉絲蒂最擅長營造「多重嫌疑犯」的小說特質，因為讀者在閱讀時必須被迫去認識很多不一樣的人。在她最受歡迎的作品，大概都具備這樣的特質。

當然，她的作品中還有兩個最突出的神探，即白羅和瑪波。白羅是比利時人，但為什麼必須是外國人？這是因為英國人具有高度階級意識，這種觀念一路滲透到所有互動細節，包括人與人之間如何說話。而白羅因為不是英國人，他會發現一般英國人不太看得出來的東西，以及兩個人互動的方法哪裡不正常。至於瑪波為什麼得是老太太？她一如那個年代的老人家，總是靜靜坐著打毛線，因為不起眼，自然讓人放鬆防備，所以瑪波探案的線索都是來自於這樣的互動模式。

然而，白羅有很明顯的優勢，瑪波的身分使她基本上只能進行「靜態」的辦案，案子的空間受到侷限，白羅卻可以跨越各種空間，恣意揮灑。而且白羅擁有警官身分，可以合理出現在各種犯罪現場，瑪波能出現的地方，相形之下就勉強、不自然多了。白羅是明白的outsider，在英國，只要他出現，就會覺得有外人在而感到緊張，於是很容易露出平常不會表現的行為；瑪波則看起來是insider，但實質上是outsider，因為總是沒人發現她、當她空氣人。這兩人的探案，是兩個極端。雖然讀者最愛白羅，但克莉絲蒂自己偏愛瑪波勝於白羅。

不管後來的偵探、推理小說發展了多少巧妙詭計，克莉絲蒂卻不會過時，因為她的推理如此密切地和日常纏繞在一起；活在日常中，我們就無可避免被克莉絲蒂的「日常細節推理」吸引，隨時讀來都充滿驚奇趣味。

# 名家盛讚克莉絲蒂（依推薦時間排序）

## 金庸（作家）

克莉絲蒂的寫作功力一流，內容寫實，邏輯性順暢，也很會運用語言的趣味。閱讀她的小說，在謎底沒有揭露之前，我會與作者鬥智，這種過程非常令人享受。其作品的高明之處在於：布局的巧妙完全意想不到，而謎底揭穿時又十分合理，讓人不得不信服。

## 詹宏志（作家、PChome 網路家庭董事長）

推理小說在從先輩柯南．道爾等人的發明中出現力量時，誕生了一位《天方夜譚》故事中每天說故事說個不停的王妃薛斐拉．柴德，也就是「謀殺天后」克莉絲蒂，整個世界對聽這些故事才有如此的熱情。他們捨不得睡覺，每天問後來還有嗎、還有嗎，永遠不肯離去，這就是克莉絲蒂對推理小說的最大貢獻。

可樂王（藝術家）

所謂「克莉絲蒂式」的推理小說，就是一場和一個天才的寫作者或高明的恐怖份子在紙上捕掠捉殺的戰事。即便是一列火車、一處飯店或一間酒吧，在克莉絲蒂寫來皆充滿神祕和猜謎。在人生適合的下午裡，我總是一面嚼著口香糖，一面跟著矮子偵探白羅穿梭謀殺現場，克莉絲蒂的推理作品無疑是推理世界中最充滿「魔術性」的小說。

吳若權（作家、節目主持人）

我從小就對推理小說情有獨鍾，克莉絲蒂一系列的作品尤其令我愛不釋手。多年來，閱讀推理小說的經驗讓我覺悟：讀者在文字情節中推展開來的驚嘆，不只是因緣於故事的本身，而是自我性格的投射。從這個觀點來看克莉絲蒂一系列的作品，她簡直就是洞徹人性的算命師。而讀者，在她的文字中，發現了自己無可奉告的命運。

藍祖蔚（國家電影及視聽文化中心董事長）

做過藥劑師，難免懂得毒藥；嫁給考古學家，難免也就嫻熟文明的神祕；再加上曾經失蹤九天，一切不復記憶的離奇經驗，的確提供了寫作靈感，但若少了想像力，那些片羽靈光縱使辛辣如辣椒，卻不足以成菜。

推理小說重布局、重人物描寫，克莉絲蒂最厲害的卻是犀利的人性觀察，她一手創造的白羅探長，潔癖個性完全和她相反，更將她所憎厭的人格特質集於一身，殊不知，唯有不對著鏡子寫作，才能夠跳出框架與制式反應，開闢無限寬廣的新世界，建構多面向的詭異迷宮。

看完她的小說，你只會更加訝異，到底是什麼樣的心靈才能成就這般視野？

**李家同**（作家、前暨南大學校長）

克莉絲蒂的整體布局十分細膩，最後案情也都講解得非常詳細，回頭去看，在書中都找得到線索。故事的情節與內容也很好看，不是像一個流氓在街上被殺掉那麼單調。……看小說應該要花腦筋、要思考，從小就要養成思辨的能力，看她的小說，就是對邏輯思考能力極佳的訓練。

**袁瓊瓊**（作家）

雖然被公認是冷靜理性的謀殺天后，但是在理性之下，克莉絲蒂的底色依舊是感情。克莉絲蒂很明白，所有的慾望之後，都無非是某種愛情。在以性命相搏的犯罪世界裡，凶手以終結他人的性命來遂私欲，不過是為了成全自己的愛，或者是成全自己的恨。

**鄧惠文**（精神科醫師）

以推理小說作家而言，克莉絲蒂的風格相當獨樹一格。她的偵探在辦案時，靠的不光是科學證據的搜集，而是大量運用犯罪心理學，及對人性的深刻了解。例如在《五隻小豬之歌》中，白羅便是藉由聽取嫌疑犯訴說案情時所不自覺顯露的主觀意識及中心思想，而看出其中破綻，找出真凶。白羅是靠腦袋辦案，以心理層面去剖析案情，即使人們敘述的是同一件事，他可以聽出不同角色因出發點及看待角度不同所透露的情緒觀感，從而抽絲剝繭，還原事實真相。

克莉絲蒂所塑造的人物也生動且各具特色，不同個性所出現的情緒反應描寫，皆細膩而準確，讓讀者產生豐富的想像空間，一展卷便欲罷而不能。

**吳曉樂**（作家）

克莉絲蒂使用的語言平易近人，主要是以角色與情節的對應來斧鑿出故事的深度，堆疊出讓讀者回味的迂迴空間。而她筆下的角色往往性別、階級、性格、族群各異，塑造出多元又豐富的人物群像。

文學作品不問類型，若要流傳於世，最終仍得上溯至「人性」的理解與反思。而阿嘉莎·克莉絲蒂的作品中，我們可以看到人類屢屢得和自己的人生討價還價，或千方百計讓主觀意識與客觀條件達成某種程度的整合，讀者在重建人物的心理軌跡時，也見識到自身的是非成敗，我認為，這也是克莉絲蒂的作品能夠璀璨經年、暢銷不衰的主因。

**許皓宜**（心理學作家）

克莉絲蒂筆下的故事看似在談人性的醜惡，實則像一位披著小說家靈魂的心靈引導者，用她的文字訴說著人們得不到「愛」時的痛苦。於是在故事終了的剎那，你不得不對人生多了幾分「看透感」：原來，我們心裡的那些痛苦、報復與自我折磨的慾望，不是因為「憤恨」，而是起於對「愛的失落」。這或許是我們在情感世界中最珍貴且深刻的一種覺察了。

推理小說荒謬驚悚嗎？不，它其實很寫實。它幫我們說出心裡的苦、怨、醜陋的慾望，於是，我們可以重新學習愛了。

**一頁華爾滋 Kristin**（影評人）

從有記憶以來，閱讀克莉絲蒂最迷人之處往往不在真正的兇手是誰，而是在於「Why」（為什麼）與「How」（如何進行），在於人性與心理描摹的故事肌理。依循其書寫脈絡，會發覺不只是邏輯清晰、布局縝密、著重細節，她總能完美掌握敘事節奏，書中人物彷彿真實存在般鮮明躍然紙上，讀者情緒會隨精準文字保持流轉、跳動、收放，掩卷時並無太多真相水落石出的暢快，反倒淡淡的惆悵化為餘韻襲上心頭，原來還是種種意料之外，卻屬情理之中的人性盲目使然。私以為，那成就了克莉絲蒂的推理故事之所以無比迷人的主因之一。

**冬陽**（推理評論人）

雖然阿嘉莎．克莉絲蒂的作品並非我的推理閱讀啟蒙，卻是養成閱讀不輟的重要推手。首先，她無庸置疑是個說故事能手，打開我名為好奇的開關；其次是設計犯罪事件的巧妙多元，既日常又異常，凶手更是叫人意想不到。沒錯，我相信每個當讀者的都忍不住想破案，想早偵探一步識破詭計，或者像考試結束鈴響前一秒，瞎猜都要指著某個角色大喊「你就是犯人」！然後會忍不住作弊——不是翻到最後幾頁窺探真凶身分，而是往前翻查讓人起疑的段落、偵探顯然掌握重要線索的時刻，直到忍不住豎白旗投降，看神探（我知道啦，真正把我耍得團團轉的聰明人是作者）頭頭是道地分析我遺漏錯置的片片拼圖，終於看清真相全貌。這，就是偵探推理，我因此熟悉遊戲規則、沉醉在每一場迷人故事裡，成為這個類型書寫的俘虜，享受至今不疲的美好滋味。

石芳瑜（作家、永樂座書店店主）

布局細膩、處處留下線索，破案解說詳細，說明了這位安靜、害羞的推理小說女王心思縝密，且充滿想像力。密室殺人，完美犯罪，《東方快車謀殺案》不愧為古典推理小說的經典。再加上神祕的東方色彩，隨著火車抵達的迫切時間感，連非推理小說迷都會神經拉緊，讀完大呼過癮。

家庭主婦缺少人生經驗？處女座的阿嘉莎．克莉絲蒂充分展現她過人的寫作天分，靠得是從小開始的閱讀，以及對偵探小說的著迷。三十歲寫下第一本偵探小說《史岱爾莊謀殺案》的克莉絲蒂，在那個時代並不能說是「早慧」，但寫作生涯五十五年中，共創作了八十部偵探小說，卻令人難以企及。這位害羞靦腆的小說女神，大概是相信只要有足夠的理由，每個人都有殺人的可能！

余小芳（暨南大學推理研究社指導老師、台灣推理作家協會常務理事）

學生時代加入推理社團，社課指定讀物便是經典作品《一個都不留》，成為我對克莉絲蒂的初步印象，自此沉浸於推理小說的世界。隔年寒假陪同學參與轉學考，在斜風細雨的走廊中，滿足讀完《東方快車謀殺案》。隨著歲月遠走，已昇華成趣味回憶。

踏入推理文學領域需要認識的作家，阿嘉莎．克莉絲蒂絕對名列其中，她的作品常有英國小鎮風光、莊園式的謀殺、設備豪華的交通工具等，還有特色鮮明的偵探活躍其中。書中少有血腥、暴力的橋段，布局巧妙且結構嚴密，手法純粹、知性，故事內容與人物性格融為一體，以高超的想像力結合說好故事的能耐，為推理小說開創新局面。克莉絲蒂推理全集重編改版，值得新舊讀者一起探索。

林怡辰（國小教師、教育部閱讀推手）

多年後，還是難忘第一次閱讀阿嘉莎・克莉絲蒂作品的感動和激動。這套將近一世紀的作品，文筆流暢，邏輯縝密，過程中不斷與作者較量、猜出凶手，直到最後解答不禁佩服，蛛絲馬跡處處展現作者的精妙手法，於是又拿起另一部作品，再次沉溺在謀殺天后所編織的日常世界中的奇幻，無可自拔。犯罪動機和手法穿越時空限制，如今讀來合理且依舊令人感動，閱讀中趣味橫生，難怪成為後來諸多偵探小說的原型。

克莉絲蒂創作生涯中產出的八十部推理作品，至今多部躍上大銀幕，無怪乎被稱之為「經典」，喜愛推理偵探作品的人不可不讀，你會驚異於她在文字中施展的魔法！

**張東君**（推理評論家、科普作家）

我愛克莉絲蒂！這位在台灣有時會被稱為克奶奶的超級暢銷推理小說家，即使是自認沒讀過她的書的人，也都會在各種書籍或影視作品中看到對她致敬的片段。由於她喜歡旅行和冒險，那些經驗與體驗都成為書中的場景，因此閱讀她的作品時，不只是雀躍地跟著偵探推理，也有了虛擬的旅行體驗。或者當成旅遊導覽書，在出發去尼羅河、去英國鄉間、去搭船搭火車時，就塞一本克奶奶的作品到隨身背包中。

我還是大學新生時，就聽學姐說她哥哥經常看克奶奶的小說，而且邊看邊狂笑。於是我跟著效仿，在某次搭飛機之前買了第一本小說當旅伴，不只看得超開心，看完後還到處找尋書中出現的那種有兜帽的斗篷，當成出門時的必備用品。克奶奶的作品是跨越文字、國界的。只要看過一本，就會不停地追下去。還好，真的是還好只有八十本。何況這次是全新校訂的紀念珍藏版，當然不能錯過！

**發光小魚（呂湘瑜）**（文史作家、助理教授）

一部好的偵探小說，除了情節設計巧妙之外，還需要洞悉人性，如此方能合理地交代人物的言行舉止與動機。阿嘉莎．克莉絲蒂便是其中翹楚，她的作品不管是偵探、愛情小說或戲劇，必要元素都是謎題與人性。在寧靜無波的場景下暗潮洶湧，永遠都有意料之外，讀者的情緒也會隨著劇情的進行起伏糾結。克莉絲蒂觀察到時代的變化，將犯罪心理融入作品中，於是，看她的小說不只能得到解謎的快樂，同時對人性也能夠有所省思。

此外，克莉絲蒂豐富的人生歷練及旅行經歷，例如一九二二年的環球之旅、居住過也旅行過的巴黎和埃及，甚至是追隨考古學家丈夫前往的中東，都讓她的小說讀來更加充滿異國情調。如果你也愛旅行，不如就讓我們一同搭上那一班南法的藍色列車，或由伊斯坦堡出發的東方快車，跟著白羅鑽進一樁奇案，一嘗旅程中破解謎題的快感吧。

**盧郁佳**（作家）

國小時，家裡買了一套阿嘉莎．克莉絲蒂全集，從此成了我的毒品，在白癡課本將我的腦袋啃嚙成海綿般空洞時，撫慰受創的心靈，那時我仍對人心險惡一無所知。

數學課教你列算式，樂趣遠不如克莉絲蒂教你住宅平面圖、偷換時序的密室魔術，你從庭園長窗進房間，我從房門直通鄰房，他從走廊進房……從而學會故事是建構邏輯。她文風多變，時而《四大天王》中讓神探白羅向助手海斯汀大賣關子，眉頭緊皺，山雨欲來，預示天翻地覆，只能靠他拯救世界；時而用維吉尼亞．吳爾芙《自己的房間》中俏皮的語言，讓貧苦村姑安妮在《褐衣男子》中回憶南非出生入死的冒險，竟源於她耽讀村裡圖書館爛舊的冒險愛情小說，還有戲院每週末放映〈帕米拉歷險記〉，帕米拉每集從飛機跳落高空、搭潛艇、爬上摩天大樓，每次被黑幫老大抓到總不一刀斃命，卻老要用瓦斯毒死她，暗示續集又會逃出生天。

長大才發現，克莉絲蒂小說就是我的〈帕米拉歷險記〉：它以歌劇般輝煌龐大的天真陰謀、精細的人際觀察（一句話重音放在哪個字、從膝蓋鑑定女人的年齡等），召喚年輕讀者抱持浪漫精神投入未知的壯遊，瘋魔、衝撞、冒犯，傷痕累累毫無懼色。正如瓦斯在冒險片中太多、現實中卻太少；陰謀在現實中沒有克莉絲蒂寫得那麼複雜，但她刻畫的心理卻是現實中解謎的試金石。

**賴以威**（臺灣師範大學電機系副教授）

或許可以為經典下幾個定義：該領域的愛好者更都讀過；不是這個領域的愛好者，許多人也都聽過；影響後續的作品，在很多著作中都可以看到它的影子；值得反覆再三閱讀，每隔一陣子再讀都可以獲得閱讀的樂趣，有更多的體悟。我永遠記得第一次讀《東方快車謀殺案》時，被那宛如嚴謹設計數學謎題的鋪陳、推進給深深吸引、震撼。從這幾個角度來說，克莉絲蒂的推理小說被稱之為「經典」，可說是當之無愧。

**謝哲青**（作家、旅行家、知名節目主持人）

克莉絲蒂小說的魅力在於透過每個角色的對白，藉由不斷的說話來表現人物的個性，以彰顯其人格特質中一些無法被忽略的事實。我們從他們的言語、講話的過程和字裡行間，竟然就能知道誰是凶手。

我從克莉絲蒂的小說學到很多，除了推理小說有趣的事實之外，最重要的是，我在工作的職場跟人應對的時候，如何從語言和對話裡去捕捉某些隱而不顯的事實。許多人們欲蓋彌彰的東西，無論心事也好、祕密也好，克莉絲蒂都會用文學的手法，讓你理解語言的奧妙和魅力。

克莉絲蒂的書寫會讓你覺得彷彿自己也在現場，你可以從聽到的對話當中，學會如何理解人心的一些小技巧，這是小說家最出色、最偉大的地方。我們必須學習傾聽別人說話——這些人講話是真誠的嗎？他想要跟你分享什麼資訊？這些資訊可靠嗎？——這是我在閱讀推理小說時，最大的收穫和理解。

# 阿嘉莎·克莉絲蒂大事記

1890 • 九月十五日出生於英格蘭德文郡托基鎮。

1894 4 歲 • 開始在家自學，父母親、姐姐教導閱讀、寫作、算術和彈鋼琴。

1895 5 歲 • 家中經濟走下坡，舉家搬至法國，學會流利的法語。

1905 15 歲 • 在巴黎寄宿學校學鋼琴和聲樂，但生性極度害羞，未成為職業鋼琴家，最終回到英國。

1907 17 歲 • 陪同母親前往埃及調養身體，對社交活動充滿興趣，但尚未對日後感興趣的埃及古物點燃熱情。
• 回英國後繼續寫作、參與業餘戲劇表演。

1908 18 歲 • 寫出第一篇短篇小說〈麗人之屋〉，同時也寫出第一部愛情小說《白雪黃漠》，以筆名向出版社投稿，但屢遭退稿。

1912 22 歲 • 與英國皇家軍官亞契·克莉絲蒂（Archibald Christie）熱戀。
• 八月爆發第一次世界大戰，亞契奉派到法國作戰。

1914 24 歲 • 耶誕夜結婚，亞契隨即返回戰場。克莉絲蒂參與紅十字會工作，在醫院擔任護士和藥劑師，因此對藥理和毒物非常熟悉，造就後來多部推理小說情節都以毒藥殺人。

1916 26 歲 • 開始嘗試寫推理小說，寫出第一部小說《史岱爾莊謀殺案》，主角偵探赫丘勒·白羅的靈感，來自於大戰期間英國鄉間的比利時難民營。本書歷經數家出版社退稿後，終獲柏德雷·海德（The Bodley Head）圖書公司的出版機會，之後並簽下另五本小說的合約。

1919 29 歲 • 前一年亞契返回英國，八月生下女兒露莎琳。

1920 30 歲 • 出版《史岱爾莊謀殺案》。

1922 32 歲 • 出版第二部小說《隱身魔鬼》，主角是夫妻檔偵探湯米和陶品絲。
• 與亞契至南非、澳洲、紐西蘭、夏威夷和加拿大等國旅行十個月，在南非得到《褐衣男子》的靈感。

1923 33 歲 • 三月出版第三部小說《高爾夫球場命案》，白羅再度登場。

1926 36 歲 • 四月母親過世，克莉絲蒂陷入憂鬱。
• 六月在「威廉．柯林斯父子出版社」出版《羅傑艾克洛命案》。
• 八月亞契因外遇提出離婚，十二月初一次爭吵後，克莉絲蒂離家棄車失蹤，消息登上全國新聞。

1927 37 歲 • 一月在悲痛心情中寫出《藍色列車之謎》，第一次創造出聖瑪莉米德村，即後來瑪波小姐居住的村子。
• 分居期間在雜誌刊登以白羅為主角的短篇小說，後來集結出版《四大天王》。
• 十二月在雜誌刊登短篇小說〈週二夜間俱樂部〉，瑪波小姐初登場，後來收錄在一九三二年出版的短篇小說集《十三個難題》。

1928 38 歲 • 十月正式離婚，仍保留「克莉絲蒂」姓氏。
• 秋天搭乘「東方快車」前往土耳其的伊斯坦堡，再轉往伊拉克首都巴格達，參觀考古現場烏爾，認識考古學家伍利夫婦（Leonard and Katharine Woolley）。

1930 40 歲 • 二月應伍利夫婦之邀再訪烏爾，認識考古學家麥克斯．馬龍（Max Mallowan），九月於英國愛丁堡結婚。這段婚姻開啟克莉絲蒂旺盛的創作生涯，兩人到中東考古現場的旅行為許多作品帶來靈感。

| | | |
|---|---|---|
| | | • 婚後克莉絲蒂開始維持固定的寫作行程。十月出版《牧師公館謀殺案》，是第一部以瑪波小姐為主角的小說。<br>• 出版第一部以「瑪麗·魏斯麥珂特」（Mary Westmacott）為筆名的《撒旦的情歌》，並陸續發表了五部非犯罪小說。 |
| **1932** | **42 歲** | • 出版《危機四伏》。 |
| **1934** | **44 歲** | • 出版《東方快車謀殺案》，是白羅海外辦案三部曲之一，故事靈感來自中東的旅行經歷。一九七四年第一次改編成電影大獲好評。 |
| **1936** | **46 歲** | • 出版《美索不達米亞驚魂》，白羅海外辦案三部曲之二。 |
| **1937** | **47 歲** | • 出版《尼羅河謀殺案》，白羅海外辦案三部曲之三，故事背景是年輕時與母親同遊的埃及。一九七八年第一次改編成電影大受歡迎。 |
| **1939** | **49 歲** | • 二次大戰期間，克莉絲蒂在大學學院醫院擔任義務藥師，學習到最新的毒藥知識，對於推理小說寫作大有助益。<br>• 出版《一個都不留》，是克莉絲蒂最著名作品之一。 |
| **1941** | **51 歲** | • 出版《密碼》，呈現出克莉絲蒂對戰爭的看法。<br>• 出版《豔陽下的謀殺案》。 |
| **1942** | **52 歲** | • 出版《藏書室的陌生人》、《五隻小豬之歌》等名作。 |
| **1944** | **54 歲** | • 以「瑪麗·魏斯麥珂特」為筆名出版第三部作品《幸福假面》，被美國書評人發現是克莉絲蒂的作品，讓她從此失去匿名創作的自在樂趣。 |

| | | |
|---|---|---|
| 1950 | 60 歲 | • 獲選為皇家文學學會的會員。 |
| 1953 | 63 歲 | • 出版《葬禮變奏曲》。 |
| 1956 | 66 歲 | • 一月獲頒大英帝國爵級大十字勳章（GBE）。<br>• 十一月以「瑪麗·魏斯麥珂特」為筆名出版《愛的重量》，是這個筆名的最後一部作品。 |
| 1958 | 68 歲 | • 成為「偵探作家俱樂部」主席。 |
| 1960 | 70 歲 | • 馬龍獲頒大英帝國爵級大十字勳章。 |
| 1961 | 71 歲 | • 獲得艾克塞特大學頒發榮譽文學博士學位。 |
| 1968 | 78 歲 | • 馬龍獲封為爵士，克莉絲蒂亦被稱為馬龍爵士夫人。 |
| 1971 | 81 歲 | • 獲頒大英帝國爵級司令勳章（DBE），獲封為女爵士。 |
| 1973 | 83 歲 | • 出版最後一部創作《死亡暗道》，亦為湯米和陶品絲最後一次辦案。 |
| 1974 | 84 歲 | • 最後一次公開露面，出席電影《東方快車謀殺案》首映會。 |
| 1975 | 85 歲 | • 八月六日，白羅成為有史以來第一次在《紐約時報》頭版刊出訃聞的小說主角，宣傳九月即將出版的《謝幕》，這也是白羅最後一次辦案。 |
| 1976 | 86 歲 | • 一月十二日去世。<br>• 十月出版《死亡不長眠》，瑪波小姐的最後一次辦案。 |

# 克莉絲蒂推理原著出版年表

1920 史岱爾莊謀殺案 The Mysterious Affair at Styles（神探白羅系列）
1922 隱身魔鬼 The Secret Adversary（神探湯米＆陶品絲系列）
1923 高爾夫球場命案 The Murder on the Links（神探白羅系列）
1924 白羅出擊 Poirot Investigates（神探白羅系列）
1924 褐衣男子 The Man in the Brown Suit（神探雷斯上校系列）
1925 煙囪的祕密 The Secret of Chimneys（神探巴鬥主任系列）
1926 羅傑艾克洛命案 The Murder of Roger Ackroyd（神探白羅系列）
1927 四大天王 The Big Four（神探白羅系列）
1928 藍色列車之謎 The Mystery of the Blue Train（神探白羅系列）
1929 七鐘面 The Seven Dials Mystery（神探巴鬥主任系列）
1929 鴛鴦神探 Partners in Crime（神探湯米＆陶品絲系列）
1930 牧師公館謀殺案 The Murder at the Vicarage（神探瑪波系列）
1930 謎樣的鬼豔先生 The Mysterious Mr. Quin（神探鬼豔先生系列）
1931 西塔佛祕案 The Sittaford Mystery
1932 十三個難題 The Thirteen Problems（神探瑪波系列）
1932 危機四伏 Peril at End House（神探白羅系列）
1933 十三人的晚宴 Lord Edgware Dies（神探白羅系列）
1933 死亡之犬 The Hound of Death
1934 三幕悲劇 Three Act Tragedy（神探白羅系列）
1934 李斯特岱奇案 The Listerdale Mystery
1934 帕克潘調查簿 Parker Pyne Investigates（神探帕克潘系列）
1934 東方快車謀殺案 Murder on the Orient Express（神探白羅系列）
1934 為什麼不找伊文斯？ Why Didn't They Ask Evans?
1935 謀殺在雲端 Death in the Clouds（神探白羅系列）
1936 ABC 謀殺案 The A.B.C. Murders（神探白羅系列）
1936 底牌 Cards on the Table（神探白羅系列）
1936 美索不達米亞驚魂 Murder in Mesopotamia（神探白羅系列）

1937 巴石立花園街謀殺案 Murder in the Mews（神探白羅系列）
1937 尼羅河謀殺案 Death on the Nile（神探白羅系列）
1937 死無對證 Dumb Witness（神探白羅系列）
1938 白羅的聖誕假期 Hercule Poirot's Christmas（神探白羅系列）
1938 死亡約會 Appointment with Death（神探白羅系列）
1939 一個都不留 And Then There Were None
1939 殺人不難 Murder Is Easy/Easy to Kill（神探巴鬥主任系列）
1940 一，二，縫好鞋釦 One, Two, Buckle My Shoe（神探白羅系列）
1940 絲柏的哀歌 Sad Cypress（神探白羅系列）
1941 密碼 N Or M?（神探湯米＆陶品絲系列）
1941 豔陽下的謀殺案 Evil Under the Sun（神探白羅系列）
1942 五隻小豬之歌 Five Little Pigs（神探白羅系列）
1942 藏書室的陌生人 The Body in the Library（神探瑪波系列）
1943 幕後黑手 The Moving Finger（神探瑪波系列）
1944 本末倒置 Towards Zero（神探巴鬥主任系列）
1945 死亡終有時 Death Comes as the End
1945 魂縈舊恨 Remembered Death（神探雷斯上校系列）
1946 池邊的幻影 The Hollow（神探白羅系列）
1947 赫丘勒的十二道任務 The Labours of Hercules（神探白羅系列）
1948 順水推舟 Taken at the Flood（神探白羅系列）
1949 畸屋 Crooked House
1950 謀殺啟事 A Murder Is Announced（神探瑪波系列）
1951 巴格達風雲 They Came to Baghdad
1952 殺手魔術 They Do It with Mirrors（神探瑪波系列）
1952 麥金堤太太之死 Mrs. McGinty's Dead（神探白羅系列）
1953 黑麥滿口袋 A Pocket Full of Rye（神探瑪波系列）
1953 葬禮變奏曲 After the Funeral（神探白羅系列）

1954　未知的旅途 Destination Unknown
1955　國際學舍謀殺案 Hickory, Dickory, Dock（神探白羅系列）
1956　弄假成真 Dead Man's Folly（神探白羅系列）
1957　殺人一瞬間 4:50 from Paddington（神探瑪波系列）
1958　無辜者的試煉 Ordeal by Innocence
1959　鴿群裡的貓 Cat Among the Pigeons（神探白羅系列）
1960　哪個聖誕布丁？ The Adventure of the Christmas Pudding（神探白羅系列）
1961　白馬酒館 The Pale Horse
1962　破鏡謀殺案 The Mirror Crack'd from Side to Side（神探瑪波系列）
1963　怪鐘 The Clocks（神探白羅系列）
1964　加勒比海疑雲 A Caribbean Mystery（神探瑪波系列）
1965　柏翠門旅館 At Bertram's Hotel（神探瑪波系列）
1966　第三個單身女郎 Third Girl（神探白羅系列）
1967　無盡的夜 Endless Night
1968　顫刺的預兆 By the Pricking of My Thumbs（神探湯米＆陶品絲系列）
1969　萬聖節派對 Hallowe'en Party（神探白羅系列）
1970　法蘭克福機場怪客 Passengers to Frankfurt
1971　復仇女神 Nemesis（神探瑪波系列）
1972　問大象去吧 Elephants Can Remember（神探白羅系列）
1973　死亡暗道 Postern of Fate（神探湯米＆陶品絲系列）
1974　白羅的初期探案 Poirot's Early Cases（神探白羅系列）
1975　謝幕 Curtain: Hercule Poirot's Last Case（神探白羅系列）
1976　死亡不長眠 Sleeping Murder（神探瑪波系列）
1979　瑪波小姐的完結篇 Miss Marple's Final Cases（神探瑪波系列）
1991　情牽波倫沙 Problem at Pollensa Bay
1997　殘光夜影 While the Light Lasts

國家圖書館出版品預行編目（CIP）資料

死無對證 / 阿嘉莎・克莉絲蒂（Agatha Christie）著 ; 李樹寶、王敏敏譯. -- 二版.-- 臺北市 : 遠流出版事業股份有限公司, 2023.04
面；　公分. -- (克莉絲蒂繁體中文版20週年紀念珍藏 ; 35)
譯自 : Dumb Witness
ISBN 978-626-361-014-9(平裝)

873.57　　112002219

克莉絲蒂繁體中文版 20 週年紀念珍藏 35
**死無對證**

作者 / 阿嘉莎・克莉絲蒂
譯者 / 李樹寶、王敏敏

主編 / 陳懿文、余式恕　校對 / 呂佳眞
封面、內頁設計 / 謝佳穎　排版 / 連紫吟、曹任華
行銷企劃 / 舒意雯　出版一部總編輯暨總監 / 王明雪

發行人 / 王榮文
出版發行 / 遠流出版事業股份有限公司
地址 / 104005臺北市中山北路一段11號13樓
電話 / (02)2571-0297　傳眞 / (02)2571-0197　郵撥 / 0189456-1
著作權顧問 / 蕭雄淋律師

2003年1月1日 初版一刷
2023年4月1日 二版一刷
定價 / 新臺幣380元 (缺頁或破損的書，請寄回更換)

ISBN 978-626-361-014-9

遠流博識網 http://www.ylib.com　E-mail: ylib@ylib.com
遠流粉絲團 https://www.facebook.com/ylibfans



www.agathachristie.com